紫微青春馆

ZISE 紫色

TOP BOOKS 1号书坊

紫微青春馆

Ziwei Qingchun GUAN

原来大神是盟主

小R◎著

百花洲文艺出版社
BAIHUAZHOU LITERATURE AND ART PRESS

目录
CONTENTS

楔 子

终于等到今天啦！

思彤快乐地走进黑曜工作室，熟络地跟前台姑娘打了声招呼后，便迫不及待地直奔游戏测试部。

马上就是大型3D武侠网络游戏《武皇》的内测时间了！

对思彤这种骨灰级玩家来说，就算只是一次普通的游戏内测，其杀伤力也不可小觑。因为《武皇》不仅是由享誉国际的皇临集团斥巨资打造的著名武侠游戏品牌，常年盘踞市场热门游戏榜首，它的研发者更是鼎鼎有名的大神级人物纪远司！

那可是她刚接触网游时就顶礼膜拜的偶像啊。

系统发放的三千个内测名额，不到十分钟就被玩家抢光光。

思彤也是幸运的三千分之一，不同的是，她的幸运全是因为有个在黑曜工作室任职的好友。

笑眯眯地走向靠窗的位置时，却发现自己的专属台机已经被人捷足先登。

那里采光舒适，通风凉爽，是思彤每次内测时都会提前预订的位置。熟悉的黑曜员工知道她对那个位置的执着后，也从不跟她抢座，到底是谁坏了大家一直以来心照不宣的规矩呢？

思彤慢慢走过去，很快就被窗边那道笔挺身影吸引了全部注意力。

男人身穿一件白色中袖T恤，头戴着同色系的耳挂式耳机，侧颜清朗俊逸。清晨的阳光在他身上摇曳着斑驳的碎影。如此气质清新的一幕，就像所有少女仰慕的标准白衣少年，轻易就夺走所有目光。

思彤一怔，那是没见过的陌生面孔，究竟是黑曜的新员工，还是和她一样赶早来参加内测的玩家？

察觉到思彤的存在，男人突然停下了敲击键盘的修长十指，摘下耳机，淡淡地看了她一眼："有事吗？"

思彤这才反应过来自己看得太入神，顿感尴尬的她掩饰性地笑了笑："不好意思，你好像坐了我的位置。"

男人微微勾了勾薄唇："我没记错的话，内测是不记名上机的吧。"

"是的……"她一下红了脸，只好退而求其次，挪到男人旁边的位置坐下。

毕竟，现在最重要的事情是内测。

思彤操纵着自己的游戏人物"彤小公主"逛了一圈后，悲伤地发现原本期待的惊喜完全变成了惊吓——新版本里的丐帮弟子强化得好像嗑了兴奋剂一样，几招下来就把她操作的大理段氏揍得不省人事。

"丐帮未免强化得太离谱了一点吧？"看着躺尸的"彤小公主"，思彤惋惜地闭上了眼睛。

压下内心的疑惑，她点开游戏介绍，结果大理段氏的新剧情让思彤更加心塞了："又在胡说八道。段正淳哪里风流了，明明都是他哥惹下的风流债，这黑锅却让镇南王背了一代又一代……"

"哪里胡说八道了？武侠小说里不都是这么写的吗？"

耳边突然飘来一道清浅的声音，思彤抬头看去，只见右侧的男人五指翻飞，正专注地操作着键盘，依旧是那副波澜不兴的模样。因为距离的拉近，视野中那清俊的长相更显得无懈可击。

思彤反驳道："小说的剧情是虚构的，怎么能信呢？"

男人淡淡瞥了她一眼："既然你也知道武侠小说的剧情大多含有想象和虚构的成分，又何必较真？作为皇室贵族，大理段氏的风流多情已经是公认的事实。游戏剧本不过是照搬历史，并且做了一些戏剧性的加工而已。《武皇》的剧情在这方面已经很还原史实了。"

"你怎么知道大理段氏都风流多情？请你不要仅凭小说的剧情，不负责任地散播这些虚假言论。"

男人停下手里的操作，默默站了起来,立马将两人的距离拉远，那挺拔的身高，让思彤感受到了无形的压力。他看着思彤，脸上的笑意依旧淡漠无波："你说我在散播虚假言论？你有证据？"

证据？

她还真的有，可惜不能公之于众……

思彤微微仰头，不服输地看向上方的男人。夏日的凉风从窗外吹进来，轻拂着他额前的黑发，那双深邃的黑眸将她紧紧锁定在瞳孔里，那种清冷中透着包容的眼神，教她心里莫名升起一股难以言明的恼怒。

可恶，长得好看就可以欺负人吗？

四下里扫视了一圈后，思彤突然贼兮兮地笑了起来。她弯下身子，迅速按下了他主机的电源键，然后在男人不可置信的目光中，很没用的落荒而逃了。

段思彤，现年二十三岁，曾经的梦想是当一名游戏工程师。

说"曾经"，那是因为她终于察觉到了梦想和现实的距离。

当她如愿考上当地有名的一本大学，就读理想的专业，以为人生的一切仿佛就此走上正轨时，却因为家中变故而不得不选择辍学就业。后来，无家可归的思彤只能投奔光叔，成了苏记餐馆的一名打工妹。

原以为这辈子都要跟游戏说拜拜了，没想到送个外卖却送进了《武皇》的大本营——所有人都知道《武皇》是由皇临集团投资的，却很少有人知道纪远司几年前就从皇临离开，成立了自己的公司黑曜工作室。

送了大半年外卖后，思彤不仅跟黑曜的员工打得火热，还跟策划部部长黎子棠建立了深厚的友谊。

这次的内测名额，就是她用苏记餐馆一个星期的豪华盒饭套餐跟黎子棠换来的。

可惜，全被那个莫名出现的男人给糟蹋了。

天公不作美啊！

思彤长长叹了口气，又不舍地看了一眼黑曜工作室的大门，最后无奈转过身，认命地回苏记餐馆了。

因为下雨天的缘故，餐馆的生意格外好，一忙就是一整天。送完写字楼的外卖，都快到深夜十二点了。思彤放松地伸了个懒腰，准备回家再玩一会儿游戏，安全通道后突然传来黎子棠的声音，她不由得停下了脚步。

“……大表哥，武林大会的事就没有别的办法了吗？”

“能有什么办法？祖上传下来的规矩，武林大会必须由继承人出席。要是能推掉，我也不会在这个时候回国了。算了，虽然我们不稀罕邀请函，但别的门派想要，我还不一定会给。”

邀请函？！这个关键词让思彤眼睛一亮。

原来，她一直在找的东西就在黎子棠大表哥手里啊。

思彤满意地笑了起来，武林大会的邀请函，她抢定了！

第一章
碰瓷大神被抓包

怎样才能将邀请函抢到手呢？

男人清冷的声线让思彤想起了内测时遇到的那个冤家。既然黎子棠和那人是表兄妹，那么她大可以通过黎子棠去“认识”一下这位大表哥。只要有了第一步接触，以后就可以制造许多抢走邀请函的机会。

不过，那个男人看起来并不太好对付。

想起那场算不上愉快的初遇，思彤有些无助地垂下了头。

好在她天性乐观，很快就振作了起来，还自嘲地想，大不了就用美人计把邀请函骗到手好了。

打定主意后，思彤的心情舒畅了不少，临睡前还颇有兴致地上了一会儿游戏。

当她在游戏里遇到了ID名为“嘲风”的丐帮弟子，胆小如她吓得立马想下线逃跑。因为他他他……就是上午在机房被她切断电源的那个男人！正准备退出游戏时，突然反应过来，他又不知道自己是谁，而且她现在还开着小号在做任务，怕什么呢？

这样一想，思彤突然理直气壮起来。

对啊，怕什么！

于是接下来，就发生了堪称游戏界首例碰瓷事件。

只见一个不满十级的小号当场自杀，旁边另一个小号在满世界频道刷起了屏：“不好啦，有丐帮打小号！坐标和ID是××……”

《武皇》的世界似乎很和谐，特别谴责大号欺负小号的行为，于是那个丐帮被群而攻之，屏幕那头的思彤甭提多解气了。

那天夜里，她睡得格外香甜，第二天早起又把计划完善了一遍，这才神清气爽地出门上班。中午本打算去黑曜工作室找黎子棠了解一下她大表哥的情况，结果刚走进电梯，就被人围堵在了墙角。

思彤一脸惊慌地看向面前的男人：“你、你想做什么……”

对方鲜少有情绪的脸庞，此刻带着淡淡笑意，让人猜不透是恼怒，还是嘲讽的成分更多。似乎过了很久很久，才听他慢悠悠地说：“昨晚那两个小号都是你的吧？”

思彤心里咯噔了一下，糟糕，昨晚在游戏里戏弄他的戏码露馅了？

她眨了眨眼睛，一脸懵懂地看着他：“你在说什么？我听不懂。”

下一秒，他慵懒的神色终于有了一点认真，而从一开始就不曾削减的压迫感随着他的靠近骤然剧增。男人凑上前的俊颜，以暧昧又颇具危险的距离凝视假装镇定的思彤，淡淡揶揄道：“哦？‘彤小公主’这种品位奇特的ID，我应该不会认错人才对。”

思彤顿时瞪大了眼，他竟然记得她的游戏ID……

思彤虽然极力表现淡定，心虚却让她不由得结巴起来：“就算你知道我的ID，这也不能说明什么吧？”

“你还装傻？”他又向她逼近一步，185公分左右的身高，此时无形中对思彤造成了巨大的压迫感。尤其在他俯下身的那刻，一张无懈可击的清俊脸庞突然近在眼前，深邃的黑眸有暗光流转，看得思彤的小脸直接火烧了起来。

简直欺人太甚！

“那你倒是拿出证据啊！”思彤仍在用理智顽强抵抗。

不料，男人却沉沉地笑了，那声线浑厚且富有磁性，就像大提琴拨过音弦，让思彤的心顿时酥麻了起来。

“只要查查IP地址就知道了，对街苏记餐馆上的电信吧。”

明明是句恐吓，从他嘴里说出来却异样地悦耳，偏偏还不让人觉得反感。

面对这种如同BUG般存在的男人，心思单纯的思彤同学又岂是他的对手。

第一次交锋，结果，她那点底三两下就被对方摸清了。

呜，完全没想到他是个搞技术活儿的，完了完了，现在人赃并获，她该怎么办？正当思彤欲哭无泪之际，电梯叮的一声抵达目的楼层，对方先她一步走了出去，结束了这场无意义的对峙。

而思彤这块石化的挡路砖，被他无情地抛在身后。

看着男人消失的身影，思彤这才深深意识到自己被戏弄了……

午市是思彤最忙碌的时间，餐馆生意能这么火爆，除了家常菜式物美价廉外，还因为思彤这个不可多见的美女送餐员。

她不属于一眼就让人惊艳的美女，而是耐看型的清爽女生。脑后总是梳着整齐的马尾辫，一双水汪汪的大眼很是俏皮，而且笑容甜美，身材玲珑有致，就算穿着印有餐馆名字的超丑制服，也难掩天生丽质，根本就不会有人相信她真的只是个送餐员。

思彤有过无数次尴尬的送餐经历——“嗨，美女，有时间一起去喝点东西吗？”“方不方便留个手机号码？”“你看起来不像是送外卖的，更像是……”

其实皇临集团的员工餐厅相当豪华，各种菜系和口味应有尽有，写字楼有多少点餐的人是别有用心，几乎可想而知。

话虽如此，思彤在写字楼的人缘还是挺好的，就连总裁办公室那些心高气傲的美女秘书们都对她很和气，主要是思彤为人直爽，一点儿也不矫揉造作，外卖送着送着，倒是积累下了深厚的革命情谊。

思彤刚提着外卖进来，就看见Amy她们几个秘书围坐在一起聊八卦："听说企划部的Elissa昨晚在宴会上邀请总裁跳舞！"

"真的假的？结果呢？"女同事们激动地叫了起来。

"当然是拒绝了，也不看看那是谁邀请得起的舞伴！"

看到思彤的身影，Amy笑眯眯地把她叫到身边。在皇临没有几个女人不仰慕纪远司的，茶余饭后一起犯犯花痴都很正常，思彤也因此成了她们的忠实听众。

况且，纪远司还是那种让人不得不花痴的完美男人。

出身豪门世家的纪远司，年纪轻轻就已成为IT业内的风云人物，姑且不说他毕业于普林斯顿大学以及经济学和计算机双学位硕士的学霸头衔，就单凭他不依靠家里，独自创业而且大有作为这点，就足以让众多年轻企业家望尘莫及了。

短短五年，他就横扫CGDA（中国优秀游戏制作人大奖）等多个游戏制作人奖项，而《武皇》更是连续五年蝉联网游界最高殊荣的桂冠。另外，他长相俊朗尔雅，为人行事低调，浑身都充满着神秘的魅力，试问又有几个女人能不心动？

其实，思彤也是纪远司的小粉丝一枚。作为《武皇》的骨灰级脑残粉，对这个幕后鼎鼎有名的游戏制作人已崇拜多时。虽然从未见过偶像的庐山真面目，不过Amy她们的八卦听多了，也不免开始对纪远司浮想联翩了起来。

关于纪远司的家族八卦，公司里也有不少人在私下疯传。据说因为老董不满儿子往外扩张的事业，便将他强行召回国继承集团，于是就有了黑曜工作室并购入皇临集团的插曲。虽然被有意无意地撮合过几桩姻缘，不过一向信奉感情自己做主的纪远司至今仍是黄金单身汉，以至于众多名媛佳丽终日对他虎视眈眈。

思彤当然也有过灰姑娘的梦想，但偶像都是用来顶礼膜拜的，偶尔幻想一下就算了。

心不在焉地朝电梯方向走去，却迎面撞上了一堵肉墙。

思彤扶着撞疼的鼻子，抬头的瞬间突然怔住。

竟然是他？！

男人一身黑色西装熨烫得极好，完美的剪裁衬出他毫无赘余的腰身。廊灯勾勒出他如刀削般的立体五官，漂亮勾魂的桃花眼，英挺的鼻梁，薄唇紧抿，让人一不小心就沦陷了进去。

思彤脚步一顿，视线撞入那幽深的瞳仁，一切就像画面定格。

男人斜瞥了一眼思彤，目光掠过她的牛仔裤和宽松T恤后，一语不发地从她身边走过。

“喂。你撞到我了，至少也道个歉吧？”思彤皱起好看的柳眉，小小的鼻翼仍在隐隐作痛。

男人缓缓回头看了她一眼：“先撞上来的人是你，该道歉的也应该是你。不过，道歉就免了吧，我赶时间。”语毕，他迈开长腿，一脸淡漠地，自她身边优雅而过。

思彤被气得哑口无言，她猛地往前踹了他一脚，然后逃命似的冲进了电梯。电梯门即将合上之际，还趁机朝电梯门外怒视她的男人吐舌做起了鬼脸。

她一脸小人得志的模样，却浑然不知Amy她们被这一幕吓得花容失色。

熟门熟路地派完各部门的外卖后，思彤来到策划部靠窗的一张独立办公桌前，就看见一个双目失焦的女人呆望着写了一半的策划案。

“棠棠？”

思彤伸手晃了晃，双眼充血的黎子棠便抱着她痛哭起来。“第九版了，我已经不知道要怎么改了……”

黎子棠是黑曜工作室的策划部长，也是思彤最初搬来A市认识的第一个朋友。有时候思彤不得不感叹，送外卖也能送进皇临的大巢穴，真是她外卖生涯的一段不朽传奇。

她时常幻想着或许能在皇临见到纪远司真人，不过偶像没见着，倒是见到了她的小冤家。

那个男人又出现了，连同气场也一起变了，刚才还闹哄哄的办公室竟突然死寂一片。他淡淡地瞄了思彤一眼，那一眼看得她全身汗毛都竖了起来。就在思彤很小人地以为大魔王是来找茬的时候，颀长身躯却越过了她，将厚厚的一沓资料丢在黎子棠的桌上："今天之内，我要看到改好的策划案。"

直到他的身影消失，办公室的空气仿佛才重新流动起来。

黎子棠苦笑："哦，忘了跟你介绍，那是我的大表哥。内测的时候，你们已经见过了吧？"

她也是事后才知道，段思彤没做完内测是被大表哥气走的。

"怎么都没听说过你有个大表哥？"想起无意间偷听到武林大会的事，思彤决定顺藤摸瓜。

"唉，别提了。大表哥上个月才回国，一回来我们就忙得焦头烂额的。"黎子棠托着腮叹气，"《武皇》公测延期也是大表哥的意思。"

这个噩耗让思彤一度错愕，原来罪魁祸首竟然是那个混世大魔王！看来，他来头不小啊。不过，这下她更确定了对方是皇临的员工，不知道有没有办法更好地接近他……不经意瞟到了桌面一沓简历表，思彤突然惊喜了起来："你们要招人？"

"是啊，要招个游戏策划助理。"

要招助理？咦，这不是她混进皇临的大好机会吗？思彤忽然计上心来，对身旁的黎子棠谄媚一笑："亲爱的，我正好想换工作，可不可以帮我引荐一下？"

"可以是可以，但你也知道做我们这一行作息混乱，临时加班到三更半夜也是常有的事，你确定没问题吗？"

思彤自信地拍了拍胸脯："你忘了啊？我经常送外卖到凌晨，三班倒的作息完全没问题！事成后请你吃饭，吃你最喜欢的烤肉！"

一听到肉，黎子棠双眼放光："成交！"

思彤以前经常见到黎子棠他们加班，但没见过加班加得如此凶残的。

一进黑曜工作室，她整个人都傻眼了，曾经熟悉的一张张面孔都变得如此的……凶猛……

也许对他们来说，斯文真的是上辈子的事了，此刻这里只有和代码的厮杀，甚至连会议室里都是杀气腾腾的，好像分分钟都会升级成重大案件现场。故意加重脚步走进游戏研发部，思彤和她的外卖却没能唤回半点注意力。随手抓了个人问，才知道今晚出现了一个重大的漏洞，导致服务器瘫痪，现在公司正在紧急修复当中。

思彤马上用手机登录了一下游戏论坛，果然有很多玩家在发帖谴责官方。

她四处张望寻找着黎子棠，一个工作人员对她说："彤彤，我们现在有点忙不过来，夜宵麻烦你送去测试部那边。"

来到测试部，思彤一眼就注意到测试机前神情肃杀的男人，那不就是大魔王吗？没想到他也留下来加班了。

男人眉头紧锁，神情严肃，似乎在思考着什么。

办公桌边还围着几个人，每个人面前都有好几台电脑。他们一直监控着电脑的数据，不时激烈地争论着。

眼看几个技术员又要吵起来了，大魔王冷静地打断僵局："都别吵了，先检测一下有没有被植入木马之类的可疑数据。"

他们听了大魔王的话后，立马噼里啪啦地敲起了键盘。那认真炙热的加班现场，让思彤看得有些热血沸腾，也更不好意思打扰他们工作了。本打算打声招呼放下外卖就离开，结果刚要转身，就被人叫住。

大魔王指了指身旁一张空置的桌面："麻烦把外卖拿到这儿，大家都先吃点东西，等会儿再继续。"

咦，也太会使唤人了吧。思彤偷偷地瞄了一眼大魔王，他依旧面无表情地看着数据。

饥肠辘辘的众人，拿过思彤手中的外卖，迫不及待地狼吞虎咽起来。只有大魔王心不在焉地吃了几口，仍时刻专注着电脑的情况。

回到店里忙到凌晨一点多，抽空摸了下手机浏览论坛，结果看到一张帖子打着显眼的红字大标题《皇临大厦失火爆炸，骨干网络瘫痪导致服务器崩溃》，而且帖子的回复数还在不断增加。

正直小青年思彤表示很气愤，这种低级的造谣帖竟然有这么多人信以为真，还以讹传讹？

她忽然有些担心黑曜工作室的情况，于是又来到了办公楼前。

整栋大楼几乎灯火通明，里面都是通宵加班的技术人员。思彤犹豫了一下，掏出手机随手拍了几张大楼的照片传到论坛上，澄清了事实。然后，她又鬼使神差地来到了测试部，本来只想在外面偷偷看一眼，结果却彻底挪不开脚步。

夜色寂静，月华如水，而她的目光直直落在那个宽厚的背影上。

男人如雕刻般的俊朗五官，不由得深深烙印在心底，他的手边还是那份只吃了几口的盒饭，如今早已凉透。面对不时传出的系统警报和一众技术员的失落哀叹，那道背影依旧笔挺地屹立在黑夜中，修长的指节，默默在键盘上敲出韵律的节奏。他不惊不躁，淡定从容，好像前路荆棘丛生，也无所畏惧。

就在这时，大魔王磁性的嗓音划破了宁静："找到异常数据了。"

随即，技术员们纷纷敲击键盘，几通紧急联络后，服务器的情况大致稳定了下来。

"修复完毕，今晚大家辛苦了。"

大魔王的宣告，让整个办公室欢呼雀跃起来。

这一幕，让思彤看得莫名感动，忍不住跟着笑了起来。

她点开了手机论坛的编辑界面，在帖子最后又补充了一行字：为喜欢上《武皇》而骄傲。

"老大真不愧是普林斯顿毕业的高才生，这么棘手的问题轻易就破解了。"

小张的马屁拍得很是信手拈来，引来同事一排鄙视的白眼。男人只是谦虚地笑了笑，目光不经意扫到门外，捕捉到思彤离开的背影，漆黑如墨的眸中突然闪过一抹温暖的星光。

回到餐馆，店里依旧一片欣欣向荣的景象。

光叔的这家餐馆店面不大，来来去去也就只有十道菜可以点。客人络绎不绝，其实不外乎餐馆占据了地理位置的优势。这片区域正是开发中的商业圈，好吃又实惠的餐馆实在不多，按就近原则而言，上班族们的选择实在不多。

刚路过收银台，就听到店长笑呵呵的声音："……海鲜炒饭2份、鱼片粥1份、烧鹅叉烧双拼饭套餐3份，好好好，马上来。"

思彤放下东西，单刀直入："光叔，我想辞职。"

苏程光仿佛听到了世界濒临崩塌的声音，他缓缓地放下对账的小本子，差点老泪纵横："思彤小姐，是不是我哪里做得不好？"

"不是啊，光叔你对我一直都很好。还有，都说了在外面不要这样称呼我，我现在也不是什么大小姐了。"思彤觉得好囧，就她这身T恤和牛仔裤的装扮，别说她是千金大小姐了，就算说餐馆老板给她这个外卖妹打过工也没人信啊。

说起来光叔不仅是思彤现在的老板，还是段家昔日的管家。至于为什么他们现在主仆立场互换，大抵要从段思彤有一对败家的父母说起。

据说段父是某上市集团老总的儿子，可惜，段父脱离家族自立门户时事业受挫，夫妻两人又是娇生惯养的世家子女，出手阔绰，很快就把积蓄败光光了。自思彤记事以来，好像也没体验过什么有钱人的生活，所谓千金小姐的出身也只能是"据说"了。

父母相继过世后，管家苏程光收养了她，于是她就跟着光叔搬来了A市，并且开始在餐馆帮忙，把片区的送餐事业做得风生水起。

"那你为什么要辞职呢？留在店里工作，起码可以互相照看，我可是答应过你爸要照顾你的。"

思彤不能跟光叔坦白辞职是为了混进皇临偷邀请函，如果光叔知道她打的是这个主意，不仅不会答应，还会跟她翻脸。她只好打起了马虎眼："光叔，你也知道我喜欢玩游戏，正好之前送外卖的那家网游公司在招人，你就让我去试试嘛。"

“真的？”

思彤点头如捣蒜：“真的真的。”

苏程光又狐疑地瞄了她一眼：“不是因为看了你爸留下的那份典籍，打算去找段氏的线索？”

呃，思彤的笑容突然僵住，真是什么都瞒不过他老人家。

去年她谎称去旅游，其实是为了去云南打听段氏大宅的旧址。可惜根据典籍上所记载的地址，她最后只找到了一片正在施工的建筑用地，打听之后才知道原住户已经搬迁，附近一带的地皮都被企业收购要改建成新楼盘。

真正的段氏一族不知去向，典籍留下的线索又断了，现在好不容易又有新线索，她怎么可能让它白白溜走？

“唉，都是上一辈的事情，我怎么可能跟老爸一样耿耿于怀。我只认他一个爹，他叫段志谦。”思彤使劲摇晃着苏程光的手臂，“总之，光叔你就答应我嘛。反正皇临大厦就在附近，我周末还可以继续帮忙送餐啊。好不好嘛，光叔你就答应我呗。”

苏程光耳根子最软，完全抵挡不住她的撒娇，立马弃械投降：“好好好，总让你东奔西跑地送外卖也确实委屈了你。你要注意不要被用人单位欺骗，还有……咦，人呢？！”

赶在光叔的管家毛病发作之前，思彤早就脚底抹油闪了。

晚饭过后，思彤打开电脑登上了游戏，不一会儿，她就接到了黎子棠打来的电话。

“我明早就可以去面试了？”

当时开口说要应聘助理的时候，思彤还心虚了好久。因为以她的学历条件，按正规流程进皇临集团真的很有难度，但好在有黎子棠这个策划部长的引荐，第一轮简历筛选就已经轻松过关。

思彤不禁再次感慨，有后台的感觉实在太酸爽了！

“明天加油，我很期待你的表现哦。”

结束通话后，黎子棠就给她发来了面试相关信息的邮件。

思彤顿时心情大好，就连一直无法通关的副本任务也被她挑战成功了！看着游戏里大理段氏的飒爽英姿，思彤几乎笑弯了眉。她开心地摸了摸下巴，这是预示着她明天面试也会大获全胜吗？

虽然为了偷武林大会的邀请函小小利用了黎子棠一下，不过高兴的心情远胜于内疚之心。

她从抽屉取出一个木盒，里面安静地躺着一片镂空白玉。指尖摩挲着玉面的图腾，感觉到了一丝丝凉意以及说不出的沉重使命感。顺手翻出压在白玉下方的一本泛黄古籍，思彤仰躺在床上漫无目的地翻了起来。

传说中的武林世家，其实依然存在，比如大家熟知的大理段氏、丐帮、唐门等等。这些武林世家之间依然有着紧密联系，并且约定每年举办一次武林大会，主办方由影响力最大的四大世家轮流担任。

不过，现代社会里的武林大会，和过去的武林大会已经截然不同。本质上的武林盟主争夺战，已经渐渐演变成了武林后裔间的联谊聚会。某种意义上来说，虽然没有了刀光剑影的传统戏码，但各个世家在扩张人脉和敛聚钱财上，倒是有了更加激烈的争斗。

思彤有着不得不去的理由，但典籍上说，只有被主办方认可的名门世家，才能收到武林大会的邀请函。只有拿到邀请函，才知道武林大会的举办时间与地点，才能混入安保严密的武林大会。

按典籍上的时间推算，今年的邀请函应该是由丐帮负责发放。

丐帮？嗯，果然是丐帮啊……

思彤猛地坐了起来，记得大魔王曾经提过“别的门派想要邀请函，我还不一定会给”什么的，听那语气他还管发邀请函？难道……他是丐帮的传人？为什么她隐隐觉得新版本里丐帮会强得如此丧心病狂，跟他有着莫大的关系？

她暗自揣测，丐帮都是偏袒丐帮的！

第二章
大神也会美男计

思彤从未想过除了当年高考迟到，她还有机会体验跑步跑得喘不过气的滋味。当她头破血流地赶到皇临大厦时，把接应的黎子棠吓了好大一跳。

“思彤，你怎么了？”看到匆匆赶来的思彤一身血污，神情十分狼狈，黎子棠心中的怒火也消去了不少。

“路上碰到点小意外，脑袋缝了几针。”

“脑袋都缝针了这还叫小意外？不行不行，你还是赶紧回去休息。”

“我真的没事，随时都可以开始面试！”一想到计划要失败，思彤就焦急起来。听说今天给她面试的是黎子棠的直属上司，她迟到这么久，一定给别人留下很不好的印象。她心中不禁哀号，该不会面试还没开始就已经黄了吧？

黎子棠恨铁不成钢地敲了她脑袋瓜一记，看她抱头喊痛，语气又不由得放软了些：“你这坏家伙，姐姐我好不容易才向大表哥争取到这个面试机会，你竟然还敢迟到！”

什么？原来面试官是大魔王？！知道这个真相，思彤整个人都不好了。

就在她意识飘出九霄云外期间，黎子棠已经用一通急电帮她搞定了面试问题。“大表哥说了，午餐时间可以腾出来，你待会就直接去这个地址。”说着就把一张字条塞给了她。

思彤很是伤心，黎子棠知而不告就算了，竟然还擅自帮她安排了和大魔王的饭局！一想到大魔王淡漠的神情，她摸了摸隐隐犯疼的胃，这顿饭一定会消化不良吧？

她不抱希望地问：“棠棠，你会陪我去吧？”

黎子棠翻了一个白眼：“没空！”

思彤绝望地垂下了头，说好的友情呢？

思彤被黎子棠赶回家换了套干净衣服，然后又匆匆忙忙地下楼。动作太大，还惊动到了楼下餐馆的苏程光。

“思彤小姐，你去哪儿？”苏程光探头往店外看去。

“去面试！”她应了声，头也不回地朝大马路方向跑去。

“又去面试？”苏程光困惑地摸了摸头，难道思彤小姐同时面试好几家游戏公司？他刚一低头，就发现地上躺着一个粉色钱包，而它的主人早已绝尘而去。

事实证明，人倒霉起来，真的连喝凉水都会塞牙缝。

正当思彤在为打的费心疼不已时，她发现了另一件更为痛心疾首的事。

她竟然没带钱包出门！

包里翻来倒去，外套的口袋也被翻了个遍，就是没有找着她的钱包。她有些狼狈地朝司机笑笑：“司机大哥，可不可以让我先打个求助电话？”

司机当场就投来鄙视的目光，思彤不禁泪流，她才想起来自己并不知道大魔王的电话，她该找谁赎她回去啊？就在她六神无主之际，车窗外突然传来敲响声。

来接应的高特助爽快地帮她付了车钱：“段小姐，请跟我来。”

思彤在千谢万谢中跟随特助先生走进了富丽堂皇的大酒店。搭乘观光电梯一路向上时，思彤就在想，大魔王到底约在几楼吃饭呢，伊萨好歹也是家五星级酒店，这顿午餐会不会太穷奢极侈了？

难道目的地是五楼的京都日料？

见特助先生没有动，日料那层楼掠过了。

不是吧，难道是九楼那家超级贵的泰国料理？

结果电梯又过去了……

随着电梯里的人越来越少，楼层越来越高，思彤的冷汗挥如雨下，她吞了吞口水，不要告诉她是二十一楼的法国料理……

然而，二十一楼也过去了。

就在思彤一阵瀑布汗的时候，电梯最终停在了顶层。

顶层？

刚踏出电梯，段思彤就有种一旦进去就出不来的错觉。几乎是生存的本能告诉她，快走吧，这很有可能是顿鸿门宴！

放眼望去，眼前是清一色的礼服。伊萨的顶层岂止可用豪华形容，简直就是总统级别的娱乐馆，里面形形色色的人都是政商界有头有脸的人，同时也不乏影视名人的身影，这让思彤这种平凡人的出现更为突兀，也更引人八卦。

在宾客的窃窃私语中，思彤跟在高特助身后龟速前进，最后实在忍不住，快步上前小声问了句："高特助，你有没有带错路啊？"

"没有，段小姐。这里是皇临集团的私人俱乐部。"高特助领着她继续往前走，迎面走来不少衣冠楚楚的大款，频频朝他点头示意。

私人俱乐部？！

等等，这感觉不太妙啊，大魔王和她印象中的丐帮完全不一样啊！

曾经的丐帮不都是穷得叮当响的叫花子吗？就算今时不同往昔，可这贫富反差也太让人发指了吧！

最奢华的装潢，顶尖五星大厨亲临烹饪，美酒佳肴觥筹交错，甚至连曼妙悠扬的音乐都来自皇家乐团的专业表演……没想到现代的丐帮子孙已经富到流油了。

现实和想象的落差，让思彤不禁心情复杂起来，她对大魔王的真实身份也越来越好奇了。

最初遇见大魔王的时候，她误以为他只是一名技术员。可再到后来，听到小张那帮技术员喊他老大，她又觉得他的职位应该更高一些。恍惚想起黎子棠说过公测延期和大魔王有关，以及从这私人俱乐部的排场来看，大魔王大概是个能参与决策的主管级人物吧……

这时，特助先生为她推开了房门。

红木大门后是雍容华贵的欧式雅座，沙发椅上静静地坐着一个人。他缓缓抬头，看向门外的思彤，目光淡然，仿佛这一刻已经等待了很久。

高特助说："段小姐快进去吧，别让总裁久等了。"

总裁？思彤惊恐地看向座上的大魔王。

不，准确地说，应该是纪远司。

纪远司似乎很满意她的反应，竟弯起了嘴角，噙着一抹不易察觉的笑意。然后思彤就听到他凉凉说道："你要站在门口当雕像吗？"

大魔王是总裁？

大魔王是总裁！

大魔王是总裁……

思彤当时只有一个想法，让风把她吹走吧……

侍者上完主菜，分别为两人的酒杯斟满了红酒后，才退到房间外。

餐桌对面这个外表出众的男人，无疑为餐点增色不少，只是思彤全程都在呆滞当中，食不知味。相比较她的窘迫，对面的男人从头到尾都尽显优雅从容。

思彤卷了一小撮意粉塞进嘴里，机械地咀嚼，骨碌碌的大眼到底是禁不住好奇心，又偷偷望向了纪远司。与其说不可思议，倒不如说这种感觉太不真实了，以至于她直到现在还没缓回神。

相较于丐帮传人有钱到令人发指的事实，思彤似乎更接受不了大魔王和纪远司是同一个人的真相。天晓得她现在有多想用头磕桌子，她从没想过有朝一日真的会见到《武皇》的制作人，而且是以这种幻灭的形式。

一回想起曾经和纪远司作对的种种作死画面，她尴尬得只想把自己给活埋了。

大魔王怎么可能就是纪远司！但也只有纪远司可以轻易决定游戏公测延期。可是，高高在上的他为什么要亲自面试她这个小助理啊……思彤心中有太多疑问，张了张嘴，却一个字都说不出口，一对上纪远司深沉的目光，她不自在地红了脸，马上低下头假装埋头苦吃。

两人就这样无言地吃完了主餐，等侍者撤走餐盘上最后的甜点时，纪远司才率先开口："你头上的伤口是怎么回事？"

当他第一眼看到她的时候，就已经注意到她头上白得扎眼的绷带。

这意外的关怀，让思彤受宠若惊。她读不懂纪远司眼中那浓郁的探索意味是什么，小心翼翼地回答："路上出了车祸。"想了想，为了不让对方感到内疚，又补充了句，"小车祸，只是轻伤，总裁别担心！"

纪远司的神色似乎有些不快，思彤以为他误会自己在为迟到找借口推脱，马上小小强调了一下："我一缝完针，就立刻从医院赶来面试，我真的不是有心迟到的。"

岂料，纪远司的表情居然比刚才还难看！

他果然不相信她的话，怎么办怎么办怎么办……

就在惶惶不安中备受煎熬时，纪远司突然开口："以后别这样草率了，没有什么比自己的身体更重要。"

诶？大魔王是在关心她吗？

其实，这场意外说来也挺戏剧性的。就在皇临大厦前不到一百米的距离，思彤的小绵羊突然撞上了一辆变道的白色雷克萨斯。

她坐在地上疼得直抽冷气时，主驾驶座上的男人走了下来。

"小姐，你没事吧？"男人摘下墨镜，露出一双深邃好看的黑瞳，他半蹲在思彤面前，温暖的大掌覆上了她惨白无血的脸庞。

思彤吃痛地眯眼，下意识地抓住了他的手臂：“我没事。”

她额际上湿粘的猩红液体沿着脸颊汩汩流下，这触目惊心的一幕让男人顿感无措，那张充满阳光味道的俊颜，也因此染上了自责的阴霾：“我马上送你去医院。”

她的“不”字还没说出口，就被对方抱进了车后座，这份责任感让思彤很是感动。

因为一心惦记着面试的事，她在医院缝完针就灰溜溜地逃了。皇天不负有心人，虽然过程有点曲折，但到底还是给了她面试的机会。

该说她幸运呢，还是不幸呢？

看着面前捉摸不定的大魔王，思彤心中暗暗祈祷，神啊，保佑她今天面试顺顺利利吧！

就在她胡思乱想之时，磁性的声音又悠悠响起。

“段思彤。”

她被他这温柔的一声叫得浑身一抖，不知所措地抬头，看到纪远司正微带笑意地注视着自己。明明只是很普通地叫了声她的名字，为什么她突然有种压力从天而降的错觉？

事实上，她的错觉也并没有错。因为，吃饱喝足正是面试的时候。

“除了《武皇》还玩过哪些网游？”纪远司放下拭擦手指的湿毛巾。

“其他网游玩得不多，不过《武皇》我是从开服就一直玩到现在的，算算也是个五年老玩家了！”面试毫无预警地开始，这种感觉不亚于被老师突击检查一样，思彤紧张得昨晚背的面试稿都忘光了。

“我也知道自己在网游方面是薄弱了一些，我会抽时间补玩其他游戏的。”

“现在再来补已经太迟了。”纪远司淡淡地说。

呃，也不用这么直接吧……

不过，都跟大魔王死磕了这么久，再不拿下工作就太亏了。思彤也不知突然哪来的勇气，身子猛地向前倾，正色道：“总裁，我除了很会打游戏，还会……”

纪远司眯起眼：“还会什么？”

“还会充点卡，呃。”

纪远司抬了下眼皮又问她：“喜欢哪个门派角色？”

“大理段氏！”说完思彤就有些后悔了，如果回答的是“丐帮”他应该会更高兴吧？

可预料中不满的情绪并没有，纪远司只是了然地点点头：“为什么？”

“远程辅助能力强，格斗技能酷炫，一身华丽神装就能气死对面的丐……我是说，大理段氏的外观都做得很精致。”差点又鬼迷心窍地把心里话说出来了，思彤深深意识到了这是一场危机四伏的心理战，而且对面那只大魔王的战斗力实在太强。

“你玩辅助有什么心得？”

虽然大魔王面上没什么表情，但思彤就是知道他不高兴了。

“我辅助玩得很好！朋友都说我是‘奶妈界’的顶梁柱，所谓胸不平何以平天下，乳不巨何以聚人心。竞技场上走位风骚，你偷人头，我挨刀。”思彤又不傻，知道他根本不想听标准答案，所以她也答得随性，毕竟在大魔王面前班门弄斧很有压力，专业的东西说不好，反而会错漏百出。

纪远司似笑非笑地说：“你觉得自己走位很厉害，那是怎么做到的？”

“看比赛。”

“哦？”他一副饶有兴味的样子。

思彤立刻顿悟，原来大魔王对这个话题有兴趣！

为了表现出自己对电子竞技的深刻认识，思彤决定一鼓作气：“是的！像是这届WCG（世界电子竞技大赛）的选手里，我就比较看好‘江风引雨’，他手法犀利，要带领战队打入前三强并不是问题。我已经准备好买门票去现场观战了！”

她对自己的回答相当满意，可没想到话音刚落，就看到纪远司眼中闪过一簇火光。

“你竟然还想去看？”纪远司脸上明明白白地写着“不屑”两个大字。

“其实，我也不是那么想去看的……”

为什么她隐隐觉得大魔王是在嫉妒？思彤这才反应过来，对了，说到电竞界，大魔王这个货真价实的大神也曾辉煌过……

早在十年前，当电子竞技还并不那么普及的时候，就有一个电竞选手叱咤业界，在国内玩家中广为人知，就连当时还很菜鸟的思彤也略有听闻，但对“纪远司”这个传说中的电竞选手，她也仅止于知其名而不知其人。

纪远司以高超犀利的操作以及沉稳镇定的心理素质，被众多玩家奉为心中的神祇，他玩过的游戏，许多玩家前赴后继地跟风效仿。

在他职业生涯的巅峰时期，他却突然宣布隐退，这个爆炸性消息在当时来说，还引起了一场不小的轰动。至于后来隐退的纪远司怎么会转型当起了游戏制作人，这成了众人心中的一大悬案。

思彤困惑地看了看面前孤傲淡漠的男人，在是否开口询问的理智间挣扎。

看到她欲言又止的样子，纪远司的情绪稍微缓和了些：“一周后来上班吧。”

“哦。”思彤垂头丧气地点点头。

果然，她就知道面试没有这么顺利。看吧，大魔王是那种小心眼儿的人，他不趁机报复她就很不错了，怎么可能还会录取她。

嗯？！等等！大魔王刚才好像是说……

她抬起雀跃的小脸，闪烁着星星眼：“真的吗？我被录取了？”

可是为什么要一周后才上班呢？

纪远司难得微笑：“你希望我在开玩笑吗？”

他笑起来的样子真好看。

就像散发着樱桃酒香的黑森林蛋糕，看得思彤眼睛都直了。

思彤被他蛊惑的笑容迷得七荤八素，哪还有勇气抵抗，乖顺地摇了摇头：“当然不希望。”

最后，思彤就在惶恐不安中被大魔王开车送回了家。

直到那辆黑色布加迪消失在居民区巷口，思彤才收回了困惑的视线。就这样被莫名其妙地录取了，她仍然觉得不可置信，大魔王的态度她完全摸不着头脑啊，他们的交情有好到大魔王让她走后门吗？

日料店内。

当滋滋作响的烤肉被端上来时，对座女人的目光骤然一亮。待到服务员离开，黎子棠抛开矜持，一筷子就往盘里挥去，然后面露陶醉的幸福表情："还是这家的烤肉好吃，我都快感动哭了。"

"棠棠，你的反应也太夸张了吧。"思彤差点被她放肆的吃相逗笑。约黎子棠出来吃饭，一是为了报答她的关照，二是想从她身上打听点消息。既然大魔王是丐帮的传人，那么黎子棠也可能是武林世家的一员，说不定她身上也有邀请函的线索。

黎子棠咽下嘴里的肉，坏心眼地说："我还可以更夸张哦，等会就把菜单上所有烤肉吃一遍，谁让今天是咱们思彤小姐请客呢。"纤指点了点下单器，很快服务员又来到了卡座，追加了两盘烤肉。

"你还真不客气啊！"思彤一脸心疼，仿佛看到了飞走的票票。

"那当然，你面试成功了，我可是大功臣。"正当她要夹起烤盘上的五花肉时，突然手一抖掉在了桌上，本想夹起凑合吃，却突然被制止。

"不要了吧，也不知道桌子干不干净。"

"那多浪费了！喏，茶水里涮一下，就可以吃啦。"说着，黎子棠就往嘴里塞去，口齿含糊地解释，"我从小就被教育不能浪费食物。上次去大表哥家吃饭，我的汤没喝完，硬是挨了一顿骂，多委屈啊。"

明明现代丐帮都这么有钱了，竟然还对自己人抠门成这样？思彤不解地问："不至于吧，不就一碗汤吗？"

"你不知道，越有钱的人越抠门。别看我大表哥平时衣冠楚楚的，其实……"黎子棠突然压低音量说道，"他有时候对自己可小家子气了。他的衣柜来来去去就几套订制西装，家里的电脑、机器都是他自己动手组装的，就连那台布加迪也是舅舅硬塞给他的。虽然该出手的时候，大表哥还是很阔绰的，但你说吧，他好歹也是大集团的总裁，就不能对自己大方点吗？”

“看不出来你表哥那么节俭……”思彤对纪远司的印象还停留在那顿奢侈的饭局，不敢相信他还有如此不为人知的一面。

“对吧！不过大表哥还是很注重个人形象的，而且通常仰慕他的都是不熟的，你看公司那一大片被迷倒的女同事就知道了，哈哈。”黎子棠毫不客气地挖苦自家表哥，心思又落在了烤肉架上，“不过这也不能怪大表哥啦，毕竟家族世代都这样，还有很多奇奇怪怪的规定。”

“什么规定？！”难道这和武林世家有着一定的关联？思彤屏气凝息，期待地看向了黎子棠。

就在这个节骨眼间，黎子棠的电话突然响了。

结束通话后，黎子棠迅速扫空了碗里的肉，“思彤，不好意思，公司里突然有点急事，我要马上回去。这顿饭谢啦！”说完，她就急急忙忙地拎起了挎包朝店外走。

“诶，棠棠，你还没有……”

告诉我丐帮到底有什么不可告人的秘密啊！

在正式到皇临集团报到之前，思彤还是老老实实地待在家里休养，每天的日子过得可谓滋润又腐败。

她盘腿坐在电脑前边嚼鱿鱼丝边登录游戏，最近《武皇》的世界依旧盛世太平，前阵子网络瘫痪的大事件早就被各种刷屏消息给淹没了。后来思彤再去翻那张造谣帖时，发现已经被管理员删除了。令她震惊的是，版主大大竟然还把她那张澄清的帖子置顶到了论坛最上方。

思彤囧了一下，这不是让她成为众矢之的么？果然，帖子里的回复有喷她是托儿的，也有说她是真相帝的，总之她就稀里糊涂地成了化解这起大事件的无名英雄。

值得庆贺的是，服务器修复完毕后，黑曜工作室宣布了新版本在月底公测的好消息。听说，新版本还加入了挖宝、探秘、试炼等多种新玩法，官方也考虑在过重的江湖气息中加入一些浪漫元素吸引女玩家，比如成亲或海誓山盟什么的。

老实说，思彤看着帮会里的小伙伴们陆续成双成对，有的还从网络走到了现实，说不羡慕是骗人的。前天还收到帮里明教小伙伴寄来的婚宴请柬，这更刺激到了思彤的小小自尊心。

说起来，思彤也算是从开服一直玩过来的老玩家了。那时候游戏偏重格斗，所以男女玩家比例相当不平衡，女玩家可谓是游戏里的珍稀资源，就算操作弱一点儿，也会受到众星捧月的待遇。偏偏思彤的操作水平彪悍得不像话，以至于大多男玩家都误以为她是人妖，这事多年以后仍会被帮会的小伙伴们翻出来耻笑，气得思彤七窍生烟。

同是帮会“单身老狗”的唐门总拿她开玩笑说：“要不我出点钱给你去擂台比武招亲吧，你只要不打死对方，还是有得救的。”

瞧这话，真是耿直得思彤想一刀劈了他。在这个服，榜上有名的那些大神都早已名草有主了，剩下的那些放眼过去，基本上都是思彤的手下败将，按唐门那话的意思，她这条单身汪的路可要一路走到黑。

真要说她在游戏里输过给谁，那就只有一个人了。

可惜，那个人已经消失了很久很久。

正打算和帮会的朋友们组队去做个日常任务，中途有小伙伴急事离开，领队的唐门只好往外头喊了个人临时救场。很快队伍里就加入了一个丐帮，思彤抬头扫了一眼ID，差点没把嘴里嚼的鱿鱼丝给喷了出来。

咳咳，大魔王？

见到陌生男玩家，口无遮拦的唐门又习惯性开起了思彤的玩笑：“兄台，缺不缺对象？我们帮里现成的一个女单身大理段氏，能打能奶，你看如果凑合的话，就带走吧！”那阵仗简直就想把思彤这桶水给泼出去，敢情为了送走她就是倒贴银两也愿意。

嘲风瞄了她一眼，状似无意地问了句：“你要去比武招亲？”

大概是刚进队伍，嘲风就看到了唐门在队伍频道里调侃她的那些话。就算看不到表情，思彤也能想象到大魔王似笑非笑的神情，她此时此刻羞愤得只想当场自绝经脉。

唐门一听，笑得更加人仰马翻：“怕是想去也没办法，一没银两，二没人去，好不容易有人敢挑战，估计会被她打得下线删号，哈哈。”

这也不能怪思彤，毕竟孔武有力的她是PK榜上前十强，虽然很强，但是钱包很弱。《武皇》里的比武擂台是公证切磋的场所，收费还出了名的变态，打一次得交一万银两高额手续费，对思彤这种两袖清风的穷光蛋来说，简直就是一笔巨款。

嘲风听了她的遭遇后，沉吟半晌，便抛下结论：“打了确实浪费钱。”

思彤：“……”

大概是从那偶然的一次组队开始，大魔王出现在思彤面前的频率多了起来。

据说新版本即将到来，旧版本的一些江湖设定会被取消。很多玩家都纷纷来到山神庙打算算上一卦留作跨版本纪念，思彤也不例外。

实际上，卦象结果对游戏人物的能力并没有任何作用，仅供玩家娱乐娱乐。当思彤在山神面前虔诚地算卦时，一抬头就看到了坐在神坛上的嘲风。

那一眼几乎让她看出了神。

俊逸的锦衣男子慵懒地单膝盘坐，一手托腮，另一手把玩着手里的酒坛子，眸光流转间，嘴角噙着淡淡的笑意，山间清风相送，让他显得格外潇洒不羁。

不得不说大魔王的品位真的很高，同样是丐帮，别人玩出来的是不折不扣的叫花子，到了他手里却宛如净衣派的翩翩公子。再看看自己，大理段氏的皇族气质都成了油泼辣子鸡（常年装备受损呈现红色状态），果然大神就是不一样。

大魔王绝对是史上最低调大神。某天思彤无意间撞见大魔王和别人私斗，号称全服第一的逍遥派大神不知道因为什么恩怨竟然找大魔王单挑，思彤原本打算拆包薯片观战，结果薯片还没吃完半包，逍遥派大神就含恨倒在血泊中。即使不再活跃在电竞界，大魔王的操作水平依旧神乎其神啊。

思彤顿时了然，原来真正的大神是深藏功与名的！

她曾偷偷问大魔王为什么不去上PK榜，结果他说："我不想和那些技术太差的人待在同一张榜单。"

大魔王实在是太任性了！

不过，大魔王为什么会出现在山神庙，难道他也是来算卦留念的？思彤很快又否定了这个想法，纪远司是游戏的制作人，想要什么卦象不就是改改数据的事么，根本没必要来这种地方凑热闹。

嘲风："借我一百银两算个卦。"

思彤："……"

家里有钱到流油的堂堂皇临集团大总裁纪远司，游戏里海扁天下狂傲侠士的大魔王嘲风，竟然压榨她这个无产阶级工人的血汗钱……

思彤看着所剩无几的银两，咬牙发送了交易请求。

虽然思彤心里很是怨念，但面对大神级别的大魔王，她这点儿皮毛操作顶多也就负隅顽抗一下。不过，如果能拿到邀请函的话，这点牺牲也值……想到自己的猜测，她状似无意地问："总裁，你好像特别喜欢丐帮？"

大魔王对丐帮的偏爱，全公司几乎无人不晓。如果不是门派情结，他的气质大概更适合闲雅清隽的逍遥派吧？倒也不是说丐帮不如逍遥派，作为游戏里的热门角色，丐帮的能力一向名列榜首，赛场上的狂傲不羁，反而更贴近职场上的大魔王。

大魔王不答反问："那你呢？"

"我？因为我姓段，就选了大理段氏啊。"

大魔王似了然一般，没有再接过话茬，领着从她那巧取豪夺的一百两去山神面前算了一卦。思彤跟在他身后，看着他的背影一直在想，到底为什么喜欢丐帮你倒是说啊！是不是因为你是丐帮的传人你倒是承认啊！

当然，她也只敢在心里无声地咆哮。

随手打开自己刚才算到的卦象，斗大的“山”字，让思彤石化了。

山卦是卦象里最烂的一卦。

而大魔王得到的却是和她截然相反的顶级好卦，天卦。

正当她在沮丧中心疼一百两银时，大魔王发来了交易请求。思彤一看，竟然是他刚才算到的天卦，还没来得及表达一腔感动，就听大魔王说：“山卦的概率是千分之一，你的运气不错。”

炫耀就炫耀，干吗要拐弯损人，思彤郁闷极了。

不过，能得到传说中的天卦，思彤还是很开心的，在看卦象说明的时候，匆匆扫到最后一行字——

姻缘，好事近。

不得不说这句话让思彤爽到了，然后就开心地下线睡觉去了。

临上班的前夜，餐馆生意火爆到不行，因为订单量很多，思彤还是帮着光叔送起了外卖。来到熟悉的皇临大厦，思彤开始专心派发外卖，一抬头就看到了面前的黎子棠。她捏了捏思彤肉嘟嘟的脸颊，笑得好不开心：“哟，手感不错，看来这一星期在家里过得挺滋润的。”

“我好歹也是伤员啊，光叔都心疼得不让我帮忙送外卖了。”思彤从小身强体健，养了一个星期，头上的绷带也拆了，脸色红润，整个人又活蹦乱跳的。

“这事你得感谢我大表哥，换了别的员工可没这种特殊待遇。”领走属于自己的那份盒饭，黎子棠挥一挥衣袖，迅速飘走。只有思彤张着惊讶的小嘴，像尊雕像一样任人侧目。

难道一周后报到不是皇临的入职传统吗？为什么大魔王会给她特殊待遇啊？

思彤若有所思地走出研发部的办公室，迎面走来一个身材高挑的大美女。

美女长发如云，轻盈披在身后，清澈双眸未语先有情，举手投足楚楚动人，就连思彤都忍不住多看了几眼。早就知道皇临集团俊男美女多，就连气质也不同凡响，思彤不禁羡慕起来。

大概是察觉到了思彤的注视，长发美女斜睨了她一眼，就走进了专梯。

这时，思彤就听到身后有几个女职员在不屑地碎碎念："那个Elissa在神气什么呀，不就在会议上被总裁夸了一下嘛。"

"你最好不要被她听见，现在全公司谁不知道Elissa的心思啊。自从总裁回国以后，她就费尽心思勾引，那也是需要勇气的。"

"怪不得总是看见她往总裁办方向跑。"

"这叫心机你懂不懂。"

几个女职员一阵嘻嘻哈哈后，就结伴走进了茶水间。

Elissa？不就是上次在宴会向大魔王告白的绯闻女主角吗？

思彤心情复杂地走向电梯，没走几步，就被后头追上来的黎子棠叫住："思彤，再追加一个砂锅粥，等会儿你直接送上总裁办给我大表哥。"

咦，大魔王今天又加班？虽然游戏公司加班很正常，但像皇临集团这种大企业，公司里有一大堆专业经理和优秀技术员坐镇，总裁也没必要天天都到公司。这么想想，大魔王真的挺敬业的。

砂锅粥出炉时，已经过了饭点时间，为了赶时间，思彤连锅带粥一起送去了皇临。黑曜工作室里只有纪远司的办公室亮着光。因为秘书晚上都不加班，思彤只好硬着头皮亲自送进去给大魔王。

思彤正要敲门，才发现房门没有锁，接着就听到办公室里的对话。

"……我是为了你才放弃设计跑来皇临从底层做起的，难道你从来就没对我心动过？"女人的情绪十分激动。

"Elissa，我已经明确拒绝过你，不管你问多少次，我们都是不可能的。"纪远司稍显清冷的声音，显得有些疲惫。

原来大魔王和Elissa的传闻是真的，思彤不禁摇头叹息，大魔王啊大魔王，你真是个罪孽深重的男人啊。

“难道帮主已经安排你和慕容家的小姐相亲了？”Elissa有些无奈地笑笑，“就因为我不能参加武林大会，所以我连喜欢你也不够格吗？”

难道Elissa也是武林世家的人？

房门突然被推开，哭得梨花带雨的Elissa冲了出来。

Elissa大概也没想到思彤站在门外，一肚子怒火就迁怒到她身上：“你是谁？在这里偷偷摸摸的想干什么？”

“我是来送外卖的。”思彤举着手里的砂锅解释。

“外卖？”Elissa抹了把眼泪，嫌弃地看了一眼她手里的食物，冷笑着讽刺，“这种便宜货谁要吃，送外卖送到总裁办来，你分明就是别有居心！还不快滚出去！”

眼看着火气十足的Elissa就要推她，思彤立马护住手里的砂锅，这粥打翻事小，锅摔碎可要划不来啊……结果预想中的锅碎画面没有出现，纪远司护在她身前，抓住了Elissa挥来的巴掌：“Elissa，适可而止了。”

受到责备的Elissa委屈地咬了咬唇，负气地走出办公室，离开前瞪向思彤的那一眼尤为用力。

思彤觉得自己好无辜，明明捅娄子的人是大魔王，背黑锅的却是她。难道大理段氏的命运都和镇南王一样悲催吗？

哦，更悲催的是思彤却被热砂锅烫了手，痛得当场飙泪。看到砸碎在地上的砂锅，那叫一个心痛。

她正想蹲下去收拾残局，却被纪远司拉着快步走向了茶水间。

大魔王在牵她的手！

这突如其来的亲密举动，让思彤触电一般，心跳禁不住加速起来。那种像羽毛刮过心间的酥麻感觉又出现了，怎么会这样……她呆呆地看着紧扣在自己手腕上的大掌，不禁出了神。纪远司的手是她见过的男人当中最好看的，骨节分明，修长优雅，掌心的热度覆盖在她的手背上，明明在流水下冷敷，她却觉得脸上的燥热越来越明显。

纪远司见她默不作声，皱眉问：“很痛？”

思彤摇了摇头，她怎么好意思告诉大魔王那是因为她在紧张，还是不要自取其辱了。可她一抬头，就迎上了纪远司深邃的眸光。思彤脸一红，又呆住了。

怎么一碰上大魔王，她的脑子就不管用了呢……

灯光明亮，星辰闪耀，可都不及他此刻眼中的璀璨。手心是他温柔的庇护，眸中是蛰伏的星光，思彤忽然觉得心头热热的，有种微妙的情愫在萌芽。她忽然联想到了那个天卦——姻缘，好事近。

思彤心里一个急跳，又不确定地看了面前的男人一眼，相比较她的不淡定，纪远司依旧一脸冷静。这让思彤觉得很挫败，她这不就变成最在意的那一方吗？

当下，两人都没有开口，气氛变得异常尴尬。

思彤连忙找了个话题：“你不去追Elissa吗？”

纪远司不解地问：“为什么？”

为什么？呃，那不是你的绯闻女友吗？当然，思彤是没胆问出口。毕竟那是别人的感情问题，她只是个路过送外卖的，怎么好干涉这么多。可下一刻，思彤还是没忍住，把憋在心里的疙瘩抖了出来：“听说她在宴会上向你告白了……”说完又觉得自己有些冒失了，她怎么那么八卦呢。

大魔王不假思索地说：“我拒绝了。”

看到思彤震惊的表情，他又重复了一遍，同样的声调，眼神却格外认真：“我拒绝了。”

“我、我知道了。”

大魔王是怕她误会，才特地强调一遍吗？可是为什么呢？

思彤不由得困惑了起来，不想明白的话，她会误以为大魔王在向自己报备情况的。

纪远司取来药箱，正要扭开药管，在看到她晶亮的目光时，长指突然顿住，将药膏塞进她手里：“这是烫伤膏，你自己处理下。”然后，就沉默地走出了茶水间。

诶？！她是不是眼花了，竟然看到大魔王为难的表情，难道帮她上药是这么羞耻的事吗？思彤接过药膏，又心思混乱地想着，该不会是大魔王在害羞吧……

如果问思彤，这一生中影响她最深的人是谁，她一定会说这位苦其心志、劳其筋骨的人就是大魔王。在五星级餐厅和苍蝇馆之间，大魔王毅然选择了后者，于是她就光荣地成为了一名御用跑腿。

原来，就算她跳槽到游戏公司，还是改变不了送外卖的宿命啊！

思彤曾经鼓起过勇气问大魔王："总裁，餐馆有其他伙计给你送外卖，为什么还要我……"

结果，大魔王一记冷飕飕的视线直接砍了过来："我不喜欢等外卖，所以你送正好。"

思彤郁闷了，就因为她是餐馆的人，拿外卖可以走后门吗？不得不说，大魔王真是太会算计了……

"你在干吗？"纪远司突然喝止她往虹吸壶里撒咖啡粉的动作。

思彤手一抖，不小心撒出了一些在桌上，一抬头，就看见大魔王一脸痛心疾首的表情，他……难道是在心疼咖啡粉？

"那是从牙买加好不容易弄到手的纯蓝山咖啡。"他声音有些紧绷，似乎在努力隐忍着心中的抽痛。接着，纪远司冷冷点了点桌面，"记住，每次就挖一小勺。"

言下之意，多了就扣她工资。

"……"思彤心里忍不住翻了一个白眼。

就算富得流油，现代丐帮的骨子里依旧是个不折不扣的抠门汉啊！

虽然刚上岗没多久，但策划助理的工作进展得相当顺利。适应了一段时间，就连兼职给大魔王跑腿送外卖的工作也做得越来越得心应手。面对大魔王任性的使唤，思彤虽然也有过几次抗议，但大魔王说这叫职场磨练，思彤想了想，好像也找不到反驳的理由，只好妥协送了一次又一次的外卖。直到某天夜里给大魔王送夜宵时，思彤满心欢喜地从厨房顺了一杯卡布奇诺给他，心想着大魔王这么喜欢喝咖啡，一定会很开心……然后，思彤就僵住了！

她到底在干什么？！

思彤愣愣地看着握在手里的一次性咖啡杯，沉默了。

夜宵送到办公室后，思彤把食物恭敬地端放在大魔王专用的食桌上。

当纪远司看到那杯额外配送的卡布奇诺时，他微微勾起了唇角："咖啡？"

"对啊，给总裁您加班提提神……"思彤正好对上了纪远司的目光，小心肝又颤抖了一下。

有没人说过大魔王的那双桃花眼很勾人？

纪远司绝对算得上商界一大绝色，身穿黑色西装的他身材挺拔颀长，俊朗的五官棱角分明却又不失柔和，气质清新儒雅，那双漂亮的星眸仿佛带着笑意，看起来如沐春风，举手投足间都足以成为一道美景。

思彤情不自禁地想起了山神庙的嘲风，同样以脱俗之姿占据视野。不管是游戏还是现实，纪远司都是个充满魅力的存在。

思及此，思彤又是一愣。

她她她她她……竟然对大魔王有非分之想！这个认知让思彤郁闷极了，她都还没使出美人计把邀请函骗到手，自己反而先中了大魔王的美男计。

说好的名门正派呢？太卑鄙了，竟然用那副好皮囊迷惑对手，没想到他是这样的丐帮！

她才不会轻易被美色打败！

纪远司见她一会儿垂头丧气，一会儿又打了鸡血似的亢奋表情，忍不住问："你在嘀咕什么？"竟然傻气得那么可爱，害他犹豫了很久才开口打断她的遐思。

"没、没有啊！"思彤立刻欲盖弥彰地否认。

还说没有？心虚时的标志性小结巴又冒出来了。但纪远司并没有揭穿她，干脆地接过她送来的咖啡，揭开杯沿，轻啜了一口：“口感还不错。”

不愧是大人物，就连喝即溶咖啡都这么养眼。

听到口味刁钻的大魔王开口夸奖，思彤得意地邀功：“那是我亲手泡的。还加了一点点杏仁，我觉得味道应该会很不错。”虽然拉花失败了，但大魔王的表扬还是让她骄傲得把鼻子顶上了天。

“就是拉花丑了点。那是什么图案，猪？”大魔王勾起性感薄唇，目光掠过杯中融化得不成形的白色奶泡。

思彤一张小脸顿时火烧了起来：“那是小熊！”

灵魂画技遭到嘲笑，思彤很受打击，可一看到大魔王眼底满满的笑意，她又心乱如麻，胡乱找了个借口就逃了出去。

好失败啊，怎么感觉被吃得死死的人是她……

总裁办放眼望去皆是样貌出众的男男女女，就连Elissa那种大美女都入不了大魔王的眼，她的美人计还有戏吗？

第三章 一言不合就开撩

“二十四节气的主题虽然不错，但策划起来太繁琐了，活动还是尽量简化和有趣味性会比较好，而且游戏本身还有传统节日，活动已经相当丰富了。”黎子棠放下手中的策划案，一脸欣慰，“不过，彤彤，你进步很大，这份策划里提到的周边设计，我觉得还挺有意思的，之后会拿去和市场部探讨一下有没有量产价值。”

“这样啊……”她熬了几个通宵想的策划案就这样被无情拍掉了。

见思彤并没有太高兴的样子，黎子棠意味深长地问：“怎么了，最近这么用功？”

好友的勤奋程度完全超越了想象，短短半个月就已经提交过三个活动策划，心思细腻的黎子棠仿佛看出了什么。

“我问你，棠棠。如果不让对方觉得自己只是个花瓶，该怎么做才好？”

来皇临已经有一个多月了，一想到邀请函的事情毫无进展，她就烦躁地抓乱头发，无力地趴在了桌上。

她的不耻下问却换来了脸颊的一阵狠掐，黎子棠咆哮：“你是瞧不起花瓶吗？拜托你有点当美女的自觉好不好！”这让连花瓶都当不了的女人怎么办？还让不让人活了？思彤这种无形拉仇恨的行为，立马就遭到了研发部一众女同胞的谴责。

思彤欲哭无泪，她是真的有在烦恼啊！

为了能去总裁办偷邀请函，她天天盼着领导让她到总裁办跑腿送文件，就差没抢着清洁阿姨的工作摸到楼上去了！但没有总裁的允许，思彤根本没有光明正大的理由进入纪远司的办公室，每次就只能在总裁办外徘徊——那副幽怨的小表情还一度被Amy她们误以为是总裁的疯狂小粉丝。

“棠棠，你相不相信现代还有武林大会？”

思彤不死心地再次试探起自己的好友，结果脑袋被两根手指猛地戳开了三厘米。

黑眼圈浓重的黎子棠挑眉瞪向她，口气略显恶劣：“哈？你是不是玩游戏玩傻了，别成天想着当女侠，我现在听到‘武林大会’四个字都想吐了。”她拍了拍桌上厚厚的一沓游戏策划案，心力交瘁地说，“我还愁着这届‘武林大会’得请哪个明星代言推广大使呢，你有那个闲工夫倒是帮我物色下人选啊，网红也成。”

此武林大会非彼武林大会呀，可思彤不敢反驳黎大小姐，因为她不想被当作策划案给一团揉了。

趴在阳台栏杆上的思彤，百无聊赖地打量着底下进出皇临大厦的各色人等。难道黎子棠和纪远司的关系仅止于单纯的表兄妹，她跟传说中的武林世家并没有任何关系？可黎子棠显然知道武林大会的存在，到底她是不是武林世家的后裔啊？

思彤烦躁地抓乱了头发，到底要怎么做才能通关总裁办啊！

月底是帮会小伙伴的婚宴。

游戏里的朋友都是认识了好几年的老朋友，第一次参与线下聚会，还是隆重的婚宴，思彤要准备的不仅是份子钱这么简单，还有宴会的礼服。

对向来不修边幅的思彤来说，衣着打扮真是件伤脑筋的事。衣柜里除了上班穿的正装，几乎清一色的T恤长裤，平时送外卖为了图方便，她都快五年没买过裙子了。

眼瞅着礼服还没着落，她突然灵机一动，想到了黎子棠。

“真是不公平，咱俩身材差不多，怎么你穿起来就特别好看呢？”黎子棠双手抱胸，打量着全身镜前一袭盛装的女孩。

网纱覆盖着思彤圆润的双肩，腰间缀有蕾丝缎带，后背裸露的半截雪白肤色，以复古绑带勾勒出矜贵典雅。层次分明的粉色连身裙格外挑身材和肤色，可这些在思彤身上统统都不是问题。这条连身裙似乎就像为她量身定做的一般，细腻丝滑的衣料质感与她匀称的身材完美服帖，衬得她清新脱俗，肤如凝脂。

“那也是黎大小姐有眼光，才买到这么好看的裙子嘛。”思彤转过身，投来一抹俏皮的狗腿笑容。

虽然思彤不像Elissa那种艳光四射的时尚美女，身上也没有名媛们似水柔情的古典气质，她甚至不懂如何卖弄性感妩媚，但与生俱来的清新自在，反而更吸引人。

重点是，这家伙心思还很单纯。

“我还有一些不常穿的鞋子，你要不要婚宴拿去穿？”

“要！”思彤闪烁着亮晶晶的小眼神，就差没摇晃着小尾巴。

黎子棠扑哧一笑，这个活宝，真是对自己的美貌毫无自觉，怪不得她在恋爱方面的雷达这么迟钝。她大概不知道公司里有多少对她明示暗示过，最终不得不含恨放弃的男同事吧？

“在哪儿办的婚宴？那天要不要我开车送你？”

“好像是凯兰商务酒店。”

“凯兰？”正收拾着衣物间的黎子棠忽然想起了什么，话锋猛地一转，

“嗳，说起来我那天好像也要去那儿参加家族酒宴啊，真伤脑筋……”

家族酒宴？也就是说除了黎子棠外，还会有其他武林世家的人出现……

这个意外的惊喜，让思彤顿时兴奋起来。竟然是在同一家商务酒店，真是天助我也。说不定她还能趁机从别的武林人士手中把邀请函给顺走，这样她就不必执着于大魔王一个人了。

“抱歉啊，那天我得提前去，可能送不了你。”

思彤假装遗憾地说：“好吧，我自己打车去就可以了。”实际上内心早已被激动与窃喜的情绪充斥，这让她越来越期待婚宴的到来了。

“对不起，总裁，我不是有意的。”

婚宴当天，思彤一边面无表情地道歉，一边在心中暗暗哀叹。怎么会这样，她可没听棠棠说大魔王会来啊……

“嗯。”前方的纪远司冷冷回应，不认真听还以为是不屑的冷哼。

思彤顿觉身心疲惫，明明婚宴才刚开始，她就已经有种高处不胜寒的错觉了。

旁人以为她是因为跑错会场，去了别的商宴楼层才导致婚宴严重迟到的。其实思彤是故意跑错的，她本以为混进黎子棠的家族酒宴，只要假装某个宴客亲属就能蒙混过关。可她怎么也没想到会和大魔王狭路相逢，并且好死不死，还撞翻了大魔王的酒水——他现在身上穿的西服已经不是之前被洒满酒渍的那套了。

所幸的是大魔王没让她赔偿清洗费，不幸的是大魔王在知道了她要赶赴婚宴后，坚持要亲自送她到婚宴现场。虽然思彤有努力拒绝过，可大魔王并不是好打发的主儿，他完全没有给她机会再混入酒宴，就强行将她带走了。

她到底是哪里招惹他了！不要他的邀请函还不行吗，只求他别破坏她的计划啊！

想起这段时间，在大魔王耗费太多精力却一无所获，至今连邀请函长得圆的扁的都不清楚，思彤心中那个凄风苦雨啊。

原以为入座后，大魔王就会识趣离开，她可以再借机溜回楼上酒宴，结果他却在她身旁的位置坐了下来。思彤惊得下巴都忘了收回，她期期艾艾地说："总裁，你不是……在楼上参加宴会吗？"身后那些女孩羡慕嫉妒恨的目光，都快把她瞪惨了。

可身负招蜂引蝶体质的迷人大魔王，却不以为意，一记冷冷的眸光砍了过来："我不能留在这里？"

"可以的可以的。"思彤猛地点头。

因为思彤来时婚宴已经开始了，她所坐的位置离主桌较远，周围都是些不认识的人，而唯一认识的那只大魔王先生还被女生们里三层外三层地包围着……所以被完全晾在一边的思彤显得格外没有存在感。就在她准备猫着腰溜出去时，身后冷不防地飘来一句："思彤。"

"在！"思彤猛地背脊发凉，回过头时，大魔王正笑容可掬地看向自己。思彤感到十分困惑，总觉得她的一举一动都被大魔王看穿。包括之前她混进酒宴时，为了避开主席位的黎子棠特意挑了个偏僻的角落，结果还是被大魔王发现了。以大魔王的身份，按理来说，不可能会注意到她这个微不足道的角落啊……

难道说，从她一开始走进酒宴，大魔王就已经察觉到了？他是不是知道了些什么，才刻意将她带走？

"原来新郎是你游戏里的朋友。"大魔王一脸了然地说。

被打断思绪的思彤猛然回神，不知何时已经从女孩堆中脱身归来的大魔王，噙着一抹淡淡的笑容，重新坐回她的身边。

大魔王穿西装真好看。

记得有人曾经说过亚洲男人穿西装没有欧美男人帅气，可大魔王用他堪称九头身的完美身材比例，穿出了法派绅士的俊雅。

就在这时，向宾客敬酒的新郎新娘正好来到了他们这桌。

"思彤你这家伙，原来在这儿！老唐没来，我还以为你也要放我鸽子……”新郎一见思彤就情绪高涨起来，大掌正要搭上她的香肩，就被大魔王冷冷的视线挡在了半空。

思彤高兴地站起来回敬两位新人：“阿树，恭喜你！嫂子真漂亮，你可要好好对待人家。”

阿树收起尴尬的手，摸了摸鼻子说：“那当然。不过，思彤，我得谢谢你，要不然我也不会鼓起勇气去求婚了。”

阿树和女友在《武皇》里经历过分分合合的几年，随后各自的生活忙碌起来，相继暂别了游戏。正当阿树意志消沉之时，是思彤鼓励他结束这段恋爱长跑。

“哎，客气什么，真要谢我，就和嫂子多回来帮会玩玩。”思彤心虚地笑笑，其实她当初并不太看好网恋，不过阿树能修成正果，她还是很替他高兴的。

在阿树的带领下，思彤见到了许多素未谋面的帮会小伙伴。众人顿时炸开了锅，谁也没料到在他们这种臭男人扎堆的游戏公会里，竟然藏着个货真价实的大美女，而且还是那个平日被他们尽当人妖取笑的思彤。

众人纷纷露出扼腕的心痛表情，甚至有一半的压力还是来自她身后那位风流倜傥的大魔王。有一个这么优质的护花使者，根本就没人敢上前搭讪一句好不好！

思彤误以为大家初次见面比较生分，心里还小小郁闷了一下。只有阿树勇敢地道出众人的心声：“原以为思彤是只血统纯正的‘单身汪’，没想到是因为行情太高才单身。”

直到婚宴尾声，思彤还是没找到机会脱身，而阻挠她的那位大魔王先生却早已不见踪影。

临走前，阿树语重心长地对思彤说：“今天和你一起来的那个人，是你的男朋友？”

“你、你别胡说！他是我老板！”思彤红着脸急忙解释。

阿树不禁露出一丝震惊：“你老板？算了，总之，如果交往的话，还是希望你交个家世背景单纯点的对象。毕竟那个男人是……”

“什么？”思彤一脸没听懂，可惜阿树还来不及为她指点迷津，就被娇妻拖走送客。

这个阿树到底在暗示些什么，该不会以为她在做豪门梦吧？不过，看到阿树他们幸福恩爱的样子，她还是很羡慕的。就算是思彤这么务实的人，心里也多少有着小女生的憧憬，希望将来有场属于自己的世纪婚礼，在阳光明媚的广场进行，众亲友见证她朝红毯尽头走去，那人揭开她的白纱，在所有人面前宣誓永恒的承诺。

思彤越想越害羞，捧着小脸暗斥自己太花痴了。结果这丢脸的一幕，全被大魔王尽收眼底。

“结束了吗？”淡漠的口吻并无过多起伏。

思彤当场僵住，为什么大魔王还在？！他到底看到了多少？婚宴中没有看见大魔王的身影，她还以为他已经回去了，没想到他却在隔壁的包厢休息。

所以，他是一直在等她？

这个认知让思彤受到了惊吓的同时，心里更有种难以言喻的悸动。

不等她理清心中混乱的思绪，大魔王就霸道决定：“我送你回去。”

“可，可是……”

纪远司径自走向停车场的方向，思彤来不及思考，就急急忙忙地跟上他的步伐。可不习惯穿高跟鞋的思彤，脚下一踩空，往前摔了过去。空旷的地下停车场顿时荡漾着巨响，看着断掉的十公分鞋跟，趴在地上的思彤想死的心都有了。

想想她也真是倒霉，不仅没抢到邀请函，最后关头还这般失态。大魔王会露出什么表情，她已经没有勇气去看了。

就在她心灰意冷之时，突然一双男士皮鞋停在了面前，思彤微红着眼抬起头。

大魔王半蹲下来，蹙眉道：“怎么摔的？”

思彤默默地看了眼断掉的鞋跟，只听纪远司轻叹一声，思彤的头垂得更低了。如果可以，她真想像只鸵鸟一样把脑袋埋在土里。

不等她沮丧消沉，身子忽然一轻，整个人被横抱了起来。猝不及防的举动，让思彤慌张得满脸通红：“总……总裁，不用啦，我可以自己走。”

可大魔王丝毫不理会她的抗议，直到将她安置在副驾驶座上才罢休。他突然俯下身来，这让端坐在副驾驶座上的思彤一动也不敢动。鼻息间充斥着大魔王身上好闻的香水味，她脑袋顿时空白一片，心跳仿佛逐渐失去节律，就连双颊也不争气地再次滚烫起来。

思彤的魂不守舍，让黑暗中纪远司那双深眸敛了敛神色。很快，纪远司从储物格中取出一张冷敷贴，接着，他半蹲在副驾驶座旁，小心翼翼地替她褪去一双高跟鞋。

温暖的大掌触碰到脚踝皮肤时，思彤整个人打了个冷战，大魔王他他他他……

他竟然在帮她脱鞋子！

这样的大魔王简直温柔到恐怖，虽然一脸的冷漠不耐，却还是细心地为她冷敷消肿。

明明可以对她置之不理的，他的贴心却让思彤百般疑惑。

思彤生平第一次陷入了迷茫。视线所及之处只有他赏心悦目的侧脸。淡淡的月光洒落在他们前进的方向，形成了温柔的长影。思彤心里忽然有种错觉，似乎在大魔王身边，所有冷酷的黑夜，都会被他温暖的体温驱散，正如沉睡的佩卓夫也会因为遇见良人，奏响沉寂百年的悸动。

不知怎的，心里甜甜的。

思彤捂住快要笑出声的小嘴，佯装看向车窗外节节倒退的街景，而不自觉抖动的光洁脚丫，已经把她的好心情毫不掩饰地表现了出来。

原来，即使灰姑娘失去水晶鞋，幸福的魔法也从未消失。

从思彤频繁来往总裁办的时候开始，她已经不知不觉地成了大家茶余饭后的八卦对象。

“Amy，我……”

思彤还没说明来意，Amy立刻会意，笑着指了指总裁办公室的方向：“总裁在里面。”

“哦，谢谢。”思彤道谢后，提着手里的便当盒就往里间走去。这几乎成了她每天的日常，只是这理所当然的事情，在他人眼中却变得格外不寻常。

自从目睹过思彤给纪远司那一记回旋踢后，Amy她们几个秘书心中就认定了思彤是走后门进来的，否则以她一个送外卖的凭什么能进皇临？要说她和大老板之间没点什么，还真没人相信，包括一向公开明恋纪远司的Elissa也对思彤的身份背景保持怀疑。

周末在店里帮忙跑腿的思彤接到一单意外的订餐，要在傍晚送三十份便当到电玩展。电玩展在餐馆三公里外，原本超出配送范围，思彤本应该拒绝的，可订餐的人竟然是Elissa。

为了筹备这次电玩展，一个多月前各部门就已经开始准备在展区上《武皇》公测发布的游戏视频和产品，这些辛苦和努力，思彤都看在眼里，她几乎是没有犹豫便答应了。

“那就麻烦你了，远司可是忙到现在都还没吃东西呢。”

“总裁他也在？”

“可不是嘛，他总是亲力亲为，倒不像某些人以为攀上高枝就可以一劳永逸了。”Elissa毫不掩饰话中的冷嘲热讽，“我还有事要忙，别忘了，晚上七点把订餐送到。”

“好咧。”当思彤提着两个满载便当的大塑胶篮子匆忙赶到指定展区时，里面早已人去楼空，询问后才知道已经过了闭馆时间。

满腹疑问的思彤正要拨电话，就发现Elissa和公司的员工在对面的展厅。思彤喜出望外，连忙迎了上去：“Elissa，我把外卖送来了，你们准备去哪里？我刚听管理员说已经过了闭馆时间……”

“对啊，已经闭馆了。”Elissa笑容可掬地说，“你可以回去了，带上你的外卖。”

“你们已经吃过了吗？我记得你说七点送外卖，而且我也……”

不等思彤说完，Elissa便打断她的话，摆出一副事不关己的样子：“哎，我说过是七点吗？拜托，六点就闭馆了，我怎么可能订这么晚的外卖。再说了，远司在伊萨订了包厢聚餐，谁还吃什么外卖呀。”

思彤一怔，很快就明白自己被耍了。

她紧了紧拳头，压下心中的怒火，心平气和道：“Elissa，我应该没有做错什么事吧？”

Elissa突然大笑了起来，半晌后，她收敛最后一丝笑意，冷冷道：“你这是在质问我？你不要以为傍上了黎子棠这座靠山，就可以不择手段地接近远司。说到底，你用了什么手段进来，又为什么进来，你那点小心思，我还是很清楚的。”

面对Elissa的刻薄挖苦，思彤竟一句话都无法反驳，她的确不是靠真本事进的皇临，正如Elissa所说，一切都是别有居心。

突然面前伸来一只纤手，思彤抬头看去，Elissa竟在向她索要外卖。思彤犹豫了一会儿，将外卖篮子递了过去，没想到Elissa突然松开了手，外卖篮子猛地坠下，数盒便当当场打翻，食物被糟蹋了满地。

“做人呢，还是有点自知之明为好。偶尔喜欢吃点清粥小菜不过是贪恋新鲜感，远司很快就会厌倦，毕竟你们由始至终都生活在不同的世界里。想飞上枝头变凤凰，就算有，那也是变种凤凰，骨子里还是下等人。”Elissa经过她身边时，冷冷地抛下话，“听说你家境不太好，想在皇临好好待着，就该安守本分。你是聪明人，应该知道该怎么做吧？”

Elissa将数张火红的钞票丢在了外卖篮上，随后踩着高跟鞋张扬而去。

思彤一声不吭地蹲下来收拾残羹剩饭，仿佛什么事都没有发生过。

从小到大，也不是没有遭受过别人的白眼和讽刺，即使被取笑无父无母，她也只是一笑置之。光叔说，有时候她的坚强过分得让人心疼。思彤也从未想过为自己落魄不堪的过去伤心沮丧，毕竟她不是天下最不幸的人，只要知足的话，她发现自己还是很幸福的。

至少，在她的记忆里，父母和光叔从未薄待过自己。只是，这些小小伤痛在心中日积月累，仍是不时刺痛着她。

她不甘心啊，她并不稀罕当什么凤凰，只想完成和老爸的约定而已。

思彤吸了吸鼻子，将眼眶打转的雾气擦干。正要伸手捡起满地的钞票，突然一阵风把它们吹远，四散落在一双男式板鞋旁。

那人弯腰捡起钞票，朝她慢慢走了过来："需要我帮忙吗？"

男人面容清秀，一头清爽的短发，微笑的时候露出可爱的小虎牙，灿烂的笑容竟让思彤忘了自己的尴尬境地。他身着黑白双色的电竞队服，胸前挂着酷炫的护耳式耳机，仿佛刚结束了一场激烈的比赛。看着男人麻利地收拾完一地狼藉，她只能呆呆地道谢。

"不客气。"男人莞尔而笑，"段小姐，你还记得我吗？"

握住手里的名片，思彤已经震惊得说不出话来了——这个人竟是江风引雨！

原来不是人有相似，而是真正的本尊降临人前。因为Mars俱乐部有一场公开赛在电玩展进行，电竞选手入住的酒店就在场馆附近。

"你知道我？"段江风高兴地笑了，他身材挺拔，五官精致，长相属于花美男那一类型，却丝毫不会让人觉得娇柔，阳光俊朗的他反而散发着独特的男性魅力。

"当然知道，Mars的队长嘛，你们每场比赛的视频，我都有认真看。"思彤一扫阴郁，小脸上满是亢奋，"今天是你们的决赛吗？"

"也许段小姐你忘了，但我一直都没有忘记。"段江风露出了愧疚的神色，"如果让你在那场车祸里留下疤痕，我会内疚一辈子。"

记忆中模糊的五官终于和面前这张笑脸重叠在一起，也同时唤醒了思彤那场车祸的记忆。

"你的伤没什么大碍吧？当时你没有留下住院就走了，我很担心。"他表情诚恳，"这次你无论如何，都请让我好好补偿你。"

“真的不用，你看，我现在都好了。”思彤大大方方地高举起两个外卖篮子，她的率真逗得段江风开怀大笑。

段江风原本和队友在酒店套房里打模拟赛，不知不觉过了饭点，饥肠辘辘的他出去觅食，正好就撞见了思彤被Elissa挑衅的那一幕，这让他对思彤更生出莫名的怜惜：“你是来送外卖的吗？”

“嗯，不过没送成，怪我自己耽误了送餐时间。”面对Elissa的故意刁难，思彤云淡风轻地一笔带过。

她正要告辞，却被人一把抓住了手腕。回头看去，段江风正笑盈盈地看向她。

“不介意的话，我可以跟你买下这些便当吗？”段江风扬起薄唇，如沐春风，教人看得迷了眼，“我和我的队友都还没吃晚饭，那些大胃爷们应该能帮忙解决掉。”

段江风果然没有骗她，除了Mars的代表战队，同时入住酒店的还有几支电竞队伍。这些大老爷们似乎对酒店提供的饭菜很不满，所以当思彤送来便当时，他们食指大动，一阵风卷残云后，几乎把全部外卖吃了个精光，竟然还有想加单的。

“太谢谢你了，段先生。”思彤不知道该怎么表达心中的感激，只能一遍又一遍地道谢，“我不能收你这么多外卖钱，毕竟有几份便当已经不能吃了。”

段江风如数付清了三十份便当的钱给她，为了不让思彤有心理压力，便说道：“食物只有被吃光才是对厨子的最大赞美。就当是我对那场意外的一点点补偿吧，虽然这还远远不够。”

“那我就收下了。还好遇见了你，要不然厨子叔叔知道便当卖不出去会大哭一场的。以后如果有需要的话，只要距离不远，我都可以给你免费送餐。”思彤心怀感激地将外卖小卡片递了过去，俏皮一笑，“或者帮我宣传一下，我们餐馆的东西都很好吃哦。”

就在他们身后不远，黑夜中停驻着一辆黑色布加迪，车内两道人影映着斑驳的霓虹，神色迥然不同。

“真意外哪，没想到一个小助理，竟然还和段家大少爷有一腿。”Elissa斜睨向车窗外有说有笑的男女，对身旁面沉如水的男人戏谑道，“远司，你真是招了个不得了的人进来。我都要怀疑竞投失败是那个小姑娘搞的鬼。”

皇临和段氏互为业界最大的竞争对手，为了竞投一个视频服务商，双方几乎僵持了整整半年。然而，不久之前原有意向合作的服务商突然改变主意被段氏收购，这让纪远司不禁大为恼怒。

“你到底想说什么？”纪远司冷冷地看向副驾座。

“我只是想提醒你，不要对一个送外卖的小姑娘太掉以轻心了。”Elissa的话中有话，直击纪远司心底最后一点防卫，“毕竟，他们都姓段啊。”

纪远司望向车窗外那张甜美的笑靥，女孩早已褪去稚气的脸庞，他仿佛看到了五年前的段思彤。

那时的她，就像突然闯入黑夜的一缕晨曦，把他心中的黑暗映照得无所遁形。

如今他才后知后觉，若非心里有她，黑暗中又怎会有光。

纪远司沉默地关上车窗，强迫自己从那人身上收回眷恋的视线，将车子驶离了这片是非之地。

看到丢在案上的一沓钞票，Elissa抬眸看向面前单薄的身影：“什么意思？”

“这是上次你给多的外卖钱。”思彤分文不差地将所有钱退回给她，“我们餐馆只做诚信生意，没有做成的买卖，没有理由收客人的钱。”

“这样啊，看来上次我们的谈判破裂了？那你就做好心理准备吧。”

思彤没有理会她的警告便走了出去，直到第二天上班看到人事通知，她才明白Elissa当时说的话是什么意思。

研发部的组织架构有了天翻地覆的改变，原来负责《武皇》的研发组正慢慢移交项目给别的部门，听说是被安排去开发新的项目。思彤被调去了一个更闲的后勤组，虽然也负责《武皇》的相关事务，但更多是些不痛不痒的宣传工作，偶尔协助新媒体发布一些公告信息，几乎接触不到任何重要的内部文件和消息，更别提参与策划会议了。不仅如此，连她送外卖到总裁办的日常工作，也被纪远司以事务繁忙需要外出为由而暂停了。

这种突兀的疏离，让思彤心里冒出连自己都说不出的失落感。

而且，失去唯一能够近距离接触纪远司的机会，要偷到邀请函就难上加难了。

事情彻底陷入了瓶颈，思彤觉得自己不能再坐以待毙了。既然丐帮是拥有举办武林大会资格的四大家族之首，那么退而求其次，从其他三个家族着手调查也未尝不可。

典籍上所指的武林四大家族分别为丐帮、大理段氏、姑苏慕容以及唐门。

除了丐帮的传人，其他三个世家几乎毫无头绪，要在短期内找出他们的传人显然也不太实际。虽然四大家族私底下也有可能频繁联系，但武林后裔大多又隐藏着真实身份，要逐一调查也不是件轻松活儿。

也许从纪远司身边的人着手调查会更好，比如黎子棠和Elissa。

黎子棠平时看起来也没什么特殊举动，每天三点一线，待得最久的地方就是公司，应该不是她。难道是Elissa？记得她和大魔王谈论过“武林大会”的事，应该会知道些什么秘密吧？可是，Elissa似乎不能参加武林大会，唔，这就很尴尬了……

“嘿，思彤。”

背上被人拍了一下，思彤吓得连忙把典籍塞进了抽屉，一抬头，就看见一脸讪笑的黎子棠。她忙牵起嘴角，僵硬地笑了笑：“棠棠，你别吓我行不行？”

“瞧你神经过敏的，我又不是Elissa，放轻松点儿。”黎子棠拉了张椅子在她办公桌前坐下，关切地问，“看到人事通知了吧？”

“嗯。”思彤点了点头。

见好友闷闷不乐，黎子棠立马安慰道："后勤组虽然清闲了点儿，但也不会一直让你待在那里的。大表哥那么安排，一定有自己的考虑，毕竟《武皇》这个项目已经趋于成熟，所以才调配资深技术研发新项目。"黎子棠对大表哥的做事方式，从来都深信不疑，只是新的人事调动安排确实让她有些不满，"唉，虽然表面上确实是这个原因，但我总觉得实际上又不是那样的。连我自己都不敢相信，大表哥，竟然会对我的人动手。"

"什么意思？"

"竞投失败了，大表哥怀疑内部有人把我们的报价泄露给了段氏集团。思彤，你不要放在心上。大表哥为人一向谨慎小心，这次人事调动并不只是针对你一个人。如果你在新部门受了委屈，一定要告诉我，我想办法把你调到我这边来。"黎子棠拍胸脯保证。

思彤摇了摇头，笑道："没关系，我本来就没什么经验，如果跟着你到新部门，会让你被别人说闲话的。我正好可以趁着这段时间，好好积累一下经验。"

"唉，你心态真好。有时候我真的想不明白大表哥，明明对人家很感兴趣，干嘛又做出这样的事……"黎子棠咽下嘴里的肉，端起收拾好的餐盘，"我先去忙了，对了，午休过后，你要是没事做，上来帮忙做下内测啊。"

思彤面上轻松地答应了，实际却心乱如麻。没了去总裁办送外卖这个正当理由，连可以给自己制造机会的黎子棠都被调到别的项目组，她还有什么办法可以接近纪远司？

手机响了起来，思彤一看，竟然是段江风的电话。

当车子载着她和段江风到达目的地后，思彤吃了一惊。那是间人均消费不菲的星空餐厅，因为设置在酒店顶层，头顶上方的天花板为半圆形的玻璃，缀以色调温馨的灯光，恍若在天穹底下。四周的落地玻璃窗，可以一览城市万家灯火，斑斓的星光在黑幕中若隐若现，耳侧是怀旧音乐的洗礼。思彤早已不再惊叹于美食本身的滋味，而是惊恐于这"价值连城"的星空夜宴到底得花多少钱。

段江风绅士地为她拉开椅子，等她坐定以后，才在对面坐下。

侍者递来菜单后，便退到了一边等待。思彤举起菜单遮住半张脸，“段先生，电竞选手的奖金是不是很多啊？你请我到这么奢侈的地方吃饭，我以后回礼会很有压力的。”

她这半开玩笑的挖苦，立马又逗乐段江风。他轻轻地笑了起来：“你别担心，这是我家投资的餐厅，我也只是来蹭白食的。”

思彤一听，顿时瞪大了眼，虽然没来过舒莱纳星空餐厅，但也知道它是全国顶尖的连锁餐厅，在国外也十分有知名度，那段江风他岂不是……

“事先声明，那是我爸的事业，和我没有关系，所以你不用觉得和我交朋友有心理负担。”看到思彤复杂的神色，段江风简单的解释，就让她的疑虑烟消云散，“其实，有我这么一个只打游戏不上进的儿子，我爸一直都觉得很丢人。”

思彤不信：“怎么会，你在电竞界很受欢迎啊。”

“我爸可不以此为荣。”段江风不禁苦笑，下意识伸手摸了摸自己的银色耳钉。

看到那枚耳钉，思彤不禁露出惊讶之色。那耳钉乍一看并不特别，可仔细看去，会发现耳钉上有着独特的纹理，像是某些家族的图腾。

注意到思彤专注的视线，段江风大方地凑上前，指着耳垂说：“你很喜欢？不过这枚耳钉可不能送你，这是我的护身符。”

思彤试探性地问：“你耳钉上的图案很特别，该不会是什么家族图腾吧？”

如果没看错，那个图案，和老爸那本典籍上的图腾一模一样。

“还真被你猜对了，这是我们家族独一无二的符号。比方说，这只耳钉就是我的专属银饰，作为在家族里的一种身份象征。其他家族成员喜好各有不同，有的是手镯，有的是项链，还有戒指等等，大多是从祖先传给后辈的，说是传家之宝也不为过。”

原来银饰是段家传人的血统权证，根据她从那本典籍上看到的相关信息，她猜测段江风也许和行踪不明的段氏一族有所关联。

“听你这么一说，感觉你像是来自某个神秘尊贵的世家。”思彤进一步试探道。

段江风露出一抹意味深长的笑：“神秘尊贵倒说不上，不过我们家族历来庞大，在历史上也有过短暂的王朝，到了我这一代已经是第36代了吧。”

他说的应该就是大理国了。历史上有记载的大理段氏，只有短短的316年，但实际上，亡国后的段氏一族还在生生不息地繁衍传承，如今已经成为了传说中的世家大族。

“让我猜猜是哪个王朝，姓段的，又是身份尊贵的皇室……”思彤不动声色地观察他，“那就只能是大理段氏了吧？”

段江风笑了起来，身子突然倾向前，悄声说道：“对，要是生在几百年前，我就是大理的皇子。”

见思彤震惊地瞪着他，段江风突然朗声大笑起来，“瞧你被吓得，还是先点餐吧，我快饿扁了。”

没有再给思彤开口追问的机会，他已经把全部注意力落在了菜单上。

不一会儿，侍者就送来了前菜。

段江风尝了两口就放下了筷子：“总觉得还没你们店的家常菜好吃。”

“你也太夸张了吧，我们餐馆怎么比得上五星级餐厅。”好不容易有了新的线索，思彤决定顺藤摸瓜，“说起来，我都没有听说过段氏集团有投资餐饮业，你们家旗下产业也挺多的嘛。”

段江风端起高脚杯轻啜了一口，“不知道也正常，毕竟我们段氏集团的前身是做旅游业的。以前我们主要在南部发展旅游区，后来老爸把家业转型金融公司，所以各行各业都有一些投资。”

思彤不禁陷入思忖，难道之前段家大宅被拆迁也是这个原因？

第四章
一言不合就强吻

部门里的女同事似乎默契地把所有粗活都丢给思彤，即使看她忙得晕头转向，也没人愿意伸手帮她一把。虽然知道大家在故意刁难，思彤不仅毫无怨言，还总是一脸笑意。

“组长，那我先把这些器材送到楼下去。”思彤神采奕奕，仿佛总有使不完的动力。直到她的身影消失，女职员们这才七嘴八舌地聊起了八卦。

“我们最近是不是有点过分了？”

“她好像也没传言说的那么糟糕啊。”

关于思彤走后门、巴结总裁的传言不绝于耳，即使来到新部门，流传于职员间的八卦仍是层出不穷。

一个组长模样的中年女人提了提眼镜，颇为欣赏地说：“这个女孩，挺有干劲的。”

小小挫折又怎么能打击得了段思彤?

如果说人生好比打副本，那么大魔王就是最终大BOSS，她一路披荆斩棘而来，还没通关又怎么甘心半途而废。

既然大魔王使调虎离山计，那她就将计就计，让他心服口服地放下警戒心不就好了？思彤咬了口饭团，又埋头在笔记本上涂涂写写。满满几页纸都是行程安排，手边还有一沓复写资料，几乎每个午休她都独自一人在露天花园备战。

在和段江风频繁来往的日子里，她可不是什么收获都没有。相比较腹黑谨慎的大魔王，段江风简直就是小天使，为人不仅没有城府，还坦率健谈，思彤很快就从他口中套出了段氏集团的收购信息。

要重拾大魔王对自己的信任，她必须想办法逆转皇临竞投失败的局面。

午后的阳光洒在身上，暖暖的，让人有些慵懒困倦。思彤打了个哈欠，伸了伸懒腰，眼看腕表时间不早，匆忙合上笔记本，又忙碌地跑进了大楼。她所不知道的是，停驻在某扇百叶窗前的男人这才松开了帘片上的长指。

那家伙最近在忙些什么？

纪远司若有所思地走出休憩间，那是能欣赏到露天花园最佳景观的地方，当他意识到思彤每天都会出现在花园时，午休溜达到这里竟也成了他的习惯。看着女孩扎着马尾渐渐远去的背影，纪远司的思绪也回到了五年前。

那时候的他时常昼伏夜出，生活混乱得一塌糊涂。他曾以为会就此与黑暗为邻，命运却让他们在这座拥挤的城市相遇。没有任何铺垫，她就那样亮眼地出现在面前，仿佛在此之前，所有纵容的悲怆与哭喊，都不过是为了等待这一刻的怦然心动。

台式机前的女孩清汤挂面，小脸素净，操作的游戏是试运营不到半年的《武皇》雏形，也是他即将卖掉的梦想。

女孩熟练的十指在键盘上翻飞，有条不紊的指挥着战斗："老唐，你带三小队到九点钟方向守点。阿树，注意我们的粮草。"

她的声音稚嫩轻软，语句却铿锵有力，团队在她的指挥下不仅合作默契，还率先拔得头筹。

原本只是一次偶然的观战，纪远司却再也挪不动双脚。

自从决定告别电竞界，他有多久没有这般热血沸腾过了？

苦战一个多小时，女孩终于满意地笑了，抬头看见身后的纪远司，愣了半秒，她才笑着让出机子：“你在等这台机子？我正好下机，你用吧。”

他竟脱口而出：“快停服了，再积攒那些经验和功勋值也是浪费时间。”

反应过来他说的是她刚才玩的网游，她不解地笑笑：“我玩这个游戏不是单纯为了数据，而是因为真的喜欢，就算要停服，也不妨碍我对它的喜欢吧？”

女孩那一眼如惊鸿掠过，在他死寂般的心湖激起了不平凡的声响。不知怎的，嘈杂的网吧，仿佛只余下一片清音。就像猝不及防的一缕晨曦突然闯入黑夜，把他心中的黑暗映照得无所遁形。

第二天天一亮，他就来到收购公司请求解约，赎回了属于自己的《武皇》。

没有人知道，在此之前纪远司渡过了一个怎样煎熬的夜晚。

“原来我师兄是你老板？”段江风接过思彤手里的爆米花，在黑暗中护着她往前走。电影刚开场，灯光很暗，直到找到位子坐下，他才继续道，“所以，你是因为被他降职才不开心吗？”

“你们以前是同一所大学的？”

“对啊。不过他比我早毕业几年，在学校基本没搭上过话。因为我们两家是世交，后来才多了些接触。”

段江风的语气突然冷淡了不少。段家和丐帮是世交，按理来说，他们的关系应该很好才对啊。

见思彤不解地看着自己，段江风又笑着说了一句：“我们两家现在的关系变得有些微妙，我爸和他爸是业界出了名的死对头。”

丐帮和大理段氏同为武林四大家族之一，无论是江湖上的地位，还是现实生活中的集团事业，都分别成绩显赫，各自拥有巨大的影响力。也许是因为一山不容二虎，丐帮和大理段氏在武林世家联盟中一直有着尖锐的利益冲突。十年前的武林盟主选举，丐帮帮主纪冠临以高票力压群雄，成功坐上了盟主之位——自尊心高傲的大理段氏一族受到了刺激，自此彻底和丐帮闹翻了。

从此，凡有这两个世家出没的场合，必定斗得天昏地暗。项目竞投不过是两个世家恶斗的小日常罢了。

父辈的不和甚至波及了儿女间的交往，段江风从小就在这样畸形的攀比心理以及严苛竞争中长大，并且一直被家族长辈们要求一定要超越纪远司，成为武林后裔中最优秀的继承人。

实际上，纪远司和段江风在武林世家中皆是备受瞩目的存在，他们是最被看好能成为新一届武林盟主的候选人。哪怕后来加入电竞队，段江风也只是为了超越纪远司，替代他成为新的传说。

不过，两个家族缠斗多年的种种恩怨，段江风并不打算告诉思彤，毕竟那是武林的秘密。

“你觉得我和师兄在竞技场上比一把，谁更有胜算？”段江风突然笑眯眯地看向思彤，不知道在想什么。

思彤假意把目光聚焦到荧屏上，笑着转移话题：“电影要开始了。”

段江风和大魔王不和，这让她的心里很有些忧郁，不论和哪一方接触过深，都会影响到她今后打听武林消息的全面性。至少大魔王是不会乐意看见她和敌对公司的人交朋友的，不然也不会把泄露竞投情报的嫌疑落到她头上了。

段江风是聪明人，知道思彤婉转地转移话题，大概是两方都不想得罪，他为她这点贴心感到温暖。不过，难得翘掉训练约她看电影，还以为她会和一般女生那样选择爱情片，没想到她竟然热衷看恐怖片。在惊悚诡异的气氛中，周遭的男士纷纷如愿地成为了护花使者，到了他这边情况却完全不同，思彤不仅看得津津有味，还不时和他分析即将遇害的角色。

她大概是他见过最特别的女生了。

预定的烛光晚餐也没能派上用场，因为她半路就喊肚子饿，两人一路吃着街边小吃，闲逛各种稀奇古怪的店铺，最后还在游戏机中心玩起了平台对战。

……完全把他准备好的约会行程都打乱了。

在江边悠闲地吃着汉堡，段江风想到自己为了今天的约会精心策划了这么久，不禁哑然失笑起来。

思彤奇怪道："怎么了，我脸上沾着东西吗？"

段江风忍着笑意，伸出长指抹掉她嘴角的沙拉酱："现在没有了。"

顿感尴尬的思彤立马红了脸，抽了张面纸拭擦起来。

"你和我见过的女生不一样。"段江风点了点头，又强调了一遍，"很不一样。"

"哪里不一样了？"

"让我有心动的感觉。"

突如其来的表白，让思彤差点被刚吃进嘴里的薯条呛到，连忙灌了几口可乐把食物冲下去。放下可乐杯，就看到段江风别开红透的俊颜，她才惊觉自己喝了段江风的可乐……

思彤清了清嗓子，决定化尴尬为幽默："对不起！和大神近距离接触，小粉丝心里难免有点小激动。你可千万别把我喝错可乐的事看成痴汉行为，我发誓，我真的是个正直的小粉丝。"

为表诚意，她还郑重地对天高举三根手指。

"没事儿，我又不在意。"段江风摆了摆手，爽朗的笑容像穿透流云的灿烂阳光，晒得人心里暖烘烘的。余晖里，他俊美的五官变得异样柔和，清澈明亮的双眸溢满温柔，"我这个星期天决赛，你要来看吗？"

思彤眼睛一亮，十分坦率地应声："当然。"

段江风悬着的心总算放了下来。他就像个大孩子一样，开心地摆着双臂道别："那到时候见。"

思彤笑着摇了摇头，刚一转身，就被面前突然放大的脸庞吓得大退了一步。

"棠棠？！"

"刚才那个男人是谁？"别看平日的黎子棠精明干练，其实她是超级近视眼，她捏了捏睛明穴，又伸长脖子往远方瞧了瞧。

思彤连忙用身体挡住她的视线，结巴着解释："呃，朋友？"

比起复杂的肇事车主和受伤者关系，"朋友"这个说法似乎更能省去不必要的麻烦。

"为什么你的语气那么不确定啊！"黎子棠狐疑地打量了她一下，又上前嗅了嗅，最终得出结论，"我闻到了恋爱的酸臭味！"

思彤忍不住翻了一个白眼，真是哪壶不开提哪壶啊。她不理会身后嚷嚷的身影，捂着耳朵朝苏记餐馆跑去。

结束午市回到家里的苏程光，刚一进门，就看到神台前思彤昏昏欲睡的身影，那颗小脑袋正像小鸡啄米似的一点一点。啪的一下，卷起的书就往小脑袋毫不留情地敲了过去。

"啊！谁打我？！"思彤猛地惊醒过来，一回头就看到苏程光望向自己的"慈爱"表情，她咧嘴僵笑了一下，"嘿嘿，光叔，你收市回来啦？"

"思彤小姐，坐禅是每天相当重要的课题。你在先祖面前打瞌睡，这怎么行哪！"

思彤在地上舒展开两条腿，兀自敲打了起来："光叔，我上班很累的嘛。还让人家坐什么禅，一坐就是一个小时，不困死都无聊死了。"而且盘腿打坐久了，还双腿发麻，害她每次坐禅都恨不能变成一条毛毛虫爬回房去。

"你啊，就是缺乏耐心！"苏程光从神台旁的柜子上提来一部录音机，按下播放键，随即响起他老人家最爱的佛门经典热曲。

"光叔！你又来这个？！"思彤哀嚎一声，就像只中了紧箍咒的泼猴痛苦得满地打滚，好好说话，播什么《大悲咒》啦！

"你可千万不要小看坐禅这事儿，段家辈辈相传的优良家风全靠禅理教你做人。就连老爷和夫人，他们以前也是一日三省，凝神静修！来，坐直腰板，心无杂念，这样才能修心养性，健康成长。"啪的一声，某人的背脊又被冷不防地抽了一下。

“光叔……”这次思彤撒娇也没有用，被苏程光逼着重新席地而坐，在单曲循环了二十几遍的《大悲咒》中洗涤了一下午的心灵。

苏程光从前就是个古板得不懂变通的老实人，思彤从小就被迫接受着他的斯巴达式教育，什么三字经、四书五经、诗经楚辞，哪本不是被嚼得索然无味的？

在段家，苏程光只是个生活管家，但更多时候他像个私塾老先生，闲来没事禅茶一味，谈天谈地谈人生，就是不和思彤谈工资，以致思彤这些年工作赚的钱完全没能奔放不羁地买买买，被逼着养成了勤俭节约的美德。

很难想象现在这么节俭的思彤，当年也曾是个十指不沾阳春水的千金小姐。

十岁以前，她住的还是城郊那带独门独户的豪宅别墅，附带花园和泳池，念的也是别墅区内的贵族小学，过的几乎是四体不勤、五谷不分的典型有钱小姐生活。虽不至于穷奢极侈，但至少从没为柴米油盐犯过愁。

那时候，苏程光作为管家，除了打理段家大小事务，还要兼顾思彤的监护人一职。夫人产后终日卧病在床，不能亲自照顾幼小的思彤；老爷因为公司的事忙着和各方周旋，几乎很少回家。因此，他肩负着抚养思彤的重要使命，要教会她谨遵段家祖训，培养出亭亭玉立的大家闺秀——然而这份愿景却在夫人病逝、老爷公司倒闭等一连串打击中破灭。

虽然老爷遣散了一众仆人，但他依旧很感激段家的恩情，便在同座城市开了家小餐馆，打算以后可以互相有个照应。谁知道不过几年，就传来老爷去世的噩耗，所以照顾思彤就成了他报答老爷的夙愿。

为了让思彤学会自立，苏程光从不娇纵她，甚至对她管教严厉，为的就是兑现与老爷的约定。

思彤也知道光叔是很疼自己的，明明都不再是段家的管家了，他却一如既往地替她张罗一切，不管是学习还是生活，就连未来都替她担忧不已。

思彤现在只想快点找到邀请函参加武林大会，然后找到那个人。

不然她真不知道该怎么回报光叔这份恩情。

黎子棠承认自己并不是个太八卦的人，但是好友一声不吭地谈了对象，这让她有种被隐瞒的不爽。

“那天和你在一起的男人到底是谁？”午休时，黎子棠特地把思彤拉来员工餐厅吃饭，顺便继续上次未完的八卦。要不是天太暗没看清长相，没准她还能帮忙把把关，现在想来实在扼腕。

“你怎么不依不饶呀，都说了我们是车祸认识的。”思彤一脸无奈，懒得理会喋喋不休的好友，继续淡定地夹菜扒饭。

咦，思彤这完全不像是刚热恋该有的反应啊。黎子棠不禁摸了摸下巴，要说思彤有什么反常行为的话，那也只有和大表哥在一起的时候了吧……

这时，花枝招展的Elissa从众人面前飘过。黎子棠立马给惊醒了，抓住思彤的手臂，激动道：“我终于知道哪里不对劲了！大表哥最近都不叫外卖了！”

“你到底怎么了？”手里的筷子被黎子棠抖落，思彤哭笑不得地弯腰去捡。一抬头，就看见提着精致原木便当盒的Elissa越过员工餐厅，搭上了总裁专梯，显然是到楼上的总裁办去。

黎子棠指着合上的电梯门，“你都不着急吗？大表哥宁愿吃Elissa的便当，都不点你的外卖了！”

“着急？当然着急，店里又少了一份大单。”思彤换了双新筷子，若无其事地搅着碗里的米饭，心里却酸酸地想：就知道大魔王点外卖不过是一时心血来潮，其实他心里早就巴不得有人天天给他做便当了吧。

她才不在意大魔王爱吃谁的便当呢，没错，就是这样。

思彤在心里第七次说服自己。

“你别顾着店里的生意行不行？”黎子棠白了她一眼，托腮沮丧道，“那个厨艺白痴的Elissa哪会做饭啊，分明就是让特厨准备的！连便当都做得这么不真诚，我可不希望将来的表嫂是这样的人。”

唉声叹气了一会儿，也没换来好友的怜悯，黎子棠又把目光落在对座的思彤身上，却突然有了新奇的发现。

“亲爱的段小姐，你今天似乎打扮得特别迷人。哟，还穿裙子，天要下红雨啦！”她微掀起思彤的裙摆，还看到一双果冻色七寸高跟鞋。

思彤立马红着脸按住裙子，瞪了过去：“你有必要这么震惊吗？”

八卦小队长黎子棠立马挤到她身旁的位子坐下，开始严刑逼供：“你今天是要去约会？你就老实招了吧，那个男人就是你新交的男朋友对不对？”

“什么男朋友？听不懂。”

“还装傻？我那天都看到了。要不是约会，你哪会打扮得人模人样！”平时都是呆板正装和T恤牛仔裤轮换着穿的人，突然开始注意仪容一定事出有因，黎子棠始终坚信自己的推理。

思彤却皮笑肉不笑地说：“你信不信我揍你？”

她知道自己平时穿衣很随性，只是，为了方便和段江风进出一些高档场合打听武林大会的消息，这才悉心打扮一番，怎会想到这种转变在外人眼里竟变得如此不纯洁了。

不管她怎么解释，黎子棠都不信，并坚决表示不见其人誓不罢休。最后迫于压力，思彤只好让她跟着一起来到了WCG的决赛现场。当看到登场的俊朗青年，黎子棠顿时恍然大悟——

原来大表哥的情敌是段江风啊。

电子竞技现场气氛异常火爆，偌大的赛场坐满了声嘶力竭呐喊助威的粉丝，当镁光灯聚在中央的对战台上，所有人屏气凝神地关注着大屏幕上的画面，随着战况发出此起彼伏的惊叹叫嚷。

Mars俱乐部与全国最大强敌皓月战队正在进行激烈的冠军角逐，两支比赛队伍势均力敌，各胜两局后，最终一局使得现场气氛格外紧张。Mars俱乐部最后出战的选手是段江风。他一出场，就引来女粉丝们连连尖叫，其应援团声势之宏大，让思彤感觉自己都快被这些疯狂的呐喊给淹没了。

观众席上的黎子棠冷冷一笑：“很危险哦，喜欢上这种花心大萝卜。”

“他很花心？”思彤接过话茬，随口一问。

段江风看向贵宾席，思彤微笑着朝他挥了挥手。他仿佛得到了鼓励一般，笑得格外阳光，这个笑容又让不明真相的粉丝发出接连不断的花痴嚎叫。

“你看看，多少女粉丝冲着他来的，你就没想过那么受欢迎的男人私底下会有多少乱七八糟的艳遇吗？”

“没想过啊，我只是觉得段江风那么受欢迎也是理所当然的啊。”操作犀利的电竞选手一向备受瞩目，更何况段江风颜值还那么高，想不讨人喜欢也挺难吧？

听见思彤满不在乎的语气，黎子棠绝望地抹了把脸，看来这丫头被段江风吃得死死的了。之前看她和大表哥之间有些苗头，总以为他们有机会发展成一对，可现实却朝着她不乐见的方向发展。

难道思彤真正喜欢的人其实是段江风？

这场电子竞技以《武皇》作为比赛项目，画面中是熟悉的操作界面以及人物角色，当看到一袭白衣的翩翩公子一跃而上时，思彤禁不住热血沸腾起来。

那是段江风操作的大理段氏“江风引雨”。键盘上流畅的操作，让人物行云流水般横贯竞技场，白衣公子步履生风，携雅致于一身。在对手紧追不放的连环招式下，江风引雨轻松力挽狂澜，手执玉骨素扇，招招置对手于死地。这让思彤不禁大开眼界，原来大理段氏可以操作得如此帅气！

“啧，你至于激动成这样吗？”黎子棠嫌弃地看了她一眼。

思彤不禁拍了拍椅子扶手，悲愤道：“你不懂大理段氏被官方削弱的忧伤！”

好不容易有人为他们门派争口气，她当然激动感慨！

“要是换上我大表哥和段江风对战，他还未必能赢呢。”

她对段江风的诸多挑剔，思彤就算再迟钝，还是听出了言外之音：“你和段江风有过节啊？怎么老和人家过不去。”

“不是我和他过不去，是那小子和我大表哥过不去。”黎子棠双手托腮，百无聊赖地看着大屏幕的比赛，“他倒好了，继承了‘战神’的头衔，可七年前那就是我大表哥的东西。”

纪远司是电竞界里无人不晓的名字，他开了跨国对战的先河，不仅为国家队赢足面子，还让公众关注到了电竞这项边缘项目，从而掀起了一阵从业热潮，不少玩家甚至慕名投身电竞界，选择成为一名职业选手。他是电竞史上零败绩的传说级人物，六年WCG电竞总决赛冠军，当之无愧的“战神”，可他却在达成七连胜的前夕，突然弃权离场。

“如果大表哥当年拿下七连胜，今天被狂热粉丝追捧的就另有其人了。”

相比较游戏制作人的身份，思彤对大魔王早期的电竞选手经历并不算太了解，只在看过的一些报道里，依稀记得大魔王当年突然从电竞界隐退，并没有给公众一个交代，真相一度成迷。她状似无意地随口一问：“既然你表哥以前是电竞界的大神，那他为什么会在巅峰时期隐退江湖啊？”

黎子棠贼兮兮地看向她：“怎么突然对大表哥感兴趣起来了？”

“你到底说不说？”思彤推了一下黎子棠，但脸上还是藏不住被看穿心事的困窘。

“哎，其实我知道的事情也不算太多，只知道当年国外独居的舅妈突然出了意外，大表哥中途退赛离开，之后就宣告隐退了。”忆起往事，黎子棠语带苦涩，“说来你肯定不信，大表哥也是前几年才认祖归宗的，过去的二十年，舅舅一直都对他放任不管。”

原来，在很久很久以前，大魔王也曾被全世界抛弃。

思彤心里微微刺痛，相似的经历，让她不禁有了一些触动。

他们曾处在一个如此靠近的世界。

“说起来，第一次见到大表哥，我心里还挺害怕的。他没有二表哥热情，也没有三表哥幽默，还整天板着一张生人勿近的脸，我还以为我做错什么得罪了他呢。”

思彤颇有共鸣地猛点头，明明长着一张俊美到让人惊艳的脸，却总是面无表情。

“但相处久了，会发现其实大表哥对所有人都很好很好，他只是不擅长去表达那些温柔而已。”说着，黎子棠又忍不住开始挖苦自家表哥，“我跟你说，别看我大表哥一对桃花眼很会放电的样子，实际上他可纯情了，初恋对象还是从网上认识的，哈哈。”

大魔王这段惊天秘恋还是让思彤小小震惊了下，没想到富得流油的丐帮传人竟然也会沉迷虚拟恋爱？

她越来越好奇大魔王的初恋对象到底是个怎样的女孩子了。

咦，心里好像酸酸的？

思彤猛地甩掉脑里的胡思乱想，继续专心看比赛。

当天夜里，思彤久违地登录了一下《武皇》，发现帮会里来了不少新人，作为老人的思彤就义务带着几只小菜鸟到主城外的洛河一带刷怪练级。

思彤在卖力打怪的时候，几个新人就在队伍频道里热烈地讨论了起来。

一个小丐帮说：“听说洛河这里的怪会掉惊鸿戒和游龙戒哦。”

绝情谷女侠回应：“什么戒指这么牛？新手区掉的不都是普通装备吗，卖也卖不到几个钱。”

小丐帮摇着手指，啧啧有声地说：“那是一对情侣戒，全服掉率极低，惊鸿戒好刷，但游龙戒几乎没人见过，如果能刷到游龙戒那简直人品大爆发。”

这对在玩家中久负盛名的情侣戒取名自《洛神赋》的那句“翩若惊鸿，婉若游龙”，原本在洛河的任务里，是一对私奔殉情的NPC恋人所携带的定情物。虽然只是普通的蓝色任务装备，但由于内涵意境凄美，备受玩家追捧，才造成了市值高昂的收藏价值，甚至有一段时间游戏里出现了洛河大规模刷戒指的现象。

思彤曾经也有过刷戒指的狂热，但传说中的装备哪有这么好刷的？她都要怀疑，官方根本没有实装这枚游龙戒，这事还是明天上班时再跟黎子棠吐槽好了。正打算换个地方刷怪，突然出现了一位不速之客。

那是一个等级30的小古墓派，她操作熟练，看起来并不像新手玩家，而且毫不客气地把方圆百里的小怪清理得一干二净。

思彤的第一反应是，找茬？

思彤迅速移动鼠标选中小古墓派的人物，点击查看她的装备，看到那枚蓝色的“惊鸿戒”时不由一愣，抬头看了眼她的游戏ID“司暄”，不确定地打开自己的好友列表，翻出一个特别的分组——江湖再见。

那个分组只有一个人，而此时那个人的头像正亮着——司暄，显示所在地是洛河。

果然是她啊。

五年前，当思彤刚登入《武皇》这个游戏时，还是个连轻功都飞不好的菜鸟，不像现在是驰骋江湖、打遍天下无敌手的彪悍女玩家。

唯一没有变的是，她一直是个热爱锄强扶弱的活雷锋。

思彤顺利突破人物七十级大关时，囊中羞涩，连套像样的毕业装备都买不起。她又不喜欢伸手问人要，凡事只靠自己努力，一听说洛河任务会掉落情侣对戒，在交易行叫价不错，就满心欢喜来洛河打怪。原本只想着赚点小钱换装备吧，没想到遇到了一个和她抢怪的古墓派。

可看到那个古墓派一身破破烂烂的，她又同情心泛滥。

于是，她在近聊频道敲下了一行字。

“妹子，要不要我带你做任务？”

古墓派在《武皇》中是一个纯女性角色的门派，思彤先入为主地以为对方是女玩家。毕竟没几个男玩家喜欢操作空有美貌、血量却十分脆皮的古墓派，就算有也是建号拿来欣赏的。通常在游戏玩古墓派的一般都是高手中的高手，因为古墓派是全职业中操作难度系数最高的一个门派，并不利于新手体验游戏。

那个名叫司暄的古墓派虽然一身低级入门装，但依旧难掩古墓派惊艳脱俗的气质，回眸一笑百媚生，直让人看得心驰神往。不得不说《武皇》这个游戏，对每个门派人物的塑造都下了工夫精雕细琢，连同是女玩家的思彤都禁不住赞美其角色的惊艳姿容。

司暄只是默默看了她一眼，并没有理她，仍旧埋头刷怪。

这么高冷啊？不愧是以冰山美人著称的古墓派。思彤发送了组队申请，近聊是她喋喋不休的示好与热情：“你是新手吗？是不是不知道怎么在聊天频道打字？反正我闲着也是闲着，可以陪你一起做任务。”见没有回应，思彤故意调侃道，“难道你是工作室代练的？还是外挂刷级的？Hello，再不理我就举报你咯？”

“你好烦。”忍无可忍的司暄只敲出这三个字。

原来还是会理人的嘛，思彤笑眯眯地又再次发送了组队申请，可对方还是没有领情。思彤想了想，突然和陌生人组队确实不太妥，便说明了自己的来意：“我看你等级不太高，就想带你练一下级，没有恶意的。”

“你是认为我没能力升级？”

“那倒不是，毕竟我已经满级了，带你刷怪升级会轻松点嘛。”思彤理所当然地答。

玩网游的哪个不急于升级毕业？满级以后，才是游戏真正有趣的开始，新手号局限太多，根本没法参与太多满级玩家的活动。

过了一会儿，思彤突然收到系统发来的切磋提示，而发出申请的人正是不过30级的司暄。不是吧？这小古墓派是不是脑子秀逗了，再怎么厉害，区区一个新手怎么打得赢她满级号？

看来得让那家伙吃点苦头，才能明白这个江湖是险恶的！

然而，看到系统判定的结果时，思彤惊得下巴都掉了下来。

她满级大号竟然输给一个新手？

简直难以置信！

虽然司暄的伤害值不足以招招致命，但思彤碰也碰不到对方一下，反倒是总在挨打，这让她自尊心十分受创。

如今想来那是《武皇》里第一个打败她的人。

可那个人在她们成为朋友的不久以后，突然消失了。

久别重逢，思彤不确定司暄是否还记得她。终于，她鼓起了勇气，发送了私聊过去：“这么多年了，你还是30级啊？”

紧张地等待回复，思彤感觉手心都沁出汗水来。

司暄对她来说，是特别的。是她改变了思彤玩游戏的态度，也是她教会了她如何享受网游，说是她的师父也不为过。

不知道过了多久，大概只有几秒的时间，思彤却觉得漫长得像一辈子。就在她沮丧地以为司暄的账号应该已经易主时，对方突然发送来了一行字。

司暄：“太久没上了。”

真的是她！思彤亢奋地敲击键盘：“我带你去升级吧！现在人物最大等级已经提升到了100级了，你这样会落后其他人很多进度的。”

于是，思彤胡乱找了个理由让帮会新人自个儿去做任务升级，她则退出了队伍，对司暄重新发起了组队请求。

司暄倒是爽快地通过了她的申请，两人的头像久违地显示在同一支队伍里，思彤觉得格外开心。其实，她一直都很好奇这些年司暄都干吗去了，是现实生活太忙碌了，还是有别的原因？她的不辞而别让思彤耿耿于怀了很久。

司暄冷不防地问：“你刷到戒指了吗？”

思彤这才反应过来，她说的是游龙戒。遥想当年，思彤在洛河地图的日常就是刷情侣对戒挣钱，虽然刷了一箩筐惊鸿戒，但游龙戒至今未见，司暄身上那枚惊鸿戒也是思彤硬塞给她的。

大理段氏女侠糗糗地摸了摸鼻子：“早就放弃啦，说不定官方根本就没有实装。”美丽的传说用来忽悠忽悠玩家就算了，虽然现在仍有慕名来刷戒指的人，但那势头已经不复以往了。毕竟玩家都是贪新鲜的，即使没有对戒，游戏里还有同心结、对佩、香囊等大量寓意物品，根本不妨碍他们尽情地秀恩爱。

界面突然弹出一个交易请求，思彤一看，惊呆了。

众玩家梦寐以求的游龙戒，此刻就出现在她的背包里！游龙戒的指环上闪耀着龙鳞的辉耀，缀以赤红的宝玉，焕发着迷人生动的光彩。从品相而言，真的比惊鸿戒好看太多了。

据说游龙戒是男戒，而惊鸿戒是女戒，男女双方通过互相交换佩戴，以此作为心有所属的证明。她不明白司暄为什么要送这枚戒指给自己，便故意调侃道：“你想和我做一对百合花呀？”

意料中的反击并没有，取而代之的是司暄的一连串省略号。

思彤不由得笑笑，直觉告诉她，这小古墓派一定是个有故事的人！于是，她说出心中的猜测：“你该不会被甩了吧？”

见司暄不说话，思彤震惊道：“被我猜中了？！到底是谁这么不知好歹，我帮你揍扁他！把游戏ID报来。”

这下，司暄彻底陷入沉默。

就在思彤以为她掉线时，司暄突然开口说：“那个人大概有喜欢的人了。”

思彤一听，八卦之魂彻底燃烧了：“大概？就是说你也不能确定对方是不是已经有交往对象了。你告白了吗？”

只见司暄又是无止尽的缄默，思彤摇头叹了叹气，发送交易请求，把游龙戒送了回去，还不忘鼓励道：“就算他有喜欢的人了，也没关系吧。先告白了再说，比起说了才后悔，不说才更后悔吧。”

似乎她的这番劝解起了效果，司暄果断地拒绝了交易请求，游龙戒再次落回思彤的背包里。

司暄：“戒指先帮我保管，等我决定好告白就跟你说。”

决定好告白就跟她说？思彤反复咀嚼着小古墓派的这句话，总感觉怪怪的，但又说不出怪在哪里，便半信半疑地答应了。

临下线以前，思彤把戒指存放到了仓库里。看着宝箱里那枚熠熠生辉的戒指，思彤微微勾起了嘴角。

这枚戒指仿佛将他们再度牵引到了一起。

原来，一些人，一些事，再漫长亦值得等待。

因为新项目即将启动，公司再度忙碌起来，下班后很多部门仍有许多做不完的工作。黎子棠喊住正要回去的思彤，让她送个C餐给楼上的大魔王。思彤一愣，大魔王怎么突然又开始点外卖了？可是，不等她回话，黎子棠已经上楼去了。

思彤只好加快脚步到苏记餐馆，趁着饭菜还热，又匆匆赶回了公司。

正要走进总裁办，就撞见黎子棠推门走入大魔王办公间，把手里的东西递了过去，“大表哥，你怎么那么粗心啊！邀请函就胡乱丢在茶几上，万一清洁阿姨以为是废品给收了怎么办？”

纪远司指了指办公室某个角落，淡淡道：“有监控，估计也不会有几个人敢随便乱来吧。”况且，邀请函再寒酸，好歹也是金丝玉雕的，清洁阿姨还不至于瞎到当废品卖了。

“这可难说啊。虽然大表哥你可以靠脸进场，但邀请函好歹也是参加武林大会的凭证，多少门派觊觎，要是落到那些不入流的门派手里，对丐帮的名声总归影响不好。”

纪远司一把揉乱了表妹的头发，“要从我手里抢走邀请函不是件容易的事。”他手中把玩的金丝玉，被雕刻成方形，上头有着深浅不一的图腾，薄薄的一片在灯光下晶莹剔透，散发着异样的璀璨。

“你可真是放心。我听说最近唐门那边失窃，有人偷了邀请函转售其他门派。也不知道那些想要去武林大会的人有什么目的，只是见见世面就算了，万一是冲着大表哥你来就不好了，你好歹也是今年的热门盟主候选人之一。”虽然大表哥很强，但黎子棠还是有些担心，毕竟曾经就发生过有人偷袭大表哥的事了。

“没事儿，我能自己解决。倒是你，还是很抗拒去武林大会？”他冷不防地瞄来一眼。

黎子棠扛不住被审问的压力，嘻嘻一笑，找了借口就溜出去了，打开门就看到站在门外的思彤。她只好举起手里的外卖，掩饰自己偷听的小人行径：“外卖到了，怕打扰到你们，一直犹豫着要不要敲门。”

“哎，你也太见外了吧，思彤！我和大表哥只是闲聊而已，现在聊完了，你赶紧进去吧。”末了，黎子棠朝她投来贼笑，又调侃了几句，才心满意足地下楼。

直到黎子棠离开了总裁办，思彤这才恭敬地敲了敲半掩的门，很快就听到里面传来“进来”的清冷声线。当大魔王见到她时，他表现得很意外：“你……怎么来了？”

“棠棠让我把外卖送上来，总裁你应该还没吃晚饭吧？”思彤像往常一样，到食桌上布置食物。

“这个多事的黎子棠……”纪远司低声抱怨了句，就起身走向了思彤，挺拔的身影将她小小的身躯笼罩。

思彤刚回头，就迎上了他灼热的黑眸，心咯噔地跳了一下。

思彤有些紧张，下意识就开始目光闪躲，随即就听到纪远司清冷地开口：“如果说我从一开始就不想吃外卖，你会怎么想？”他沉哑的声线，有些性感的迷离。

大魔王这话是什么意思？

思彤总觉得他今天和以往的感觉不太一样。暧昧的气氛，意动的月夜，可思彤不知怎的脑袋突然打了死结。

“总裁，你是不是已经吃过了？”话音刚落，思彤觉得自己问了句废话，黎子棠既然都叫她帮忙订餐，又怎么可能吃过！唉，怎么感觉在大魔王面前，她的智商就一直欠费呢。

这一刻，纪远司突然有掐死思彤的冲动。

他隐忍着内心的郁闷，无奈地抹了一把脸：“你给我去泡杯咖啡。”就连表情都要比以往冷了几度。

思彤摸不着情绪地走出了办公室，再端着咖啡回来的时候，发现食物还是原封不动地摆在那里，而大魔王则背靠着沙发椅沉沉地睡着了。

“总裁？”思彤轻轻地摇了摇他的肩膀，见他毫无反应，心里忽然有些紧张。她环绕四周，确认没有人，才悄悄走向了红木办公桌，来到摆放保险柜的地方。

关于他是不是丐帮传人的身份，其实思彤有百分之九十的把握，剩下的百分之十，她就赌在了保险箱内。

思彤记得曾在典籍里看到过，四大家族作为举办方各有特殊邀请函，用于区别于普通的门派，而丐帮作为这次武林大会的主办方，他们所携有的邀请函应该也有属于他们家族的特殊标记。

正当指尖即将触碰到保险柜时，办公室外传来脚步走动的声响，思彤立马慌张地从保险柜边走开。

直到声音越走越远，思彤才定下心来。

知道了邀请函由始至终都藏在总裁办，她十分兴奋，但又担心纪远司中途醒来，偷邀请函的事就暂且作罢了。

而且……

大魔王似乎很累的样子。

这段时间，为了公司的事，他东奔西跑，已经很久没有好好休息过了吧。思彤取来毯子轻轻地盖在他身上，蹑手蹑脚地收拾着桌上的食物，在他的马克杯下压下一张字条。出去时，只给他亮着一盏台灯，便把办公室的门轻轻带上了。

黑暗中那本该紧闭的双眸缓缓地睁开了，他拉下身上的毛毯，视线掠过桌面，长指勾起案上的字条一看，娟秀的字迹写着："总裁，食物我放茶水间的冰箱了，你醒来如果觉得饿的话，用微波炉热一下。还有晚上少喝点咖啡，对胃不好。"

她的贴心让纪远司心头炙热了起来，仿佛有股情绪在迅速发酵。可回想起刚才不经意间看到的情景，他不禁皱起了好看的剑眉。

纪远司快步走向保险柜，打开一看，邀请函仍安静地躺在其中。

他不由得困惑，段思彤究竟打算做什么？

推门而入的王昭忠，一见到笑脸盈盈的段思彤，劈头盖脸就是一顿骂："你怎么会在我家里？哎，我说你这小姑娘也真有够厚颜无耻的。都说几遍了，我是绝不会把畅视卖给你们的！”

他的谩骂让床上老太太大为不满，她用不逊色于儿子的咆哮炮轰了回去：“臭小子，有你这么说话的吗！要不是段小姐及时帮忙，你没准明儿得给我准备好下葬了！”说到激动处，老人家捂住胸口剧烈咳嗽，不等儿子反应过来，身旁的思彤就安抚着老人家躺回了睡椅上。

“没事吧？阿姨。”思彤体贴地送来药和水杯。

老太太服药后，顺了顺胸口，叹道：“现在好多了。段小姐，真不好意思，我儿子一向死脑筋，你心里千万别跟他过不去。”说着还瞪了不孝子几眼。

王昭忠见状，语气立马软了下来：“妈，你身体不舒服，为什么不立刻打我电话？”

“我就想着出门去转转，谁知道老毛病又犯了，还好路上碰到段小姐，她陪我去了趟医院。”老太太敲了敲椅子扶手，愤慨道，“你啊，别总拿小人之心度君子之腹，对段小姐说话客气点儿。”

被老妈子当面念叨，这让王昭忠很挂不住面子，忙找了个理由就把思彤请了出去。一走到屋外，他就作势要赶人：“今儿这事我确实得感谢你，但真的求你了，能不能不要再来烦我？喏，就当是谢意，你拿去花。”说着就从皮夹取出几张红色大钞。

思彤却不为所动，微微一笑：“王总，您这么烦躁，是不是因为公司股权被稀释后，担心收益问题？”

正要赶人的王昭忠突然一顿：“你是从哪儿知道的？”

她将文件夹递了过去，高深莫测地说：“我从畅视内部出现矛盾开始，就一直关注着股权结构的变化。”

畅视上市以后，就出现了经营不善的问题，因为股东的撤资，导致运作资金一度陷入了困境，虽然段氏集团承诺将会给予融资，但大面积稀释股份，也等同于吞并了畅视，让王昭忠陷入了是否要结束经营的挣扎中。

“如果让我们以加盟的形式互相合作呢？”思彤递去了一份协议书，晶亮的双眸迸射出自信的光彩。

王昭忠将信将疑地翻阅了起来，不管是加盟，还是债务性融资，她都给出了极为详尽的方案，可以解决他当前资金赤字与经营决策的尴尬。她有着与年纪完全不相符的缜密心思和经营头脑，王昭忠几乎要对面前的女人刮目相看。

“你真的只是一个普通的助理？”

思彤不过笑笑：“当然。”

正值酷暑，忙碌了一天的思彤早已被煨出了一身薄汗。从公交车上下来，微微的疲倦感涌上心头。一转身，看到半蹲在地上的光叔，立刻一脸紧张地跑过去，小心地搀扶起他的双手：“光叔，你怎么了？”

“彤彤下班了啊。”苏程光伸手捶了捶腰。刚刚他送完外卖，正好路过水果批发市场，就想着买箱梨回去，没想到装车的时候不小心给闪了腰。说完，他又猫着腰去捡地上的梨。

“你坐着别动，我来收拾。”思彤眼疾手快地制止他，同时麻利地收拾地上的梨子，“买这么多梨做什么？”

“最近店里的冰糖雪梨可好卖了。”看着思彤忙碌的身影，苏程光露出了慈爱的笑容，“家里冰箱给你留了一锅，记得喝啊，你这几天有点咳嗽。”

“光叔你真是爱操心。”思彤无奈地笑了下，原本心中的焦躁不安，突然柔化成了泡沫。眼角有着不易察觉的润湿，她背过身假装忙碌。

不远处的路边停着一辆雷克萨斯，驾驶座上的段江风微微探出头，静静看着段思彤的一举一动。虽然听不见声音，却依然从俩人的互动中感受到了那些含蓄、深沉的情感，以及无以名状的温暖。

这样看似寻常的画面，却正是他生命中一直欠缺的，来自家人的关怀与呵护。

翌日傍晚。

握着手机的思彤，推开了窗户，一眼就看到了停在楼下的雷克萨斯。她急急忙忙下楼，车前站着恭候多时的段江风。

他微笑着放下手机，朝她走去。今天的段江风身着灰色宽大细格纹的三件式西装，内衬有细密的黑白直条纹衬衫，点缀有大地色针织领带和酒红色袋巾，极具时尚与高品位，浑身散发着成熟的魅力，教人无法挪开双眼。

“江湖救急，可否帮个忙？”段江风莞尔而笑，将牛皮纸袋递给了她。

那是一套小礼服，材质相当丝滑细腻。

关于段江风邀她参加Mars庆功宴，思彤忍不住纳闷：“可是，我不会跳舞……”

“我可以教你。”他为她打开副驾座的车门，绅士地做了一个“请”的动作。他性格上虽有一分霸道，却让人难以抗拒——尤其在他递来《武皇》的限定毛绒娃娃时，思彤即刻喜笑颜开。

“鹰隼宝宝！”官方最初开售时，思彤因为手脚太慢而没能抢购到。没想到梦寐以求的周边，现在竟真切地握在手中。

段江风温柔地笑了笑：“就当是舞伴的酬劳？”

那一瞬间，思彤突然有种被阳光晃了眼的感觉。她开心地接过玩偶：“真是败给你了。”

身着薄荷绿鱼尾裙的思彤，一走进宴会现场，就引来了不小的骚动。如美人鱼般的婀娜裙摆，让她尽显纤细柔媚，半露肩的雪纱上衣，大方地露出性感的锁骨。来不及浓妆艳抹，她只把长发随性地绾在耳侧，倒是多了些知性的优雅。

鲜少有男女绯闻的段江风突然携女伴出现，让俱乐部一众起哄连连。

庆功宴开始后，作为主力选手的段江风被邀请上台。思彤站在人群外，看着台上阳光俊朗的段江风分享赛果。目光无意识地越过重重人群，不经意落在了贵宾席的纪远司身上，不禁怔忪片刻。

那一眼，仿佛隔着千山万水。思彤不确定对方有没有看见自己，但她的目光却再也无法移开。

冠军队伍的庆功宴由皇临集团出资赞助，她不意外纪远司会出现在这里，但在看见他身旁的Elissa时，她的心却忍不住尖锐地刺痛起来。一袭酒红色长裙的Elissa如娇艳的玫瑰，视觉上，他们是场上公认最般配的男女，就连思彤心里都这么认为。可那一刻，她却实实在在地感受到了自己与他们的距离。

有些世界她永远都无法企及，有些人她更是难以并肩而行。

如果找到亲生父亲，是不是就能改变现状呢？

武林大会啊……想到这里，心又紧缩了一下，她强迫自己收回视线，心乱如麻地朝人群相反的方向走了出去。

身上突然被一股温暖覆盖，在露台发呆的思彤这才惊觉身上多了件西装外套。她紧了紧外套，看到段江风时，脸上恢复了笑容："演讲结束了？"

"嗯。这里风大，别着凉了。"段江风背靠着栏杆，关心地看向她，"你脸色不太好，是不是身体不太舒服？抱歉，我不该勉强你来的。"

"没有，只是有点儿累。"思彤勉强笑了笑，想掩饰自己低落的心情。

"那我给你讲个笑话好不好？杨过被金轮法王一掌打下绝情谷，他情急之下抓住了悬崖边的草绳。眼看快要撑不住了，小龙女说了一句话，杨过当场就摔下了谷底。你猜她说了什么？"

见思彤困惑地摇了摇头，他凑近她耳边说道："过儿，快把手递给我。"

反应过来的思彤，扑哧一声，哈哈大笑起来。

看到两人相谈甚欢，宴会厅中的纪远司却满脸愠色，又猛地灌了一杯威士忌。

"你喝太多了，远司。"Elissa夺过他手中的高脚杯。她并不迟钝，知道他在为什么事情烦心。她拦腰拥住他，将脑袋紧贴着他的胸膛，"说不定她就是泄露报价的罪魁祸首，你倒是认清事实。"

纪远司突然将她推离身边，薄唇是冷冷的笑意："该认清事实的人，难道不是你吗？"

如鹰隼般锐利的目光，叫人不寒而栗。

纪远司微倾身，拉近两人的距离，以彼此才听得见的音量冷冷道，"不要以为我什么都不知道。是你泄露了报价。看在九袋长老的分上，我本打算睁只眼闭只眼。但事到如今，你还打算推卸责任，Elissa，你真的让我很失望。"

Elissa不禁瞪大了眼，她纠缠的手被纪远司无情挥落。

“你被正式解雇了。”

纪远司越过人群，雷厉风行地朝露台的方向走去。当一脸不悦的大魔王突然闯入露台，思彤还来不及做出反应，就已经被他紧扣住手腕朝外头走去。

“师兄，你想带我的舞伴去哪儿？”段江风眼疾手快地拉住思彤另一条手臂。

“与你无关。”

“无关？思彤是我的舞伴。”

思彤嗅到了两个男人间的火药味，就在一触即发之际，她赶紧圆滑地打了个圆场，“我正好有些公事需要和总裁谈谈，去去就回。”

段江风虽然不甘心，却也只能无可奈何地放手。

思彤的手被纪远司滚烫的大掌紧紧包裹，看着面前宽厚的肩膀，她竟挤不出一丝一毫的力气反抗。就这样被大魔王拖着一路疾走向电梯，一路上两人没有任何交谈，只有彼此交错的脚步声此起彼伏。

电梯直抵地下停车场，刚踏出电梯门，纪远司转身就将思彤粗暴地推向了墙壁。

始料不及的动作，让撞到后脑勺的思彤微微吃痛。

“你干吗……”她嗔怒地往上方瞪去，却看到一双幽深黑眸冷漠地看向自己。

纪远司高大的身躯阻挡住了背投的灯光，酒气掺杂着香水的味道，在密闭的地下室变得格外浓郁。思彤只感觉脸上的燥热在逐渐升温，她不擅长应对喝醉的大魔王，她直觉想要逃走，却被纪远司伸出长臂一把抓住，彻底被困在他坚实的胸膛与墙壁之间。

纪远司逐渐拉近和她的距离，用嘶哑的声线问她：“你是不是喜欢上段江风了？”

“我……唔！”

不等思彤回应，他就以吻封缄，一个绵长的吻从激烈到温软。思彤整个人如遭雷击，一种如飓风般的浓烈情绪在心中逐渐喷涌爆裂。肺叶里的氧气仿佛快要被他榨取清光，脑袋完全无法进行思考，连同应该要推开他的本能也都一并丧失。

当他霸道地结束了这个吻后，却一头扎进了思彤的肩窝。

思绪一片浑沌，思彤承受不住他身体的重量，两人一起滑坐在了地上。

勉强扶住他的身体，思彤这才发现他额际火般滚烫："总裁，你在发高烧！"

被突然带走，背包也不在身边，她便一阵手忙脚乱地翻找纪远司身上的手机。忙碌的小手却被纪远司紧握住，再度禁锢在身后。额际的刺痛让他好看的剑眉微蹙，纪远司力不从心地枕回她的身上，近乎叹息般地说："我该拿你怎么办才好……"

直到声音越来越小，意识变得一片混沌，身上的大男人已经悄然昏睡。

"总裁？"她轻推了推，肩上那颗脑袋毫无反应。

思彤真的要哭了。

她才想问，该拿这只大魔王怎么办呢！

思彤又羞又怒地瞪向身上的男人，可瞥见那性感的薄唇，禁不住想起了刚才那个糟糕的吻。腾空的手下意识覆盖上自己的唇，忆起那份触感，她又不争气地红了脸。

"大魔王，你好过分，那可是我的初吻啊。"

谁说初吻是柠檬味的？

骗人。

第五章
从暗恋到明恋的距离

结果，还是失眠了。

思彤看了一夜的天花板，直到天光破晓，鸡鸣日出。整整一个晚上，她的脑海里只回响着一句话——你是不是喜欢上段江风了？

还有，大魔王双唇的触感……

“啊——”思彤将险些自燃的小脸埋进枕头，在床上翻滚了三周半以后，跳下床冲进了盥洗室，猛地洗了把冷水脸。

思彤边用毛巾拭擦，边看着镜子里的自己，自问自答了起来。

“你说大魔王那话是什么意思？”

“嫉妒？”

“有什么好嫉妒的。”

“那就是喜欢呗。”

思彤摆了摆手，讪笑道：“不可能，绝对不可能。”

“可是他亲了你耶。”

“你没看他烧糊涂了吗！那是意外，一定是！”

思彤在心里如此说服自己，末了，她又长长叹了口气，魂不守舍地蹲在了马桶盖上，将脑袋埋进膝盖，一阵羞涩的咆哮。只是一个吻而已，她为什么要为了那种可恶的大魔王心烦意乱啊？太不公平了！思彤决定不再去胡思乱想，收拾好心情就像往常一样去上班。

刚到公司，思彤就被秘书叫上了总裁办。

大清早的，大魔王找她做什么？思彤好不容易整理好的心情，却又在看见纪远司时全盘崩塌。男人在她桌前放下一杯咖啡，仅仅是一个再简单不过的动作，思彤却被吓得背脊紧绷。

她满脸惊恐，仿佛遇见了洪水猛兽，让纪远司感到莫名不爽：“你那是什么表情？”

“就、就是突然吓了一跳。”她怯怯地看向纪远司，“总裁，你身体好点了吗？”

纪远司因为她的关心，有一些窃喜：“不碍事的。”

“总裁找我……有什么事吗？”想到昨晚的后续，思彤突然扭捏起来。

“关于畅视竞投失败的事，我知道你受了不少委屈。经过这段时间的内部整顿和调查，我们已经查出了泄露报价的人，并且做出了相应的惩处。”

思彤震惊地抬起了头，就见大魔王一脸严肃地说：“对不起，之前错怪了你。”

纪远司早就查明，营业部高层私自挪用了资金融资，导致竞投资金没有胜算，Elissa便将报价信息卖给了段氏高层，以此谋取好处。待事迹败漏，她就找了思彤这个冤大头，更有一些无辜受牵连的员工。因为Elissa的特殊身份，纪远司原本打算给她一次改过自新的机会。没想到Elissa毫无悔过之心。这样的员工留在公司，只可能带来更多无法估量的损失。所以，纪远司不再手下留情了。

报价泄漏之时将思彤调出研发部，其实是对她的另一种保护。

虽然这种公司高层才能知晓的内幕不能直接告诉思彤，但还是想让她知道，他明白她的委屈。

“嗳？”

“哦。”

听见总裁真诚的道歉后，她只发出了两个单音。

久久等不到思彤其他反应，纪远司心里有些奇怪，他斟酌着开口：“如果你还是没办法释怀，或许我们可以协商一个更好的补偿方案。我可以给你承诺，调回研发部或者……”

“我没有不原谅你呀。”看着大魔王茫然不解的样子，思彤笑眯眯地说，“总裁，很感谢你对我的信任。”

纪远司看着她笑了，声音也更加温柔：“研发部，你随时都可以调回去，我已经跟黎子棠交代过了。”

咦？大魔王刚刚……好像笑了？

这是不是意味着她已经初步取得了大魔王的信任？

可是，她付出的代价好像有点高呢。她不自觉地摸了摸自己的心脏，因为他迟来的歉意，愉悦和满足几乎要从胸腔里溢出来了。

畅视集团高层会议。

王昭忠在合同上签字后，朝对面的年轻女孩伸出了大掌，原本冷漠呆板的严肃脸庞突然扬起了微笑：“段小姐，预祝我们合作愉快。”

在经过多次磋商与探讨后，畅视集团接受了思彤的提案，以融资的方式接受皇临的资金支持，同时共享自己的核心技术，为皇临提供独家的网络直播服务。这意味着黑曜研发的一系列数字产品将得到更大力度的推广，短时间内吸引大批玩家的引流目的。

“没想到皇临的小助理都是狠角色，我真是不得不佩服你了。要不待会一起吃个饭？”

“那也是王总您赏脸，没有全盘否定掉合作的可能性。”思彤谦虚地笑了，她婉拒了对方热情款待的饭局，“这份合同，我会尽快让总裁确认签字，进一步的合作会谈，到时候我们会向王总您郑重发出邀请。”

怀抱着这份辛苦得来的合同，她又马不停蹄地赶回公司。借着需要纪远司签署合同的名义，思彤来到了总裁办。正值下班时间，思彤在Amy的指引下，在会客厅等候。据说大魔王正在开高层会议，一时半会儿还不会结束。可直到饭点，大魔王依旧没有回来。途中她上了个洗手间，再回来时，总裁办已经空无一人，里面漆黑一片。

Amy该不会以为她走了吧？思彤借着手机的照明灯一看，总裁办的门并没有锁。

她轻手轻脚地走进去，意外地发现纪远司的公事包竟然还在桌上。思彤从里面摸出了一串钥匙。虽然不确定有没有保险柜的应急钥匙，她还是打算碰碰运气。一片一片的尝试，结果还真的被她找到了匹配的钥匙。

插入应急锁孔，逆时针方向转动，咔哒一声，思彤很顺利地打开了保险柜门。

一切太过顺利，这让思彤反而有些疑惑。正当她将手探入保险柜时，总裁办外头突然亮起了灯。

思彤被吓得连忙关掉手机的照明，立即躲到了办公桌下方。很快，她就听到脚步声朝她所在的办公室走来。通过桌底缝隙，可以清清楚楚地看到一双男式皮鞋。

完了，大魔王竟然在这个时候回来了……

思彤紧张得出了一身冷汗，她抱膝蜷缩在桌下，大气都不敢喘一口，心中默默祈祷大魔王能离开办公室，给她制造逃走的机会。

不知道是不是她的祈祷起了效果，长腿在文件柜前停留了一会儿，就迈步朝门口的方向走去，办公间内的灯光随即也被熄灭。正当思彤松下一口气时，外面传来好大一阵声响，还伴随着细微的轻吟。

思彤倚着门边，偷偷往外看去，一眼就看到半跪在地上的大魔王，他低垂着头，一手捂住腹部的位置，显得十分痛苦的样子。思彤一时之间不知道要不要出去，可如果她现在就从办公室出来，岂不是人赃并获？

可是……纪远司突然弓着背，软趴在地上。

思彤再也站不住了，连忙冲出去，架起他的肩膀，将他扶了起来："总裁，你没事吧？"

纪远司微微挺身，脸色苍白："帮我……叫救护车。"说完，他又捂住腹部，鬓发间的汗水大颗大颗滑落，似在忍耐着极大的痛苦。

思彤的心猛地一凛，立马拨了120。她抬起他的手臂架在肩膀上，搀扶着他到一边沙发坐下。可纪远司的情况不容乐观，她摸了摸他的额头，竟有一些烫手。

原来他之前发高烧已经是个征兆，思彤不禁皱了皱眉，这个大男人，原来一直都在死撑。也不知道心里为什么突然如此愤慨，她背过身，拉过他两条手臂搭在自己的肩膀上。

"你干什么？"纪远司不解地问。

"背你下楼。"吃力地将他泰半重量托在身上时，她的气息显得有些紊乱。虽然勉强将他背了起来，但才刚迈出一步，她就差点没站稳。就在纪远司以为自己要把她压垮时，她重重地喘了口气，重新调整了呼吸，一步接着一步朝专梯方向走去。平时短短的几步距离，已经把她走出了满头大汗。

纪远司完全没料到她会这么做，震惊于她的力气颇大同时，又觉得自己堂堂七尺男儿要被一个女人背下楼，自尊十分受挫。可他确实因为剧痛难以抗拒，只能任她背着。成功走入电梯后，她的声音有些雀跃："总裁，再忍忍，很快就能到楼下。"

为了分散他的痛觉，她一路陪他说着话，转移他的注意力。

电梯间短暂的休憩后，到了一楼，她又重新将他背起。这次纪远司没有再反对，他尝试着使出力气，减少她的负担。鼻息间是她身上清幽的香气，小小的身影，却有着顶天立地的坚强，让人忍不住全心信任她。

"总裁，没事的，救护车快来了。"

纪远司没有说话，视线所及之处，是她雪白脖颈的那一小簇绒毛，在微弱的光中温柔摇曳。无尽的黑夜里，她的温柔话语如沁润心间的流水，一点一滴地温暖着他。他干燥的唇动了动，却没有发出任何音节。喧嚣而至的救护车鸣笛掩盖住了他微乎其微的声音，他将脸轻靠在她的肩窝，一脸心安。

江国香织曾在书里写道，恋爱不是谈的，是坠入的。纪远司深刻体悟到，在头朝下坠落的瞬间，他就已经不可救药地爱上了这个女人。

晨曦落入房内，纪远司迷迷糊糊地醒来，映入眼帘的除了白色的床单，还有趴在他床边睡着的小脑袋。段思彤？他正要抬手，就看到了腕间的输液管，腰腹上灼热刺痛的感觉清晰提醒着他新增的伤口。

最终，他放弃了坐起来的念头，忍着疼痛，微微侧着身，近乎贪婪地看向女孩香甜的睡颜。

原来这一切都不是他的幻想，那个背着他在寒风中等待的人真的是段思彤。

那一刻，沉寂多年的心仿佛再次沸腾。

他以为到了这个年纪，已经不会再像黄毛小子那样为谁轻易动心，却仍禁不住为她失了冷静。

早在母亲过世那时开始，他便对周遭不怀好意的奉承强烈抵触，渐渐地，连同心扉也一并紧闭。思彤的义无反顾却让他感动得一塌糊涂，他从未遇见一个人，会让他如此患得患失。

纪远司不禁想起了《武皇》服务器瘫痪的那个晚上，当所有谩骂的声音充斥着论坛各个页面时，只有一个人站在大多数人的对立面上，发帖子为黑曜澄清一切。

原本只是件不足挂齿的小事，可他就那样记在了心上。

从IP地址到游戏ID，关于她的所有一切，统统都掌握在他的手中。

他甚至登上了游戏，刻意制造和她的“不期而遇”。

思彤是真的喜爱他的游戏，甚至比他想象中的还更热爱，大到游戏世界观，小到物品数据，她都熟稔于心。新手村里总是不乏她大理女侠的身影，帮助新手玩家做任务，带小伙伴练级，结交形形色色的江湖朋友……

她似乎总在等，在等待一个不知道何时归来的人。

如果不是洛河的那一抹孤单背影直击他的愧疚之心，他大概早已放下那段尘封在岁月的过往。

司暄：“你已经在这张地图几个小时了。”

画面中的小古墓派在大理女侠身旁席地打坐，与她一起遥望云卷云舒。

思彤猛地一怔：“呀，一发呆就忘了时间。这里的音乐，让人有一种想哭的感觉。”

想哭？触景伤情的永远都不是那片土地，而是难愈的心殇。

《武皇》被粉丝称赞的除了精美的游戏画面和模型特效外，还有那些隐藏在历史长河中的悲欢离合。

洛河曾有一对怨侣与世俗抗争，却又为世俗而折腰。

求而不得，即便轮回，亦是惘然。

正是这种不圆满的残缺美，深深揪动了许多人。

他以为思彤是为剧情而伤感时，她却突然说道：“制作这个游戏的人，心里一定有着一段旧伤痕。”

几乎是一语中的，屏幕前的他紧握住鼠标的手指变得僵硬。

那种仿佛被看穿一切的窘迫感，既让他焦躁不安，又渴望被理解。

“他一定是个很温柔的人，我能感觉得到，所有悲伤的背后，都是温暖的希望。因为黑夜即使再长，也终会与白昼相遇。”思彤刚说完，就径自嘲笑，“哎呀，我刚才是不是有点文艺矫情了？哎，我们都别烧点卡了，走，我带你去升级做任务。”

……

她大概不知道自己的无心之语，曾给他带来过怎样的撼动。

花开堪折直须折，莫待无花空折枝。他总以为兀自观望的爱情便是所有，却没想到他默默守护的感情早已花落别家。

不管是她与段江风的关系，还是她觊觎保险柜的种种，都让纪远司烦躁不安。她对他的温柔体贴，难道都是虚情假意吗？

“畅视网的并购融资协议书？”纪远司想取得畅视的境内外直播、转播技术，已经和对方集团有过多次的合作交涉，但都没能成功，这突如其来的合作协议让他一头雾水。

“对啊，不过还不是最终合同，先带过来给你看看大致条款，我和董事会那边已经探讨过了，畅视的负责人还是希望你和他再详细谈谈融资的事情。”黎子棠别有深意地看了他一眼，“真不愧是大表哥，就算阑尾炎发作，也能运筹帷幄，决胜千里呀。”

“什么？”他一脸茫然。

黎子棠一副明白人的样子：“大表哥，你不用这么谦虚吧？我都听思彤说了，你好不容易拿下畅视这份合作方案，都把身子熬出病来。”

他对表妹说的这些丝毫没有记忆，不禁挑了挑眉：“思彤呢？”

“哇，才说没几句你就开始惦记人家了，你眼里还有没有我这个表妹呀？”黎子棠冒着被揍的危险，笑眯眯地调侃，“她天一亮就回家换洗了。对了，你们昨晚到底发生了什么？”

“我怀疑她想偷邀请函。”

“偷邀请函？！思彤她也是武林后裔吗？”这个消息让黎子棠喜出望外。

“我也不是很确定，但有这个可能性。子棠，你去调出总裁办最近一两个月的监控视频。”

“大表哥，你真的怀疑到思彤头上来啦？”

纪远司淡淡地瞥了她一眼，黎子棠不敢怠慢，一阵风般飘了出去。

也许是疑心作祟，他随后拨了通电话，原以为对方又会各种迂回打太极，结果王昭忠竟一改死性，开口大夸特夸：“纪总，你们那个小助理真的太优秀了。”

“是她和你谈的合同？”

“对。老实说，一开始我对她那种每天恬不知耻上门纠缠的人很是不齿，但小姑娘勇气可嘉，态度诚恳，还很耐心。我是看在她的分上，再给彼此一个合作机会，希望纪总不要让我失望。”

“当然。”

原来这些合作方案都是思彤的杰作，纪远司这才终于明白，她最近一段时间在忙碌些什么了。

因为营业部疏忽怠慢的态度，王昭忠感到十分不满，因此对三番五次登门拜访的思彤恶言相向。然而，思彤并没有因此退怯，还认真调查了畅视的运营状况，不仅对此提出了融资的建议，还给了多种合作方案。私底下更是热心地帮忙照顾他生病住院的老母亲，最终顽固决绝的王昭忠被她的真诚打动，决定再给一次合作机会。

纪远司忽然豁然开朗，这些天积压在心中的阴霾终于烟消云散。

自住院以来，纪远司似乎有了些微妙的改变，至少对思彤来说，他的态度变得比以往要更柔软了。而思彤也主动提出承包大魔王的一日三餐，每天到了吃饭时间，她就会带着营养餐来到医院。

“每天都跑来送餐，会不会太累？”

“不会啊，反正这附近正好有人点外卖，我就当顺路。”她熟练地在餐桌上摆放食物，这些都是她精心炮制的营养餐。从纪远司术后到康复期，她根据医生的嘱咐，每天调整菜单，直到他能够慢慢摄入流质食物开始，她为他着手调养身体的补品。

看着小身影每天忙进忙出的，纪远司心里既感动又心疼。

“医院里有专门的看护，你不用事事亲力亲为。”

要不是已经熟稔他的性格，思彤真会把他这种冷淡的话语误以为是拒人千里。她明白他的顾虑，但她真的很气恼他不爱惜自己的身体。所以，她才有了想要照顾他的冲动。

没错，是她单方面自作主张决定了这一切，她只想看到他身体康复，饮食作息规律。

“好吃吗？”思彤期待地看向正在举筷的纪远司。

他点了点头，拗不过她的坚持，最终还是坦率地接受了她的照顾。吃饱喝足，他靠着床头看书，思彤则收拾碗筷到盥洗室清洗。每次看到被吃得干干净净的饭菜，她的心情都变得格外愉悦。

这样的朝夕相处，让彼此变得更加亲近。看到他不安分地忙碌办公，思彤就立马板起脸：“总裁，你该休息了。”

“嗯，待会儿。”

“你十分钟前也说过‘待会儿’！”她夺过他手中的平板电脑，放在了远离病床的桌上，然后将刚削好的苹果递了过去。

纪远司有些不高兴：“吃不下。”

“必须吃。”

他叹了口气，认命地接过她递来的水果：“我才知道你是这么霸道的人。”

思彤冷冷一笑：“彼此彼此。”

“明天我就出院了，你可以不用来了。”

突然被告知不用来照顾起居饮食，思彤心里莫名有些空荡荡的。她慢了半拍，才笑道：“终于要出院了？也是呢，躺了快半个月，你算恢复得很快的了。回到家后，记得保持规律饮食，不要熬夜，康复期间不要吃带有刺激性的食物。”

她一番叮嘱后，惊觉自己像个小老太婆似的，刚一转身，就看到大魔王正笑盈盈地看着自己。

“笑什么啦。”思彤被他看得满脸通红，真想将他脑子里看见她那种因不能见面的落寞模样抹消掉，至少别让他看到她那副舍不得的表情啊！可惜已经来不及了，大魔王已经来到她身边。她低头看到一双男士拖鞋站在她的鞋子前，一抬头，就撞入他深不见底的眸色里。她羞赧地转过身：“我要回去了。”

“别回去了。”纪远司拉住她的手，“今天留下来陪我。”

心跳急促，她感觉脸颊有些燥热。纪远司将她往自己身边又拉近了几寸，近到几乎伸手可触。他微倾身，眸光灼灼地看向她。

“思彤。”他的声线沉哑迷离，像羽毛刮过她的心间。

思彤被蛊惑得正要点头，病房门突然被人粗暴打开，随之而来的是黎子棠聒噪的银铃女嗓：“Hello，我亲爱的大表哥，是不是很寂寞呀……呃，我打扰到你们了？”

黎子棠兴致高昂的笑容，突然僵住，她十分后悔自己为什么不晚五分钟再进来，不知道现在出去还来得及吗？因为她已经看到大表哥一副恨不得杀了她的表情！这反而给了思彤溜出去的机会，她借口匆匆告辞，留下面面相觑的两表兄妹。

“黎子棠，我从没这么恨过你！”几乎是咬牙切齿，连音调都是冷的，纪远司冷哼一声，拉起被子蒙头大睡，看也不看身后的女人一眼。

“冤枉啊，大表哥，我真不是故意的！”黎子棠立马跪在床头边忏悔，可话又说回来，她没想到自己的推测竟然成真，大表哥真的喜欢思彤，而且还主动到了这个份上！“大表哥，你打算要跟思彤告白了吗？大表哥？你听到我在说话吗？不要不理我啊！”

为了在恋路上助大表哥一臂之力，黎子棠决定亲自出马。

“思彤，你帮帮忙看下，这几个女孩谁比较顺眼点儿。”黎子棠故意在思彤面前显摆着几张照片，手指快速划过平板电脑上的每张精致脸蛋。

“嗯？是要物色活动的Showgirl吗？”思彤接过平板电脑，倒是很认真地看了起来。

“不是不是，最近大表哥在相亲啦。喏，这几个都是人选，你看哪个和大表哥更般配点？”

大魔王要相亲？这个消息让思彤心里一阵发酸。

思彤掀了掀嘴角，故作大方地点了点某张相片的女孩，煞有其事地说：“这个应该不错，看起来温顺有礼。”

“真的？”黎子棠却又露出一副为难的模样，“可是听说这个女孩不会家务料理，万一表哥又把身体熬坏了，谁来照顾他呀？才刚出院呢，他差点又阑尾炎复发。算了，他也得喜欢才行。”

她作势要上楼，突然被身后的思彤猛地拉住：“等等，你……刚说总裁复发是怎么回事？”

嘿，鱼儿上钩了。

于是，在黎子棠添油加醋的描述下，思彤半信半疑地回家去了——按照她指使的清单，思彤在家里捣鼓了些营养大餐，还顺道买了些日用品到纪远司的公寓。

皇临山庄，顾名思义就是皇临集团给予高干的福利。

只是思彤不知道的是，她进入了丐帮的地盘，皇临山庄由内到外，不论是物业还是山庄门卫，统统都是丐帮子弟。

表面看起来和普通的山庄没有区别，只是有些奇怪的规矩。

在越过大堂神像的时候，思彤被要求光着脚走过去。

“为什么要光着脚？”她不解地看向进出大堂的光脚男女，嬉笑打闹的孩童、打扮光鲜亮丽的女人、西装革履的绅士，无论住户还是工作人员，在进入大堂时，无一例外都会在玄关处脱下鞋子，朝神像恭敬行礼，再提着各自的鞋子离开。

门卫大哥憨厚地笑了笑：“因为我们老祖宗就是光着脚走过来的。段小姐，实在不好意思，这是我们山庄的规定，就麻烦你配合下。”

难道是丐帮的门派规定？思彤将信将疑地脱下鞋子，尾随门卫身后走出大堂，做好登记手续后，一路往山庄内走，终于找到了大魔王所在的公寓楼。几经波折找到门牌号，她正要伸手按铃，门却突然打开了，屋内外两人同时一怔。

“你怎么来了？”纪远司有些意外。

“我……”思彤所有注意力都被此刻的大魔王吸引走了。

一身居家休闲服的大魔王并不常见，棉麻质感的白色衬衣一如他给人干净纯粹的印象，衣襟微敞开两颗原木纽扣，锁骨硬朗的线条若隐若现。修长挺括的卡其色裤腿微微挽起，露出性感的脚踝，轻易就打造出层次感。

思彤简直看痴了，心里再次感叹大魔王穿衣品位不落俗套又具时尚感。这种极易起皱褶的衣料，并不是所有人都适合穿，尤其身材瘦削的人穿起来更是部惨剧。如果没有他那种俊朗长相和完美身材，根本穿不出儒雅气质，只会显得臃肿拖沓。

“先进来再说。”纪远司替她拎过手里的大包小包，转身就朝屋内走去。

公寓是复式二楼设计，内部采光明亮，装潢独树一帜，极富有后现代感，十分简洁大气。思彤送外卖也去过不少富人住宅区，不过像皇临山庄这种豪华公寓还是第一次来。

映入眼帘的皆是高雅的冷色调，总感觉少了些温馨。或许跟她听到的八卦一样，纪远司一人独居在外，那么他们父子不和的传言是真的了。

正在布置食物的思彤灵机一动，“呀”一声惊呼，故意往自己身上打翻了一碗炖汤。她晃了晃润湿的上衣，对大魔王露出无辜又可爱的表情：“抱歉，手滑了。”

纪远司幽幽一叹，取来面纸给她拭擦，目光似避嫌一般，从她润湿的衣襟挪开了：“你上楼到我房里换件衣服，衣橱里有没穿过的干净T恤。”

她点了点头，没想到大魔王如此大方，他怎么就放心让外人进主卧呢？难道他已经习惯带女伴回家了？她心里一阵五味杂陈地上楼，却不知身后的男人眼中满是宠溺。

进入大魔王的领地，思彤有些紧张，又有些难言的激动。

主卧内充斥着浓烈的男性气息，房内的装潢依旧很简洁，并没有过多奢华的装饰和雕琢，细节无不体现着他的节俭。

打开衣橱，里面是清一色的西装和休闲服饰，随手取下一件塑封的T恤衫，迅速套到了身上。宽大的T恤让她联想到了大魔王矫健的体型，如此想着，脸上又燥热了起来。

曾几何时，她也和Amy那些狂热粉丝一起讨论过偶像的日常起居，现在她就置身偶像的卧室，还穿着他的T恤，简直就像做梦一样。正要推门而出，无意间瞄到柜子一沓锦布面的册子，她随手一翻，竟发现是本相亲名册。联想到黎子棠提及的事，思彤心里就恨得牙痒痒。

她想看看大魔王到底要和哪些女孩相亲！

姑苏慕容、唐门、桃花岛、药王谷……各种门派的名媛千金映入眼帘，不止学历身份，就连长相才艺都样样出众，随便一个都甩思彤十几条街。思彤脑中竟冒出把名册给丢了的念头——将名册投向垃圾桶的手突然悬空顿住，请问大魔王相亲和她有关吗？

这时，她的电话突然响了起来。思彤一看，是黎子棠打来的，立刻小声接了起来："喂。"

"思彤，你到大表哥家了吗？"

"早来了，正在他房间。"

黎子棠几乎要兴奋得掀桌，"思彤？你你你……在大表哥房里？莫非……"

"莫非你个头啦！我不小心弄湿了衣服，上来换衣服的。"思彤环视房间一圈，并没有特殊发现，于是她忙碌地翻找着纪远司的抽屉和书柜，看看能否翻出这届武林大会的具体信息。

话筒那边的女人嘿嘿一笑："啧，大表哥可是从来都不让外人进房的，看来你是特例呢。"

"他的前女友也没有？"

听到醋意满满的质问，黎子棠知道撮合大表哥和思彤有戏了。不知道大表哥和思彤坦诚到哪个地步了呢？她特意安排思彤到皇临山庄，就是为了向她透露丐帮的种种。

"当然没有，普通的女人，纪家是看不上的。只有'身份'特殊的，才符合入门条件。"黎子棠搅动奶茶里的冰块，别有深意地提醒，"思彤，大表哥家的传家宝是打狗棒哟。"

思彤一怔，黎子棠在向她暗示什么吗？

她不确定对方的目的，小心翼翼地接过话茬：“你是想说他是丐帮的传人？棠棠，你可真幽默。”

“你以为我在和你开玩笑吗？”黎子棠忽然有些哭笑不得，都说到这个份上了，思彤竟然还不相信她，呜！

“证据呢？”思彤配合地笑笑，她越发不解，为什么黎子棠要对自己透露武林世家的消息？难道对方也在试探自己？

“你说证据？唔，纪家的传家宝真的是打狗棒算不算？好吧，我知道这很扯，你肯定不信。”黎子棠这才意识到小媒人不好做，她该怎么让思彤相信他们是武林世家的人？换位思考下，她也未必会相信。她突然有些沮丧，“不过你信不信是一回事，大表哥相亲的事倒是千真万确。定下人选后，丐帮就会在武林大会上对外宣布婚讯。”

思彤心里猛地咯噔了一下，下意识就问：“武林大会在哪儿？”

“就在缅……”

叩叩，门外突然响起了敲门声，思彤一惊，一下子挂掉了电话，也顺带挂断了黎子棠即将道出的秘密。

“思彤？”大魔王礼貌地问，“需要我帮忙吗？”

“不，不用了，我换好了。”思彤灰溜溜地跑来开门，一抬眼就看到大魔王同样专注地看着自己。

光洁白皙的双腿一丝不挂，身上只套着他的宽大T恤，脸上是因为羞涩蹿出的红晕。

纪远司清了清嗓子，背过身下楼时说：“我待会再让人送套干净衣服过来。”

又换衣服？思彤困惑地低头看了眼身上的T恤，猛地一震！

杀、了、她、吧！

她刚才竟然就这副德行在大魔王面前晃来晃去，他该不会误会了什么吧？！哪里有现成的坑，直接把她埋下去，不用立碑和鲜花，土随便铺一下，越快越好……

办事效率极高的大魔王立马让人加急送了套便装过来，她也顾不上为什么大魔王对自己的尺寸这么清楚，拎了衣服就奔入更衣间捣鼓了起来，嘴边还狠狠地骂道："果然是经常带女人回来。"

Elissa来过吗？还是相亲名册里曾入过她眼的某个大小姐？或者是她从没见过的女人？

思彤心思混乱地下了楼，在通话的大魔王也正好挂上了电话。

"合身吗？"

她才反应过来他问的是刚送来的衣服："嗯。"

不仅合适，还很好看，大魔王的眼光，她几乎毫不怀疑。只是，他对这些事情的熟练，让她的心情更加郁闷。

"那就好，我让Amy选的。"

原来不是他挑的？她脸上突然绽放笑容，就连刚才阴郁的情绪也如同多云转晴。纪远司并不迟钝，早已将她的心思看在眼底，并没有戳破罢了。只是，她到底在为什么而苦恼？

纪远司来到她身边，举起她的手臂，不禁皱了皱好看的剑眉："这是怎么回事？"

思彤顺着他的目光，看到手臂上暗红的一块皮肤，轻描淡写地解释："在厨房帮忙端菜的时候，被烫到的。"

闻言，他叹道："太不小心了。"

片刻后颀长身影提着药用箱过来，为她擦拭着烫伤膏。

老实说，那块烫伤的地方当时很痛，但现在已经没什么感觉了。可被他手指流连过的地方，不知怎的，又重新滚烫了起来。

大魔王，为什么总对她这么温柔呢？

"为什么瞒着我一个人去谈畅视的合同？"他也是事后从王昭忠那里了解到思彤的种种，知道她吃了很多次闭门羹，还受了很多委屈。这些本不该让她承受的事情，他一点儿都不想让她掺和，结果她却替他全揽下了。

“结果能签下就好了嘛，你平时也有事情在忙。”

“我不是在责备你，我只是希望你对我多一点信心。”阑尾炎让她亲自背去就医，已经让他内心很是愧疚。

“那你也对我多一点信心吧。”

纪远司拿她没辙，如果她选择向他示弱求助，说不定他就答应了。可是她没有，并且还把事情处理得很好，丝毫没有惊动到他。

她总能在他陷入苦战时，给他带来意想不到的感动与温暖。

大掌故意弄乱她的发，纪远司唇边溢出浅笑：“听好，下次一定要先和我打声招呼。”

“知道啦。”

他那鲜少可见的清浅笑意，深深揪动了思彤心中懵懂不知的情愫。

思彤捂着滚烫的小脸，她怎么总占下风？

不得不说，大魔王真是个大忙人。前阵子才刚忙完国际电玩展没多久，现在又开始忙碌《武皇》设定集的全国签售会。今天第一站是去他母校参加签赠活动，因为各部门都有负责的事务，她被大魔王以太闲为由，勒令跟在身边负责打下手。

话是这么说，但工作堪称完美的大魔王，一个人就足以处理完所有对接工作，根本就没有她出手帮忙的机会。场馆工作人员也十分配合，类似这样的大型活动，已经不是第一次举办了，大家都有着熟悉的流程。

最后，思彤只能抱着大魔王的西装外套，在观众席老实坐着。

演讲台上的大魔王格外尔雅洒脱，还是一如往常的清新儒雅，谈吐自信大方，但淡漠的笑容里似乎多了几分温润，给人的感觉也更亲切了。西装小马甲衬得他如优雅绅士，还有那令人钦羡的大长腿，真是笔直又修长。这样帅气的大魔王，所到之处必然有无数女学生的贪婪观望，深深着迷的视线中，当然也有思彤的一份。

一段精彩的演讲后，台下掌声如雷，一些激动的学生甚至想要上台请他合影留念。这个作为昔日校友的著名游戏制作人，一直被誉为校榜风云人物。思彤禁不住露出了崇拜的目光，毕竟大魔王终究是她的偶像，如果不是因为他，思彤大概就不会坚持玩了这么多年的《武皇》了。

眼看着纪远司被一群校领导簇拥着走出了场馆，思彤没来及得快步跟上，就被身后拥挤的人群给撞开了。就在这时候，有人伸手拉了她一把。一抬头就看到神色淡漠的大魔王："跟着我。"

他牵着她的手，径自向前走，丝毫不在意周遭八卦的异样眼光。这个举动一下就令思彤成为公众视线的聚焦。都怪大魔王太有魅力了，思彤莫名觉得好害羞。

离开大学城时，碰上了下班高峰，纪远司便驾车驶向西湖方向，最终在一座景致优雅的庭园前停下。门口停放的另一辆宾利车牌让思彤瞪大了眼睛！

"GB999？我第一次看到这么酷炫的车牌号。"

相较于她的惊讶，纪远司似乎见惯不怪："车主有数字癖好，'9'是他的惯用数字。"

思彤心里好奇得不行，拐弯抹角地说："听说以前一些帮会门派，都有偏好的数字情结呢。"

"嗯，我家也有这种癖好。"

"总裁，那你也有特别喜欢的数字吗？"

纪远司不假思索地答："3。"

"为什么？"

纪远司只给她投来一记意味深长的笑容。不管思彤怎么问，给出这个巨大悬念的男人，却三缄其口，思彤压根挖不出半点提示。

沿着鹅卵石小道往前走，随后穿过一个中式庭院。看外观还以为是私人雅居，没想到最里边竟别有洞天。那是一家私房菜馆，格调雅致，装潢尤为古色古香，清一色红木食桌，就连茶具都不无精美绝伦。菜品也相当丰富，色香味俱全，样样不缺。如果不是纪远司带她来，她根本就不知道城里还藏有这么别致的私房菜馆。

刚入座，热情的老板就上前招呼，接着就听见纪远司说：“九叔，今天菜单照旧。”

待到老板离开，思彤才凑前小声道：“总裁，老板是你熟人吗？”

“就是你刚看见的车牌号主。”

咦？！从纪远司的语气，以及那带有暗示性的车牌号来看，思彤隐隐觉得车主和丐帮脱不了关系。

这时候，已经华灯初上，扇窗外是迷离的夜色，荷花池缀饰灯光，显得格外有情调。

气氛看起来真像是约会……

“总裁，为什么你要特意带我来这里？”她也不是一点自觉都没有，试问能和大老板平起平坐的小助理有几个？况且这里地处偏僻，就更适合聊点不为人知的话题了。

大魔王的为人作风，思彤还是知道的。他多半不会明着戳穿，而是选择比较委婉的方式。她不禁咽了咽口水，他是打算跟她告白了吗……

结果，他却无所谓地说：“没什么，请你吃顿普通员工餐难道需要特别理由？”

“……”思彤感觉自己刚才是被花痴附体了。

除了丐帮特殊的数字情结外，思彤还注意到了一个奇怪的现象。

在整理考勤数据的时候，她无意间发现纪远司的考勤作息有着一个规律。他每月一号都会缺勤，而且从无例外，风雨不改！甚至备注说明一律都是私事。

当她向Amy那几个秘书问起这件事时，大家都一致表示这是全公司心照不宣的规定，即使是重要紧急的事项也会顺延或提前一天报告。这下思彤心里就更加怀疑了，难道那一天大魔王有着特殊的行程？会不会和武林世家有关呢？

这个月一号大魔王又没有来公司。

让思彤想不通的是，如果丐帮有特殊活动的话，那为什么同是武林世家的黎子棠却没有任何动静呢？

午饭时，思彤就假装不经意地再提起这事。黎子棠的反应倒像是早已司空见惯：“哦，大表哥那是开家族会议去了。因为分开住，所以舅舅要求大表哥每月回去一次。我不姓纪，当然就不用参加了。”

于是，思彤稍微整理了一下思路，很快就还原了一个事实：丐帮传人每月都会参加一次门派聚会，交换手头上的信息。也因此，思彤对黎子棠的身份就有了一些质疑，难道她不是丐帮的人？

“我知道你想问什么，你以为我是丐帮的人？很遗憾，我不是哦。”

“棠棠，你……”

“你就别装傻了，你想要的是这个吧。”黎子棠将一片钥匙塞入她手心，“这是保险柜的应急钥匙，我和大表哥一人一把。”

思彤顿时惊得说不出话来，黎子棠是什么时候注意到她想偷邀请函的？！对她的身份又了解了多少？大魔王也知道吗？

黎子棠意味深长地看了她一眼：“好好把握机会，我只能帮你到这里了。”

思彤紧了紧手中的钥匙，心思混乱地上了楼。

下班以后，总裁办的人走得差不多，就剩下寥寥几个临时加班的职员。因为经常送外卖的缘故，大家都对思彤没什么警戒心。她趁大家不注意的时候溜进了大魔王的办公间。

思彤熟门熟路地来到保险柜前，迅速取出钥匙开锁，心中振奋与激动的情绪喷薄欲出。当她成功打开箱门时，灿烂笑容却猝然凝结。为了再次确认，她还把手探进去摸了个清楚，可里头依旧空无一物。

“邀请函呢？明明看见他放进去的……”

正当她疑惑不解时，房门突然被人叩响。思彤几乎是条件反射地往身后望去，就看见半掩的门扉之外站着一道颀长身影。

纪远司举起手中的东西，语带清冷地说：“你在找这个？”

晶莹剔透的金丝玉片，此时，正在夜色中闪烁着异样的流光溢彩。

正是她一直苦苦寻找的邀请函。

第六章

生气的时候也最爱你

夜，一片死寂。

沙发椅上的纪远司一言不发，眸光深沉，似在思考着什么。思彤坐在他对面的椅子上，不时抬头偷瞄他几眼。两人对峙良久，彼此都没有交谈，气氛可谓尴尬到极点。

完了，她该怎么办才好？思彤十分忐忑，好几次话到嘴边，又没出息地咽了下去。

终于，纪远司有了动静，长臂越过矮桌，将手中的iPad递了过来。

平板电脑播放着一段监控录像，虽然光线昏暗，但仍可以清楚看到画面中梳着丸子头的纤细身影正是思彤，她在保险柜前鬼鬼祟祟蹲下，过了没一会儿又钻进了办公桌下。

录像显示的时间正是纪远司阑尾炎入院的那个晚上。除此之外，还有她之前数次潜入总裁办的监控视频。

看着一幕幕熟悉的场景，思彤整张脸都白了。

她从没想过十几分钟的录像可以让人看得如此煎熬。此时，夜色深浓，除了偶尔介入的街道喧嚣，四周安静得仿佛能听见她鼓噪如雷的心跳声。

看完录像，思彤手心满是汗水，她绞着手指，有生以来第一次陷入无助的恐慌。

原来大魔王都知道了，这个认知让她感到羞愧以及不安。

“你不打算解释吗？”纪远司神色冷肃，正好整以暇地看向她。那极具压迫感的锋利目光，让思彤更加心乱如麻。

“我……”她好不容易找回自己的声音，却一时不知从何说起。

“你究竟是什么人？是段江风派来的吗？”

“不是，不关段江风的事！我……我是为了偷邀请函才来这里的。”

她对段江风的袒护，让纪远司心里冒出一丝不悦。

先不管她是从哪儿得到的应急钥匙，她的目的很单纯，三番五次溜进总裁办都是冲着保险柜而来。而保险柜里除了邀请函，并没有其他贵重物品。纪远司注意到她的异状后，便故意给她机会下手，自己则在一边守株待兔。

“你要邀请函做什么？”

面对大魔王的质问，思彤知道自己再也隐瞒不下去了：“我想去参加武林大会。”

五年前，作为段家唯一经济支柱的段志谦倒下了。

医生告诉思彤，段志谦剩下的时日只能依靠呼吸机维持生命，让她随时做好心理准备。这对当时年仅18岁的思彤而言，几乎是一场毁灭性的灾难。更绝望的是，连唯一的移植配型希望，都在残酷的真相中陨灭。

“很抱歉，段小姐，您与段先生不是直系血亲关系，骨髓无法配型。”

采集样本中是截然不同的DNA，思彤当场傻了眼。

“老爸，我不是你的亲生女儿吗？”虽然思彤从小就隐隐察觉到自己可能不是亲生的，可当真相揭开时，她仍禁不住深受打击。

重症病床上的段志谦瘦骨如柴，空洞的眼神中似闪过一丝讶异，喉间却发不出一点声音。他动了动嘴唇，似要说些什么，思彤凑上去倾听，只听到气若游丝的几个字："你是……大理段氏……"

当天夜里，段志谦去世了。悲痛万分的思彤从他的遗物中发现了一个铁盒，里面有一封受潮的遗书和一本段氏典籍，以及纹路独特的族徽。

遗书是段志谦写给思彤的，大致交代了思彤的身世。

原来，段志谦当年为反抗家族联姻的命运，携思彤的母亲私奔远走，过着隐姓埋名的生活。两人为逃避家人追捕，甚至没有结婚登记——真正的原因是当时妻子怀有身孕，却不是他的亲生骨肉。

虽然思彤不是段志谦的亲生孩子，但段志谦从未待薄过她，他父兼母职，让她从小无忧无虑地长大。正因为视同己出，他出于私心想留下思彤，在妻子病逝后，也始终没能鼓起勇气把真相告诉她。直到发现自己罹患重症，他才打算让思彤去和亲生父亲相认，认亲信物则是他留下的段氏典籍和族徽。

兴许是天意弄人，遗书上关于她亲生父亲的种种，全因受潮糊成了一片。得知段志谦死讯，昔日管家苏程光前来救济。在思彤的逼问下，苏程光终于吐实，她这才得知自己的真实身份是大理段氏的嫡系子孙。

原来，那些只存在于影视剧的武林世家都是真实存在的，他们隐匿于现实生活中，看起来就和普通人无异。

"光叔，我的亲生父亲究竟是谁？"

"思彤小姐，如果你还念在老爷和夫人的养育之恩分上，就别问了。老爷和夫人会落得被赶出大理段氏的下场，都是因为那个男人。"说着苏程光把一张银行卡递给了她，"老爷已经为你将来做好了打算。放心，我苏程光就算饿肚子，都不会让思彤小姐你受一点儿委屈。"高昂的治疗费用早已让段家一贫如洗，那是段志谦变卖房产给思彤留下的最后一笔钱。

看到那笔钱时，思彤几乎崩溃地哭了出来。

事实上，即使没有段志谦的委托，苏程光也早有照顾思彤的打算，不仅供她上大学念书，还像个慈父般开导她，疼爱她，陪伴思彤从丧父的悲伤中慢慢振作起来。可是，思彤不愿意成为他的负担，最后还是找了个理由退学了。

思彤心想，她大概是幸福的吧。尽管一路坎坷，但身边总有关爱自己的人。老爸也好，光叔也好，他们都在尽力给予她温暖。可她仍对自己的身世感到好奇，尤其在看过老爸的遗书后，大理段氏这个神秘世家从此就在脑中挥之不去。

然而，当她向苏程光坦白寻父的决定时，却遭到了极力反对。

不仅如此，苏程光甚至一反常态，态度强硬地将思彤带往别的城市生活，阻止了一切她想要打听大理段氏的举动，这让思彤越发感到困惑。

她的亲生父亲究竟是何方神圣，竟让光叔避之唯恐不及？

于是，她再次细读那份段氏典籍，试图在上面找到大理段氏的更多线索。

通过典籍，思彤知道了武林世家每年会举办一次“武林大会”。被世代传承下来的武林大会跟从前完全不一样了，没有刀光剑影，而是各个武林世家一年一度的联谊大会。每年的武林大会由四大家族轮流负责，场地和时间并不固定。大理段氏作为四大家族之一，每年都会出席武林大会。

思彤心想，既然她是大理段氏的嫡系子孙，参加武林大会就是寻父最有效的途径，只要向族人表明身份，她的身世之谜就会水落石出。

但遗憾的是，她并没有武林大会的邀请函。

至于武林四大世家的信息，典籍上并没有详细的记载。而段氏一族的旧址，也早已人去楼空，这令思彤寻父的希望变得越发渺茫。

就在她几乎放弃时，意想不到的事发生了。

她无意间发现了纪远司是武林后裔的秘密，并且她想要的邀请函就在纪远司手中。

“也就是说，当你知道我是丐帮传人后，想方设法接近我，就是为了偷邀请函？”

思彤点了点头，不知道是不是罪恶感作祟，她竟从大魔王的语气里听出了一丝落寞。

“你以为大理段氏会平白无故相信一个自称是嫡系血脉的外人吗？”妄想成为大理段氏嫡系血脉的人比比皆是，更何况她连自己亲生父亲是谁都不知道。所谓的典籍和族徽，对于认亲并不具有决定性作用。另外，她的养父段志谦被逐出段家，大理段氏显然将他视为耻辱，不然这么多年来纪远司也不可能从未听说过“段志谦”这个人。

思彤微怔，她确实把认亲的事想象得过于简单美好，她沮丧地垂下了双眸。

突然，思彤面前的桌上落了一块金丝玉。

她一抬头，正对上纪远司幽深的黑眸。

“我给你两个选择。”纪远司的表情一如既往的淡漠，此刻，他语意中的威严，更让人不敢有半分违逆的感觉，“放弃邀请函，好好留在黑曜。或者拿走邀请函，从此离开黑曜。”

邀请函在距离她不到三十公分的地方。

她只消抬起手臂，就可以得到朝思暮想的东西，然后按计划前往武林大会寻父。

这本该是她坚信不移的目标，可一想到要永远离开黑曜，从此再也见不到纪远司，她的心竟尖锐地疼痛起来。

她不想离开黑曜，不想离开有他在的地方……

当她向桌面伸出手时，无意中看到纪远司眼中掠过一抹黯淡。

“我愿意放弃邀请函。”她抬眸觑向他，语气轻而坚定，“……我想留在黑曜。”

——留在你的身边。

纪远司怔忪回神，如释重负地收回桌上的邀请函。他是那么庆幸思彤偷的是自己的邀请函。心里终究是不愿让她受委屈的，他承诺道：“我会帮你打听亲生父亲的下落。”

男人薄唇微扬，不着痕迹的浅淡笑容，如冬日暖阳悄悄映入心间。

那一刻，思彤竟突然有了想哭的感觉。

其实，大魔王真的是很温柔很温柔的。

虽然只有几条街的距离，但大魔王还是坚持开车送她回家。思彤笑容满面地上楼，还没踏上一级楼梯，就被身后的人影拍了下肩膀。思彤被吓了一跳，“光叔，你别一声不吭地躲在楼梯口，你快把我吓死了！”

“刚才送你回来的男人是谁？”那辆跑车好几次出入他们小区，苏程光因为好奇停下脚步，却发现思彤从车上走了下来。

“噢，那是我老板，他只是顺路送我回来。”

见她闪烁其词，苏程光不悦地皱眉，他又岂会不知那是丐帮的大少爷？

当初会带思彤到这座城市定居，也是因为有当地的老朋友相助，而这位老朋友正是丐帮的九袋长老。

他沉声道：“我们上楼再说。”

两人一前一后回到家中，苏程光在客厅木椅上坐定，神色凝重。思彤不敢有一点儿怠慢，立马在对面的小方凳上端正坐好。

“光叔，你要和我说什么呀？”思彤顺手为他倒了杯茶，自己也端起杯子解渴。

苏程光瞥了她一眼，冷不防说道：“你跑到丐帮的公司里上班，到底打的什么主意？”

“噗”一声，刚喝进嘴里的水给呛了出来。思彤狼狈地擦了下嘴：“咳咳，什么丐帮？光叔，我是因为喜欢打游戏才进的游戏公司啊。”

“不是因为喜欢丐帮那小子？”

“怎么可能！我是为了他的邀请函……”话音刚落，思彤才惊觉自己被套话了，连忙捂住了嘴。

果然，苏程光脸色骤变，重重拍向茶几：“要我说多少遍你才明白！不要去掺和武林大会的事，你偏不听！”

一向对自己疼爱有加的光叔竟然勃然大怒，思彤心里感到很委屈：“为什么我就不能去？光叔，这么多年来什么事你都自己一个人担着，也不告诉我亲生父亲的事，你这样……让我觉得自己很没用。”

起初只是因为好奇，然而现在她想尽快找到亲生父亲，这样就可以减轻光叔的负担。他年纪已经大了，终日忙碌经营餐馆，所做的一切无非都是为了让思彤后半生过得舒服些。可这沉甸甸的爱，让思彤感到愧疚的同时，也痛恨起自己这个包袱。

“光叔，你就告诉我吧，我亲生父亲到底是谁？”

面对她的质问，光叔始终默不作声。

思彤当即红了一双眼圈，转身冲出了家门。

看着虚掩的门，苏程光长长的叹了口气。他不是不愿告诉思彤一切，而是不敢。不敢想象她在得知生父真面目时的失落绝望，更不敢拿思彤的幸福去赌那个男人是否心存善念。

当年，为了成为大理段氏的大当家，那个男人不惜设计陷害自己的亲弟弟，夺走了段志谦的继承权，还迫使段志谦的恋人也就是思彤的母亲与他订婚。对他而言，他在乎的只有大理段氏的商业帝国，否则也不会在弟弟与未婚妻逃走之后，马上又娶了大财团的千金巩固自己在世家中的势力，致使上一任的大当家在压力下退位让贤。

他是为了达到目的而六亲不认的人，如果知道有思彤这个私生女的存在，恐怕会为了保住自己的家族地位和事业，做出对思彤不利的事来。

苏程光看向神位前的两幅黑白肖像，再次摇头叹息。

思彤越想越不甘心，光叔的隐瞒让她对上一辈恩怨背后的真相更加好奇。她取出典籍翻了又翻，试图从阅览无数遍的书册中再发现些蛛丝马迹。匆忙间，她撞到了脚边的柜子，里面的东西都给撞翻了。那是装着段志谦遗物的储物箱，看着满地狼藉，思彤无奈地蹲下收拾。

段志谦留下来的东西并不多，除了那份典籍和族徽，总共也就几套旧衣服，还有一些他生前爱看的书。

在思彤印象中，他是个相当博学多才的男人，既能吟诗作赋，也擅风花雪月，谈吐间皆是风度气质，的确有着世家大族特有的儒雅矜贵。

思彤捡起一本书，从里面掉出了数张旧彩照。拾起其中一张照片，底边早已泛黄，却仍能从男人俊朗的五官中辨识出他就是年轻时候的段志谦。与他并肩而行的另一个清俊男子，个头较高一些，两人有着极相似的样貌，但那个人思彤从未见过。

再翻看其他照片，这个男人也频繁出现。

他究竟是谁呢？

沙发长椅上的纪远司长腿交叠，双眼专注在手中的旧相片上，他只沉思了一会儿，就果断做下决定：“你回家收拾下，明天跟我去大理走一趟。”

“总裁，你已经知道线索了？”她查了一晚资料才推断出照片拍摄的所在位置，可智商爆表的大魔王只是扫了一眼，就推敲出来了。

“他们身后是三月街赛马场的建筑，大理段氏在大理是拥有私人牧场的。”长指点了点相片，纪远司为她一一解惑，“最近一两年落成的云瑶马场也是他们的产业之一，和你所说的段氏宗祠拆迁时间点相当吻合。”

“可是，突然去大理，会不会让大理段氏那边起疑心？”

“正好皇临也有项目要去那边洽谈，你就当是跟着我去实地踩点，为下个游戏版本收集策划素材。”纪远司站起身，鼓励地拍拍她肩膀，眼中像写满“万大事有他在”的自信承诺。

思彤双眼随即一亮，放心地点了点头。

不知何时开始，彼此间已有了一种默契。似乎她不说，他也总能知道她的想法，而她也渐渐依赖起了大魔王……

“听说你明天要和大表哥去大理？”诸事八卦的黎子棠早就从思彤羞赧的神色猜到了两人的神速进展，坏笑着用胳膊肘撞了撞她，“你们谁先告的白？”

“瞎说什么，他只是帮我去找亲生父亲，除此以外，还能有什么。”

“真要没什么，干吗让我来陪你逛商场？虚伪！”黎子棠将手里几套衣服塞到她手里，指了指试衣间，“去换来看下。”

思彤看到衣服标牌上的价格，差点没吐出一口血来。她边躲开导购员关切的目光，边凑近黎子棠小声抱怨道：“小姐，你挑的衣服怎么那么贵？！”

“你啊，真是小家子气。”黎子棠恨铁不成钢地瞪了她一眼，从隔壁衣橱挑来几件在她身上翻来覆去比画，终于筛选出了答案，“这几套吧，简单大方，是大表哥喜欢的风格。”

“嘿，谢谢黎大小姐。”思彤高高兴兴地去买单了。

“你不试穿一下吗？”

“不用不用，我相信你的眼光。”

“对了，”黎子棠趁着导购员去提衣服的间隙，挤向思彤身边的沙发，“你和段江风又是什么关系，去大理的时候没准会碰面的吧？”到时候大表哥岂不是要陷入三角恋的修罗场？！做表妹的只能再操心一些了，“下个游戏版本是‘苍山洱海’，你得好好给我收集点典籍资料回来。”

这下轮到思彤震惊了：“下个版本难道不是出新门派吗？”

“哦，大表哥临时调整了计划。”黎子棠笑眯眯地看向她，“这也是宠爱一个人的独特方式呀。”

夜半，思彤翻来覆去睡不着，起来又检查了一遍行李和身份证。

一想到要和大魔王出远门，心情莫名地亢奋——都怪白天时黎子棠说了那些话，间接导致了她失眠。

于是，她打开电脑，登录了一下游戏。

帮会频道里只剩下稀稀落落的几个时差党和夜猫子，虽然不像白天时热闹，但主城里还有着熙熙攘攘的深夜副本团。

思彤逛了一圈，突然在主城外的山野间看到扭打成团的两道身影。

熟练的走位和技能释放特效，在黄土上溅起了铮亮的飞屑，激烈的打斗中她看到了熟悉的ID，嘲风。

大魔王半夜与人私斗？！她立马对表，还没来得及计时，与他僵持的青城派就已经阵亡躺平，20秒完败。返回复活点之前，青城派还在公共频道撂下狠话：“抢我女人，你等着瞧！”

思彤轻功一跃，飞到了他的身边，只来得及看见对方消失前的亮光。

纪远司挑眉，有些意外道：“怎么还不睡？”

思彤想了想，还是决定坦白：“睡不着。”她想起刚才两人打斗那幕，便问，“你呢，大半夜的怎么有兴致在这里和别人切磋？”

提起这桩，纪远司有些不屑：“莫名其妙被人半路挑衅，只好动手。”

“那他说的抢女人又是怎么回事？”虽然思彤努力假装不在意，但还是对刚才那人的话耿耿于怀。

“不知道，刚和他从竞技场出来，他的女伴就嚷着要和他分手。”

“……”相比较大魔王的一脸无辜，思彤竟然有些同情那位青城派兄弟。

看来被完虐的不止是竞技场，还有爱情的修罗场。

大魔王突然抛下话：“跟上。”她还没反应过来，风姿卓越的白衣公子就如离弦之箭，踩着轻功乘风而去。

思彤来不及思考，急急忙忙跟上。直到前方的颀长身影停下，思彤才注意到自己已经进入了一张被终年黑夜覆盖的地图。她点开了世界大地图一看，这里位于大理宫北边一带，所在的位置前方有一片灰色未开通的地图，那就是下个版本即将开启的“苍山洱海”。

“思彤，过来。”嘲风站在雪峰台上，依旧俊逸洒脱，但不知怎的，这寂寥冰冷的雪夜，竟因他的疏狂，莫名让人胸中涌现一捧热血。

大理女侠朝他走去，刚踏出一步，前方百盏孔明灯同时亮起，自黑夜腾空而去。声势浩大的灯火，将极夜燃点成了光明西天。

看着眼前美得惊心动魄的一幕，思彤完全惊呆了。自她接触这款游戏以来，从未听说过游戏里面有这样的设定。

难道他用了什么特殊道具？

“匆匆写了个代码。”前方的男人微笑着转身，淡淡祈愿道，“你的愿望一定会实现的。”

电脑前的思彤眨了眨眼，半晌，才意识到他在向自己解释为什么燃放孔明灯。这些升空的孔明灯不仅寄托着她的寻根愿望，还有着他从不对外人言说的种种深情。

其实，他没必要为她做到这个份上……

轻歌纵酒，快意恩仇，刀光剑影的江湖，振衣沧海的自由，一直以来是《武皇》这个游戏载体带给思彤的感动。可直到今天，她才仿佛真正领略到其中的人情味。

手指在键盘上停滞了半天，思彤没有再说话，眼泪已不自觉落下。

纪远司似有感应般，在她身边静静伫立，不言不语，两人就这样定格成静止的画面，仿佛那一幕就是永远。

飞机抵达昆明后，两人又坐专车辗转几次，终于来到了目的地——云瑶马场。

这就是隐藏在照片背后的关键线索。

思彤曾在去段氏宗祠打听段氏一族的消息时，几次路过附近的这个马场，却没想到这马场竟藏着大理段氏的子嗣。

作为段氏集团旗下的度假村，云瑶马场每天都吸引来数以百计的游客，目之所及皆是富豪进出马场。看着应接不暇的马匹在绿野上奔腾而过，脑海中突然闪过某些零碎的画面，这种感觉好熟悉，难道她曾经来过？

不得不说，大魔王所到之处，仅靠“刷脸”就能畅通无阻。沾他的光，思彤也住进了贵宾套房。

放好行李，思彤伸了伸懒腰，正打算出去走走，刚踏出房门，眼睛余光就瞄到隔壁房前倚靠着的修长身影。大魔王双臂环胸，正静静地注视着她，几乎给了思彤一种他在一直等她的错觉。

已经换上休闲衬衫的纪远司显得格外阳光亲和，他似乎特别适合白色，虽然总给人一种清雅的疏离感，但并不妨碍他与生俱来的美貌，仿佛他站在那里，就足以成为一道美景。

“我刚听说段氏的大当家明天才会到马场，今天大抵是见不上面的了。不如我们到处走走？”他微笑着提议。

“嗯！”

有没人说过大魔王笑起来很祸国殃民？

终于知道那些咒骂红颜惑世的人是什么心态了，因为她现在深有体会啊。

这里是大理段氏的家族属地，表面上是对外经营的皇家马场景区，实际上是供给世家名流消遣的娱乐场所，其中不乏各领域中身份显赫的大人物。虽然规模不及武林大会的现场，但恰逢段氏的赛马竞技会，大理段氏后裔也都纷纷来到马场参与盛典。

“你刚说的段氏大当家的是？”

“段志轩，段氏集团的董事长。我这次来大理，主要是为了皇临和段氏合作投资展览会的事。”

展览会？她差点都忘了皇临集团主业是工程建设呢。大魔王真不容易，除了经营自己的网游公司，还得管理老爹集团的大小事务。生意都快顾不来了，现在又为她私人的事情操心，思彤心里忽然暖暖的。

纪远司向前台展示了贵宾卡，很快对方就为他们安排了一辆观览车。

草坪相当宽阔，俨然一个天然的高尔夫球场，沿途还划分了各种各样的赛道，看样子是竞技会的路线。不时有人骑着马奔驰，那种乘风而去的感觉，又让思彤心头涌现了一丝既陌生又熟悉的复杂情绪。

“段氏打算把马场改造成马术展览会，为他们即将推出的国际贸易平台做铺垫。”纪远司比画了这半山腰的位置，“到时候，这里会再建一个度假休闲娱乐区。”

思彤不禁惋惜了起来：“这片绿色生态又得沾上铜臭味了。无法为自由而奔跑的马，跟笼中鸟有什么区别。”她现在的处境又何尝不是，在寻亲的路上陷入一次次苦痛的漩涡，光叔的不理解，让她开始自我怀疑，是否要放弃寻父。

她失落的神色全被纪远司看在眼里，在马舍附近他喊停了观览车。

思彤还没反应过来，就已经被拉着走了下车。两人并肩而行时，她这才发现自己的个头还够不着大魔王的肩膀，看着他宽厚的背影，心又禁不住漏跳了几拍。

“Frank！”纪远司对迎面走来的男人挥手，那是替他照料私人马匹的骑师。

“总裁，原来你还养马呀？”

“嗯，这也是世家间的社交之一。”

Frank从马舍牵出一匹黑马：“纪先生，今天‘追风’的状态不错，你要不要试骑一圈？”

纪远司微微颔首，一直紧握的大掌松开了她的手。

看着分离的十指，思彤心里一时间说不上在失望些什么，再抬起头时，就看到纪远司正好望向她，神情专注，目光灼灼：“你想不想试一下？”

现代的大理段氏对赛马竞技有着偏执般的喜爱，嫡系子孙从小就要学习驯马和骑术。虽然过了几百年，经历了王朝的更迭，这个世家大族却一直过着贵族般的生活。那种藏于骨血中的骄傲，即使是思彤这个旁观者，都能强烈地感觉到与生俱来的自信和荣耀。

“来。”

看着大魔王递来的手，她下意识凝气屏息，忐忑接过他手中的缰绳，心脏却不听使唤地怦怦乱跳。

他忍不住调笑道：“放心，我不会取笑你的。”

“我……我只是不那么熟练！”思彤老实让他握住自己的手。虽然一身护具，但她还是担心摔下马。

现实生活可不比网游，真给摔下去，那可要脑袋开花的。大魔王并没有给她退缩的机会，握紧她的手，指导她踩着马镫一跃而上。

在他的谆谆教导下，思彤真的坐上了马背，宽广的视野让她感受到了异样的冲击。目光下意识游移至身侧的男人，心中的触动又软化成甜美的感觉。

原来，两米高的世界是如此美妙。

熟悉的感觉再次浮现，儿时的零星片段不知怎的就闯出了回忆的牢笼。

——思彤好棒哦，这么快就学会了。

——你就别宠她了，连这点都学不会怎么能算是大理段氏啊。

——哈哈，妈妈好凶噢，我们不理她，去玩荡秋千。

……

她真的来过云瑶马场?

不等她细想，马驹似有灵性般低鸣，把思彤拉回了神。

“怎么了？小黑，你要乖喔。”她轻轻抚摸着马背上的浓密鬃毛，语气亲昵得像是久疏问候的老朋友，“今天就劳驾你当一下坐骑啦！带我翻山越岭过大江。”

看着她神采飞扬的明艳脸庞，纪远司不禁心中一动：“追风，它的名字。”

愿得侧翅附鸿鹄，追风掣电凌太空。

思彤脑海里突然闪过这句《武皇》剧情台词，那是丐帮崇尚自由的象征。她后知后觉地想，会不自觉被这个男人吸引目光，大概是他像鹰一样自由洒脱，又像水一样温柔。

“追风可是一等一的好马，安达卢西亚马被誉为世界上最古老的纯正马种之一，尤其还是罕见的纯黑马。”一旁的Frank见缝插针地讲解。

思彤对马没有研究，不过追风确实长着一副贵族的长相，就像马驹中的翩翩公子，它镇静沉稳的性格倒有点儿像大魔王，所谓物似主人型大概就是这样了吧。

她所不知道的是，纪远司从不让人坐自己的爱骑。

在Frank的专业指导下，她很快就掌握了入门要领，心情也在平地练习期间平复了不少。

“明天有一场沙龙，到时候我会带你去见段氏大当家，或许能打听到你亲生父亲的下落。”纪远司扶着思彤下马，抬眸间，浅淡的笑容嵌在脸上，像拂过沙洲的那一片清泉，只余温柔徘徊。

思彤顿时被晃了眼，如果不是他表现得过于轻描淡写，她一定会感动得扑过去，可她没有。虽然认识的时间不算太长，但她就是知道大魔王是这样的一个人，他不喜邀功，孤高寡言，却绝不冷漠。

第七章
原来你是这样的大魔王

前方一匹白马长驱而来。段江风娴熟地驾驭着快马，在思彤身旁精准地止住了马蹄，一个翻身，潇洒地跃下了地面。他一脸灿烂笑意，“我还以为我看错了呢，没想到真的是你。”

“段江风，好巧哦！”思彤眼角眉梢是掩不住的惊喜，“这会儿是来大理度假吗？”

“我是回来参加竞马会的。”那双清眸不着痕迹地打量了纪远司一眼，投去讳莫如深的笑容，“师兄，你也来了？”

“嗯，来和段伯伯谈桩生意。”

“我爸？是展览会的那事儿吧，他和我提起过。”

思彤一怔，段江风的父亲就是段氏大当家？！

“思彤，要不要到蝴蝶泉去看看？那里风景很美，我可以带你到那里走一转。”段江风笑眯眯地把缰绳递给一旁的骑师，然后看向身后的纪远司，笑问，“不介意吧？”

思彤看向大魔王，他依旧是那副不咸不淡的样子，心里顿时有些小失望。突然手腕被纪远司扣住，大魔王笑容可掬地说：“恐怕不行，思彤今天还要和我去采集数据，恕不奉陪了。”

段江风挑了挑眉：“要不打个赌？”

正要转身的纪远司停下脚步，回头看了他一眼。

“来一场障碍赛，如果我赢了，思彤今天的时间归我，怎么样？”

纪远司冷冷地掀起嘴角：“你怎么不说输了比赛的筹码？”

段江风胸有成竹地朗笑出声：“太有把握会赢的赌注，我从没考虑过会输。”

两个男人间俨然蹿升出熊熊烈焰，那水火不容之势，令空气中莫名多了些火药味。面对段江风突如其来的宣战，思彤本自信以为大魔王是会拒绝的，毕竟他们还在探讨着寻父的线索，没想到大魔王二话不说就骑上了马。

两个男人默契地驾马去了不远处的小型跑道。

思彤惊得下巴都掉下来了，武林世家的少爷们都是一言不合就开打的吗？

“我打算向思彤告白，让她成为我的女朋友。”段江风挺直腰杆，自信地向对方宣告自己心中的决定，“不，她一定是我女朋友。”

纪远司淡淡地瞄了他一眼，依旧专注地调整着头盔。半晌，才听到他慢条斯理地说：“你大概要失望了。”

在Frank发号施令下，两道身影如离弦之箭疾驰在绿油油的草坪上。

思彤从没见过这么快的起步，几乎是一眨眼的工夫，两人已经冲出了十几米外。

表面上是段江风骑乘的纯血马在速度上更占优势，但大魔王的实力也不相上下，在障碍道中平稳直追，将落下的距离缩减至半个马身。两匹马紧追不舍，互不相让，甚至在沟壑地带，开始了激烈碰撞。跳跃与追逐的竞技，在赛道上轮番上演，急促的马蹄声与嘶鸣相互交织。

思彤的目光一直紧追大魔王的飒爽风姿。

为了目睹到弯道最精彩的较量，思彤坐上观览车率先赶到最后一个冲刺点。

她在弯道前凝神等待，不一会儿就看到一前一后驶来的马匹。段江风的样子似乎有些不对劲，他不断拉动缰绳调整马的行进方向，却屡次失败，眼看着要失控撞向弯道边上的思彤。就在这千钧一发之际，后方的追风如雷霆直窜，将段江风的马引导向直线前方，取而代之的是纪远司连人带马摔向了障碍草丛。躁响的嘶吼在旷野徘徊，一声巨响坠地，只余下远去的马蹄声。

受到惊吓的思彤只是原地摔倒，并没有受什么伤。半晌后，看到冲入赛道的Frank，她才反应过来爬起身。赶到赛道中间，就看到侧躺在地上的纪远司一动不动，额头与脸上都淌着血迹。

看到这触目惊心的一幕，思彤难过得差点掉眼泪。一旁是Frank打急救电话的声音，她蹲下来想要做些什么，却又不敢乱碰，怕稍有不慎就惊动到他的伤口。

纪远司忍着剧痛，抬眼看向上方的思彤，确认她平安无事，便安心地合上眼："没事，死不了。"

因为早就预料到结局，所以丝毫不把当下的伤势放在心里，确认了思彤的安全，不过是更肯定了他当时的决定是对的。

明知道这样做会把自己弄得伤痕累累，可还是毅然选择了保护她。

思彤气恼他到了这种时候，还一副满不在乎的样子，想笑他冲动幼稚，却又莫名感到心痛。

段江风折返赛道后，就看到思彤眼圈微微泛红，不言不语地陪着纪远司等待救护车。

他站在几步之外，一时之间竟找不到任何理由介入。

这样的情景叫他莫名嫉妒。

不战而胜的感觉让段江风很烦躁。

五年前是这样，五年后也是这样。段江风已经说不清，自己为什么会这般执着要赢过纪远司。

在他记事以来，就一直被周围的人提醒，无论如何都要成为一个出色的继承人。每一个被选为下任段氏当家人而培养的嫡系子孙，从五岁开始就要接受严格的精英教育，以便能在接管家族企业时，成为一名全方位的管理型企业家。

遇见纪远司后，他的不完美就被迅速无限扩大。不管他怎样努力，都无法追上他的脚步，拿他们相互比较的声音越来越刺耳，直到他被身上的重担压垮。他一意孤行，放纵自己寻欢作乐，与大理段氏背道而驰。本与他毫无瓜葛的纪远司，也被顺势迁怒。然而，面对他的公然挑衅，当时的纪远司只说了一句："会打擂台吗？"

段江风第一次走进网吧。

再之后，一分钟时间不到，他操作的游戏角色就被纪远司打得落花流水。他竟连网游都技不如人，正要砸键盘泄愤，对面机子的男人就默默站了起来："一般入门者，在我面前根本扛不住三十秒，你很不错了。"

纪远司毫不吝啬地夸赞，却没能让他输得心服口服。

大概是段江风年少气盛，他竟越挫越勇，入了魔一般，潜心研究网游。从注册到练级，再到熟悉所有的技能，他每一步都在朝着纪远司前进。这样的执念，让他在初涉网游的第一年里，迅速挤入了电竞选手的前列。

然而，当他满心期待着又能在赛场上与他一决高下时，纪远司突然在决赛现场弃权，并宣告从电竞界隐退。他奋斗的目标突然失去了意义，这让段江风感到没来由的愤怒。此后不管在电竞比赛中赢过多少奖杯，他都觉得毫无意义。

纪远司就像他的噩梦，仿佛只有打败他，才能终结这种扭曲又丑陋的嫉妒心。

思绪混乱地坐在医院的走廊上，直到病房门被人推开，他才蓦地抬头："师兄他……怎么样了？"

思彤带上门，轻声说："医生说他轻微脑震荡，右手臂骨折，幸好没有内伤，静养一段时间应该就没事了。"

“都是我的责任。”他沮丧地垂下头。

“你别这样，谁都不想发生意外的。”如果不是她站在那个危险的转角处，大魔王也不会为了保护她而受伤。

段江风重重地叹了口气：“是我的错，我当时分心了。”

段江风带思彤去了一个地方。逾百年的古老宗祠，被重新翻建在富丽堂皇的八角形建筑当中。外形宏伟肃穆，极具浓厚的古典特色，内部巧妙地采用了钢架和钢筋混凝土结构，使得跨度高达70米的空间内完全不设一柱。

这就是段氏宗祠，思彤心中突然涌现一种回归根源的归属感，被切断的血缘时隔数十年再得以重续。她紧了紧拳头，将所有激动的情绪压抑在心中。

走进正门，就看到端坐着的巨大铜像，背后则是供奉先祖的里间。段江风取来香烛，停在铜像前不动。思彤好奇地往上看去，原来铜像是个古代帝王的造型，便随口一问：“是段氏的祖先？”

“那是我们段家世代供奉的太祖段思平。”他瞄了一眼身后，思彤的淡定让他反倒玩味起来，“你怎么好像一点都不惊讶似的？”

“啊，也不是，像是一些祖庙也喜欢供奉炎黄二帝，各家有各家的喜好嘛。”

早在典籍中知道祖先辈中出了个段誉时，思彤已经震惊过了。

“我一直觉得自己的家世很沉重。”他的语气略显无奈，“如果我的出身更平凡一点，也就没有这么多烦恼了。”

思彤捕捉到他眼中一闪而过的惆怅，正想问他在烦恼什么时，就听段江风说：“你相信我是大理段氏的后裔吗？”

他竟公然承认了！

思彤愣愣地看着他说不出一个字。

段江风倒是颇有闲心地揶揄她：“奇怪了，我还以为你会吐槽我说‘武侠片看太多了’。”

她怎么就没想到还有这么一招！失策啊，失策！

“其实，我很开心你能陪我来宗祠。之前和你说我赛马时分心了，是因为我一直在想着祭拜的事。”

段江风突然在一个牌位前停下，他虔诚地鞠了一躬。牌位上是一个贵妇的照片，她端庄优雅，笑得十分亲和，看起来和段江风颇有几分相似。

“那是我妈，过几天就是她的生忌，我苦恼着该送什么花给她。”段江风看向那位妇人的照片时，表情异常温柔，不像医院那时阴暗惆怅。

“江风，你和总裁之间是不是发生过什么？”

面前那道身影忽然一震，再回头时，他苦笑了下：“老实说，我很嫉妒师兄。他也没享受到父爱，一样要面临继承家业的压力。我曾以为我们是思想最接近的人，后来我发现我错了，他比我优秀太多了。”

父亲的斥责仿佛犹在耳畔——

“我辛苦把你培养成接班人，你就这样报答我？”重重的耳光落在他的脸颊上，如火烧一般毒辣。

看着被砸在地上的电脑显示屏，段江风仇恨地回视。

段志轩脸上是冷漠的嘲讽：“你就尽管仇视我吧。但你给我记住，离开大理段氏，你也成不了什么事。我不管你在外头有什么乱七八糟的爱好，讨好董事会那帮老头的欢心，取得他们的信任，那是你现在必须做的事！”

他知道父亲无时无刻不在盼着爷爷死，只为了顺理成章扶他坐上大理段氏的第一把交椅，好让他心安理得地得到那一笔巨额遗产。

对父亲来说，他不过是一只操纵段氏集团的傀儡。

相比较下，纪远司却是完全处在不同世界的人，即使是丐帮的继承人，却敢于抗争命运，创立自己的事业，走自己确信的路。这让他发了狂的羡慕和嫉妒，却也不得不承认，就算他花光一辈子时间，也都追赶不上他。

他的懦弱叫他不敢失去大理段氏的一切，亦做不到义无反顾。

他正兀自沮丧时，却听思彤笑着说：“不对，你也有很多优秀的地方，是他没有的。你性格比他活泼开朗，不像他老板着一张扑克脸；打网游手法犀利，又受欢迎；处处为人着想，心地善良……”

猝不及防，思彤被一股力量将紧拥入怀，鼻息间萦绕着他身上好闻的洋甘菊香气，就像他给人的感觉一样，清爽纯粹。

“段江风？”她微施力却挣不脱，红着脸拍了拍他的后背。

惊觉自己逾矩，段江风突然松开了她，可脸上完全掩饰不住他的好心情。

他记不清曾多少次被族内其他嫡系子弟明讽暗嘲过，又有多少人暗地里议论他双亲的不和睦。即使，他一一反击过去，也只是换来对方更犀利的鄙夷。

面前这个女孩却如红日当空，让他内心的阴暗潮湿渐渐挥散。为什么她总是能在他最狼狈的时候，那么轻易地让他开心起来？段江风从未像此刻一般想要拥有她，她真诚的赞美让他的心微微颤抖：“思彤，我喜欢你，请你答应和我交往吧。”

轰一声，思彤被惊得脸上可以榨出血来。

“我……你这样好突然，我们才认识三个月不到……”语无伦次间，她一个踉跄撞到了身后的桃木立柜，连带着把神位上的画像和谱书散落一地，她尴尬得连忙蹲下来收拾残局。

“你也不用反应这么大吧。”

“还不是你说了奇怪的话！”思彤躲开他戏谑的目光，脸上又不自觉地燥热起来。

她从没想过第一次被人告白，是在这样的情况下，而且还是当着众位大理先贤的面，想想都觉得难为情。

当她捡起脚边的一本谱书，手指一顿。

那是段氏族谱。

直到段江风出声唤她，思彤才恍惚回神。她连忙合上手上的谱书递给了他：“要回去了吗？”

“抱歉，临时有点事，可能没办法陪你到处逛逛。待会我让司机载你回酒店。”

“没事儿，你先忙吧，我自己可以招呼自己。”

跟段江风分开后，思彤原本是搭乘观览车回酒店，结果途中改变主意去了医院。刚才在段氏宗祠看到的那本族谱，让她心里很乱。段氏族谱记录着历代子孙名单，然而她在近代子孙名单里没有看到老爸段志谦的名字。为什么会这样？难道老爸并不是他说的那样是大理段氏的嫡系子孙？

心思混乱地来到医院，就看到纪远司的病房推门走出一个人。直至两人擦肩而过，思彤一怔，半晌说不出话来。虽然只见过一次，但思彤记得那女人也是大魔王相亲名册中的一员。

她从没见过这么漂亮的女生。什么闭月羞花沉鱼落雁，好像都不足以描述她此刻心中对对方美貌的惊叹。

如果说Elissa属于个性张扬的时尚美女，那面前这个女人则属于大家闺秀那类气质女孩，有着不食人烟的高贵幽雅，举手投足间皆为涵养。

为什么这样惊艳脱俗的美女会出现在这里？难道是为了大魔王？

她若有所思地轻推开病房门，看见要动身下床的纪远司，连忙冲过去制止，将他强行架回病床上："你怎么乱动，不好好休息？"杏眸中透着几许责备，可看在纪远司眼中都是被关怀的暖意。

他因为她的到来，感到很惊喜："来了？"

"嗯，总裁，你好点儿了吗？"思彤看着固定在他右手臂上的三角巾，又是一阵心疼，"晚餐怎么还没吃？"被端放在餐桌上的食物，还是原封不动的样子。

"本来想捡掉下的勺子……"他故意地看了眼受伤的右手。

思彤马上中计，她麻利地换了根新勺子，端来稀饭，舀起一勺递了过去："我来喂你。"

纪远司干咳了声，俊颜难得泛红："我又不是小孩子。"

"我都没觉得难为情，你就不要扭扭捏捏了。"思彤轻轻地笑了起来，又把勺子挪向薄唇几寸，还故意挖苦他，"还是说，你需要漂亮的护士姐姐亲自效劳？"

她的刺激很奏效，大魔王毫不犹豫地一口吞没勺中物。看到他迅速干掉一碗稀饭，思彤满意地点了点头，随即取来水果盘，继续进贡："对了，我今天在段家宗祠发现了段氏的族谱。”

纪远司停下动作：“有什么发现？”

“没有在族谱上发现老爸的名字。我现在很迷茫，不知道老爸说的那些到底是不是真的。如果不是，我至今以来的努力不就……”

“不要急着下定论。”纪远司抬起左臂敲了敲她的脑袋瓜，“明天的沙龙，我们去向段氏的大当家问个究竟，这才是我们来大理的目的。”

思彤吃痛地微眯着眼：“你还是待在医院休养吧，我自己去。”

“不行，”他斩钉截铁地拒绝，“我不想看到你和段江风单独相处。”

思彤一怔，反应过来才知道脸红，将手中的苹果塞进他嘴里，逃避似的抛下话：“我先回酒店了。”

思彤将自己重重地摔入松软的大床上，一想到大魔王吃醋的样子，她开心地抱着枕头翻滚，嘴里不时感叹：怎么那么可爱啦！滴一声，手机来了条短信，思彤往梳妆台伸手摸了摸。屏幕显示的发件人正是此时让她倍感甜蜜烦恼的大魔王：“明晚七点，我带你去沙龙，好好准备下。”

除此以外，再无任何多余的示好。

因为太过言简意赅，思彤不由有些小小失落。

也许是记忆的连贯，她联想到了医院遇到的那个女孩。说不在意是骗人的，毕竟那是大魔王的相亲对象，应该不会平白无故出现在病房里。

回过神来时，她就已经拨通了黎子棠的电话。

“呀，你说的是慕容曦薇吧。”

“你怎么知道我说的是她？”思彤在床上盘腿坐定，她不记得有和黎子棠描述过对方样貌来着。

“哈哈，因为她刚不久也给我来电话问起你的事儿了。”

当慕容曦薇在向她质问大表哥是不是有交往对象时，她几乎是毫不犹豫地报上了思彤的名字，以便让对方放弃无谓的妄想。

“你……真的那么说？”思彤顿觉尴尬，不知道大魔王知道后会怎么想。

“思彤，坦率点，承认喜欢大表哥一点都不难。我大表哥长得好看，性格又好，工作更是勤奋上进，会喜欢他也是很正常的嘛。你说对不对？”

“对对对，我承认我对总裁有非分之想，你满意了吧。”

“哇塞，你这句话要是给大表哥听见，他得乐死了。”

原来慕容曦薇是姑苏慕容的传人，以前在国外留学的时候，是纪远司的同届生。她爹是地产业龙头之一的慕容德，跟纪冠临称兄道弟，两家曾经有过联姻的打算，不过现在嘛……

思彤挑眉：“现在？”

“大表哥都拒绝啦。”黎子棠打趣道，“你啊，别让我大表哥等太久了。哎，都这个点了，我得睡了。不聊了，拜拜。”

“喂，棠棠……”话筒一阵忙音，思彤无奈地挂断。手臂遮掩住齐刘海下的一双眼睛，嘴角却不自禁微微翘起。

在全身镜前转了一圈，吊带荷叶领上衣搭配黑色蓬蓬裙，整体落落大方，不枉费她让棠棠帮忙挑衣服，思彤终于满意地出了门。

刚打开房门，突然被门外的人影吓了一跳。

纪远司身穿深灰色大衣，缠绕绷带的手固定在衣衫内，一点也不妨碍他的风流倜傥。他微点了点头，转身：“走吧。”

大魔王竟然对她精心打扮过的样子没有一点儿反应？！思彤有些失望，可她不敢表现出来，还是快步跟上了他的脚步。

简洁大气的会客大厅相当宽敞，可容纳上百人。浪漫柔和的灯光，营造出朦胧的艺术气息。宾客三三两两聚在一起喃喃私语。上下楼层的布置错落有致，一楼大厅入门右侧有一个迷你酒吧，名流贵客围坐一圈闲聊畅饮。在这不失情调、又充斥着文艺气息的聚会里，思彤第一次频繁听到富有武林传奇色彩的字眼……

“你上周不是约唐门的小少爷去看画展吗？感觉怎么样？”

“别提了，那种只喜欢看工程构造的无聊男人。”

“那我下次和族长提议，和五岳剑派组织一次马尔代夫团体游？说不定还有看对眼的呢。”

“饶了我吧，那可是直男癌扎堆的联盟。”

……

什么？！原来武侠小说里仙风道骨的五岳剑士，在现代都变成了直男癌吗？唐门喜好机关制作，所以现在从事建筑工程？思彤听得一头雾水，正想请教下身旁的丐帮大总裁，喧闹的大厅突然间安静了下来。

从二楼螺旋梯走下的中年男人，吸引了在场所有宾客的注意力。

纪远司看着前方：“那就是大理段氏的大当家，段志轩。”

顺着他的目光看去，思彤很快就看到那个沐浴在众人敬畏目光中朝他们踱步而来的中年男人。

“段伯伯。”纪远司礼貌颔首。

“远司，你不好好在医院养病，要是伤势加重，我可不好跟你爸交代。”段志轩面带微笑且显慈爱，虽已中年，却仍器宇轩昂，眉宇间英气逼人，看起来气质刚毅且稳重。他举步生风，举止之间颇为霸气——事实上也并没有错，作为主掌大理商业帝国的世家名流之首，他同样令子孙后辈望而生畏。

看清他的长相时，思彤的身子猛地一震。尽管青春年华不再，那天生精致的五官仍掩盖不住他年少时的俊朗——段氏大当家就是和爸妈合影的那个陌生男人？

纪远司薄唇微扬，礼貌回应：“我这不是为了见您一面嘛，展览会的工程还得您的首肯，我们的方案才能推进下一步。”

虽然大理段氏和丐帮素来交情淡薄，但涉及商业互利方面的合作，段志轩倒来者不拒。况且他向来欣赏纪远司，他是目光长远的经商奇才，丝毫没有纪冠临的食古不化，此次纪远司专程过来谈合作，这份诚意就很让他另眼相看。

不经意瞥见他身旁的思彤，段志轩先是一怔，神色突然骤变，他甚至警惕地扬了扬眉：“这位小姐是？”

思彤不知如何回答，纪远司一把揽过她的纤腰，佯装出亲密的模样：“没关系，她不是外人。”

段志轩仍旧半信半疑地上下打量思彤，她和记忆中那人实在太相似……

“跟你爸说，皇临再像他那样闭门造车，就算再有钱，也富不过三代。”大掌拍了拍纪远司的肩膀，段志轩语重心长地说，“这次武林大会不是还要选出下一任武林盟主吗？纪冠临再不做出妥协，迟早也会连累丐帮在世家中失势。”

“谢谢段伯伯的忠告。”

“对了，老爷子怪想你的，有时间就去见见他吧。”段志轩忍不住自嘲，“反正比起我们这些嫡系子孙，他更稀罕见外人。”

他指的是上一任大当家段清玄。

纪远司没有说话，只是不动声色地看了他几眼：“其实，今天还有另外的事要请教段伯伯。我想跟您打听一个人。”

“哦？”段志轩饶有兴味地看向他，“说说看。”

“不知道您有没有听说过段志谦这个人？”

纪远司注意到段志轩眼中一闪而过的异样，对身旁的思彤使了个眼色。思彤便见缝插针般介入两人间：“段伯伯您好。我是段志谦的女儿，不知您是否认识家父？”

段志轩抬眼看向了她，眸光中有些清冷。他微微勾起了唇，恢复成了方才那副和蔼的模样：“段志谦？我在大理段氏这么久，从未听说过这个人。难道你们是哪个旁系亲戚？”

大理段氏家族庞大，嫡系才能成为集团继承人，旁系子孙开枝散叶，往往最后都淡出了世家视野。

“我曾经听父亲说过，他是大理段氏的嫡系。还有我的母亲……”

“够了。”段志轩突然冷冷地打断她，“从我成为大当家的那一天开始，大理段氏就没有过段志谦这个人。也许是你父亲记错了，又或者是他的名字在族谱上早已被除名。”

她翻烂了族谱都没有看到老爸的名字，难道真的是被除名了？

纪远司见她脸色不好，正想带她到一旁休息，后方的段志轩又提醒道：

“远司，听说你就要和慕容家的千金联姻了，也该安守本分些了。”

这句话仿佛重磅炸弹，又给了思彤致命一击，心莫名地刺痛，像有一只魔爪紧箍住心脏，痛得无法言语。手心却传来厚实的触感，纪远司的大掌将她紧握住。一抬头，就看到他神情坚定的侧脸：“我并没有和慕容家联姻的打算，段伯伯，先失陪了。”

语毕，他就径自牵着思彤离开了沙龙会场。

看着彼此紧扣的十指，思彤又忍不住失了神。直到来到会场外，呼吸到新鲜空气时，她反应过来开口提醒：“总裁，我们就这样回去吗？”

纪远司没有回头，只是一路向前，来到沙龙会场外的迎宾台，才让思彤先回酒店。他本以为可以从段志轩口中套出些情报，没想到对方竟矢口否认，这种反应太可疑了。

他需要再去会一会久疏问候的老族长。

正要向工作人员交代些什么，衣袖突然被人扯了扯。回头就看见思彤润湿的双眸。

她忐忑地咬了咬唇，“你……真的和那个慕容小姐相过亲？”

思彤对自己的在意，让纪远司感到了前所未有的开心。他沉沉低笑，“你很在意？”

意识到被嘲笑的思彤，赌气似的转身：“当然不是。”

她却没有发现，急着否认的自己反而有种欲盖弥彰的嫌疑。

身后传来纪远司的朗朗笑声，接着皮鞋逐步靠近，然后高大的黑影将她完全笼罩住。她被阻隔在落地窗和他的胸膛之间，来自他身上好闻的古龙水淡香萦绕不散，能感觉到心跳以及他近在咫尺的气息。

“确定？”

思彤只敢低头看着自己的鞋尖，脸上的燥热仿佛要火烧眉睫：“我……我只是一时八卦心起。”

他微倾身，薄唇几乎要贴合在她耳畔，小声沉哑的声线折磨着她：“即使我和她结婚，你都不在乎？”

心猛地咯噔了一下，不受控制般急速狂跳，这种无法冷静思考的感觉让思彤无所适从，她只想撒腿就跑，却被人更快抓住。见她红透的耳根，纪远司知道自己戏弄得有些过分，略带歉意地说："我开玩笑的，别生气。"大掌自她臂上滑落，轻轻握住细腕，"在酒店待着哪也别去，乖乖等我回来。"

直到他从身上离开，那种强烈的压迫陡然散去，思彤仿佛耗尽力气般蹲在地上，将红透的小脸埋入膝盖。

大魔王，好诈……

纪远司重回沙龙现场后，迎面走来了一个人。

慕容曦薇身着清丽脱俗又不失性感的高叉抹胸晚礼服亮相，不仅将其柔美动人的腿部曲线完美展现，飘逸的长发，更显得灵气动人。

"我还以为你不会回来了呢。"她踩着十寸高跟鞋来到他身边，笑着问道，"该不会因为联姻的事对我避嫌吧，老同学？"

"怎么会。"纪远司礼貌回应。

她抬眸觑向他，并没有因为他礼貌而疏离的态度感到生气，大方地笑着说："告诉我，为什么拒绝联姻？"

"心有所属。"

他婉拒了侍者递来的酒水，目光穿梭着舞池中的人群，并没有发现段志轩的身影。

"什么时候的事？"在芝加哥朝夕相处这么多年，她一直以为优秀的他们最合适不过，即使他们互无感情。然而，只要对方是足以般配自己的纪远司，她并无任何异议，甚至会更顺理成章地接受世家联姻的安排。

纪远司踩上螺旋梯时，回头看了她一眼："很久以前的事。"

是的，时间久远得他回想不起来是具体的哪一天。只记得当自己沉浸在母亲去世的噩耗中时，他突然就被思彤救赎了。

所以，这次他要帮她找回亲生父亲，让她不再孤单。

纪远司敲了敲面前的房门，很快里面就传来了应答声。

段老太爷靠坐在床头，他一头银发，岁月在瘦削的脸庞上刻画下清晰的痕迹，如今的他骨瘦嶙峋，几乎终日卧病在床。昔日威风凛凛的段氏大当家，看起来暮年凄楚，与楼下的歌舞升平相比，越发显得孤独无依，不禁让人唏嘘不已。

“老师，您还好吗？”

纪远司来到床边，半蹲下身，看向面黄肌瘦的老人，曾经在讲义中语惊四座的段清玄这副病态，让他不由得心痛起来。

纪远司认祖归宗的前几年，就被父亲纪冠临强制送去了武林世家的集中训练营——就像所有世家子弟一样，他需要经过一系列的商界精英教学，并以被培养成门派未来接班人的目标接受各种严苛的锤炼，而他当时的导师就是段清玄。

后来，纪远司出国留学深造，师徒间仍有着断断续续的通信来往。

事实上，段清玄前半生专注于教育事业，直到退休前仍兢兢业业守在岗位前，备受莘莘学子敬重与喜爱。许多武林世家更是因为他这个老先生慕名而来，将子女送入大理段氏的贵族学校，丐帮也不例外。

放下正在阅读的书本，段清玄抬眸看向引以为傲的学生，目光中是深深慈爱。虽然他没有说话，但多年的默契，纪远司一下就读懂了他眼中的惊讶。下意识摸了摸右手臂上的绷带，他云淡风轻地说：“只是摔了一跤。”

“别撒谎了，是被江风那孩子给连累的吧。”

纪远司笑笑没有回话，无意中看见搁置在床头上的遗嘱文件，微微吃了一惊：“老师，您这是……”

“知道我现在为什么还噎着半口气不肯死吗？”段清玄拍了拍床边的位置，示意他过来，“帮我从床头柜最底下的抽屉，取出那个锦盒。”

纪远司听话照做，把东西拿出来递给了他。盒中装有一片白玉，那是大理段氏特有的身份权证，而旁边还有几张照片，上面熟悉的面孔，让纪远司心头一震。

他看到了思彤。

“你认识她吧？”段清玄虽老，但依旧心如明镜。两师徒多年相处，彼此间早已亦师亦友，学生的小心思又怎会逃得过他的法眼。

“她在我公司里上班。”纪远司想，也许直接对老师坦白思彤的身份，对认亲更有利，可大理段氏会对她这个所谓的嫡系放任不管吗？

“孩子，我不会对她怎么样。”段清玄似乎看穿了他的顾虑，“这些都是我让私家侦探去查的，我只想知道那孩子过得好不好。”

段老太爷特意调查思彤？

在心中权衡了一番利弊后，纪远司顿时了然：“她很好。只是，她对自己的身世很执着，我这次带她来大理，就是为了帮她打听亲生父亲的下落。可段伯伯似乎在有意隐瞒着什么。”

“他当然不会告诉你们。他把自己亲弟弟逼得背井离乡，还企图吞并段氏集团所有资产，如果知道自己还有个私生女在外，可能随时威胁到他独揽一切，你觉得他会无动于衷吗？”

“思彤是段伯伯的亲生女儿？！”聪慧如他，很快就从段清玄字里行间解读出真相。

段清玄至今尚未明确遗产分配权，所有的嫡系子孙都对他坐拥的亿万身家虎视眈眈。这场家族内战从段志谦被逐出家门、段老太爷病倒开始，战火就从未停歇，直至段志轩替代弟弟成为段氏集团的新当家后，内战直接点燃至白热化状态。

段志轩凭借着他的聪明才智以及高明手段，很快就笼络了大部分族人的心，间接逼迫了段清玄下台，然后成功继位新一任的段氏大当家。只是，家族内也有不服于他的反对派，他们极力推举自己的后代为集团准接班人。

因此，两派又开始了长达至今的家产争夺，段江风与段江义则成了这场家产争夺战中的牺牲品。

如果这时候，知道思彤这个嫡系子孙的存在，他们是不可能不采取行动的。

“那些不孝子，全冲着我的家产来。早知道这样，我当年就不该赶志谦出去……”段清玄忆起往事，又是一阵唏嘘，最孝顺的那个儿子还是自己亲手赶出家门的，这让他懊悔不已。

所幸上天待他不薄，还能让他找到遗失的子嗣。只是一想到孙女的处境，他心中又是百般无奈。

“我没办法接她回大理段氏。”

纪远司不解：“为什么？”

“现在的大理段氏，内战一触即发。”

第八章

你的智商余额已不足

段志轩坐在落地窗前，冷眼看着匍匐在地的男人。

“再给我一次机会，叔叔！我真的错了……”段江义胡乱抓着他的裤腿，苦苦哀求着，纵横交错的眼泪在脸上蜿蜒，“我是一时贪心，我会把所有钱填补上去，求你不要赶我出大理段氏。”

“好。”段志轩微微一笑。

段江义一怔，正当他面露喜色之际，突然被对方脚下施力狠狠踹开。头顶上方是段志轩阴沉冷漠的脸庞，平日心慈面善的段氏大当家早已不复存在。

“如果你不是段志流的儿子，我本会手下留情，怪就怪你爸不知好歹。”

段志轩与段志流堂兄弟不和的事，段家早已人尽皆知。堂兄段志流更是大理段氏中的过激派代表。作为嫡系一脉，他老早就对段志轩的为人不满，光明正大地培养自己的儿子打算取代段江风。

他与段志轩势同水火的关系，直接激化段氏集团高层的内部矛盾。论资排辈，他的长子段江义深得董事会的赏识和认同，最有希望成为下一任的集团的继承人，却不想被段志轩算计，陷入亏空公款的丑闻。

“把他带出去吧，不要再让我看见他。”

“是。”

保镖左右架起地上的段江义，往门外拖去。

迎面走来的段江风见状，急喊道：“放手！你们在干吗？快放开义哥！”

他正要上前搀扶的双手却被对方无情打落，段江义猝声鄙夷：“你不用在这里猫哭老鼠假慈悲！段江风，枉费我从小把你当亲弟弟看待，你却背后联手你爸陷害我！你等着，你们俩父子一定会有报应的！”

段江义悲愤甩袖，对身旁的人厉声道，“我自己会走！”

段江风紧了紧拳头，转身冲入房内，问沙发椅上的男人：“爸，你到底对义哥做了什么？”

“你这是在质问我？”段志轩微蹙眉，身着唐装的他古典又不失时尚隽雅，虽然已经不再年轻，但年龄并不妨碍他俊逸高雅的容貌。

“现在族内都说你使手段逼迫义哥卸任，对你来说，权势地位就这么重要？他和我一样，都是大理段氏的嫡系！你把义哥赶出……”不等段江风说完，段志轩就将他推向后方的墙面。

“你以为我把他撵出大理段氏是为了谁？江风，记住了，段江义是因为你才被逐出大理段氏的，是你的无能害了他！”

段江风如遭雷击般，踉跄了一下，彻底滑坐在地上。

段志轩冷冷扫过他那与自己酷似的面孔，神色中有着复杂，最后恨铁不成钢地摔门而去。

段江风慢慢走出父亲房间，心情郁卒的他漫无目的地沿路走着。突然听到有人喊自己，抬头看到思彤，原本痛苦难过的他突然堆起了灿烂的笑容：“思彤，你要回去了吗？”

“嗯。”思彤点了点头，想起刚才在沙龙现场没看见段江风，关心地问，

“你……没事吧？”

段江风微怔，有些窘迫地回神：“我会有什么事儿。”

思彤指了指嘴角的位置，他才意识到自己不知何时咬破了嘴唇。他抹了把嘴角，随意找了个借口：“刚刚吃东西时不小心咬破的。对了，你怎么提早回来了？沙龙才刚开始。”

“我……突然有点不舒服。”思彤笑了笑。

其实，她也很担心纪远司的情况，虽说他让自己乖乖待在酒店等，但这种状况下她根本静不下来。

段江风突然开口：“你饿不饿？不如一起去哪里吃点什么吧。”

两人来到就近的露天餐厅，段江风端起高脚杯轻啜了一口，神色凝重。头顶是广阔无垠的夜幕，星稀月淡，就像他此刻的心情，一点也不明朗。

“师兄呢，怎么没和他在一起？”

“他似乎有些事要和段老先生谈。”

放下酒杯，段江风单手托腮地看向思彤，神色有些慵懒，大概是醉意上了兴头：“关于上次的事，你考虑得怎么样？”

思彤没有说话。

“你已经有喜欢的人了？”

思彤犹豫了下，终究还是点了点头。

“是师兄吗？”段江风露出了苦涩的笑容，“算了，你还是不要说了，不管你喜欢的是不是师兄，我都不会放弃的。你知道吗？师兄已经有婚约对象了，就在上周，慕容德向媒体暗示过要和皇临成为亲家。不仅如此，师兄在国外留学时，就已经有过不少交往对象。”

哗一声，清水当头淋下。

“不要那样说他。”思彤满脸愠色，“你明明就不了解他的为人，最好不要道听途说。他说过已经拒绝了联姻，他也不是那种随随便便就玩弄感情的人，我很清楚。即使是你，我也不无法容忍你那样污蔑他。”

拉开椅子，思彤头也不回地离开。

“你为什么要自欺欺人？出生在那种家庭，像我们这样的人根本就没有自由可言，最后所有人都注定是被利用来谋取家族利益的工具。不管是师兄还是我，都摆脱不了这样的命运。”

思彤回头，笑得格外璀璨：“你错了，从来都没有人能决定你的人生，除了你自己。我相信纪远司也是如此。”

她没有再理会段江风，转身踏出了餐厅，只余身后那一道颀长身影隐没在黑夜中。

回到房内，思彤连鞋子也没脱，就疲惫地摔在了床上，脑海浮现的都是段江风的风凉话语。

……就在上周，慕容德向媒体暗示过要和皇临成为亲家。

她再次甩了甩脑中所想，不能因为段江风的几句挑拨离间就动摇，他那样说无非是想让她对大魔王死心。

在大魔王和段江风之间，她心中的选择再坚定不过。

只是，此时的段江风看起来好像很悲伤。

思彤醒来时，已接近深夜。她一骨碌从床上爬了起来，摸起手机一看，没有任何来电信息。

都这个时候了，大魔王还没回来吗？还是他已经回房休息了？

拨去电话一直被转去语音留言信箱，她心中莫名惴惴不安。思彤下意识就来到他的房门前，犹豫了下，还是敲了敲门。许久没有人回应，思彤正打算转身，门突然被轻轻打开，里面探出半张脸。

“你是来找远司的吗？”慕容曦薇揉了揉睡眼，样子懵懂可爱。

思彤匆匆掠过门内缝隙之景，仓皇回避：“打扰了。”

听到声响的纪远司走了过来询问曦薇怎么了，慕容曦薇看着隐没在通道的身影，摇了摇头：“没什么，只是酒店的钟点服务。”

“时间不早了。”纪远司若有所思地抬手看了看腕表，“收拾下，我送你回去。”

“该不会是担心被谁看见了，急着避嫌吧？”慕容曦薇笑觑向他，提起自己的背包，“抱歉，喝多了找不着北，要是给哪个记者拍到就不好了，我爸也不会饶了我的。”她脚步虚浮，一踩空整个人踉跄向前。

纪远司眼疾手快地扶住了她：“小心点。”

纤细臂膀就势勾住了他的脖颈，粉唇猝不及防地落在他的唇心上。他急忙支开她的肩膀，剑眉微蹙，出声提醒：“你喝醉了。”

“远司，你还是那么不解风情。”她美艳无双，几乎是世家中受人追捧的掌上明珠，可世俗之流从不曾令她心动，除了纪远司。她笑着摆了摆手，挎起背包，“我自己走就行了，未来的盟主大人。”

凌晨两点，度假村休闲娱乐的夜生活刚刚开始。清吧灯光迷离，数个派对未散，泳池边狂野欢呼的人睡意全无。

来往于这里的每一个人，皆是名流出身，不会被生计所迫，也从不为未来惆怅。女孩们穿着华贵服饰，踩着思彤不曾奢想的天价名鞋，相比较她的落魄，她们才是名副其实的千金豪门。

思彤吃痛地摸了摸后脚跟，原来新鞋已经把脚蹭破了皮。她索性脱下鞋子，手提着沿路走回酒店。她不知道自己为什么要跑出来，而没有直接回隔壁的套房。大概是害怕被慕容曦薇知道自己随大魔王而来，又或者是担心被大魔王撞见自己的狼狈模样。

看着店铺落地窗中自己的倒影，光着双脚，面露愁容，她忍不住鄙夷：“段思彤，你怎么还认不清本分。”

你根本就配不上大魔王。

脑中混乱地穿插着关于大魔王要联姻的种种绯闻。

思彤痛苦地捂住耳朵，那些声音仿佛正从四面八方涌来。不顾路人投来的惊诧目光，她一路狂奔回房间。她羞愤地褪去高跟鞋与礼服，突然就厌恶起那个想要讨得他欢心与褒奖的自己。

听到隔壁关门的巨响，纪远司来到她房门前，试探地问：“思彤，你睡了吗？”

听到门外的声音，思彤心里尖锐地疼痛了起来，她埋入被单中逼迫自己不去理会。她死死地握紧手机，许久之后，终于拨通了一串号码："棠棠，我想求你一件事。"

第二天，没有看见思彤，纪远司是不高兴的。询问前台才得知思彤早已出了门。

"她半夜外出过？"

"是的，纪先生，这里有段小姐的进出记录，她还在清吧有过一笔消费。"因为思彤使用的是纪远司的会员副卡，所以度假村内一切消费都明细在录。

"今早她使用了早叫服务，刚租坐了一台观览车去马场。"

马场？那家伙到底在想什么？他立马拨通了手机，对方还是在信号圈外。纪远司低咒一声，匆匆走出了酒店。

思彤利用黎子棠在世家中的人脉，锁定了段志轩的出行日程。正当她打算走入马场时，突然被人拉住。

"你跑来这里做什么？"纪远司面含愠色，"我不是说过，等我回来再一起讨论对策吗？"

她冷淡地挣脱了他的手。注意到她态度上的异状，纪远司微眯了眯眼。他重新紧扣住她的手臂，霸道宣告："现在马上回酒店收拾行李，坐两小时后的飞机回去。"

纪远司拖着思彤往观览车的方向走去，丝毫不给她任何拒绝的机会。思彤用力抽身，冷淡婉拒："总裁，我不回去。"

"理由？"

"我想留下来打听亲生父亲的下落。"思彤目光闪躲地回避掉他的打量，在两人之间筑起了突兀的屏障。

她撒谎了，她只是不想再为他心烦意乱，想一个人静静。

"你打算怎样打听？就凭那毫无说服力的典籍和族徽？"纪远司冷静地提

醒她。

两人突然陷入了死寂。

纪远司默默看了她一眼，别有深意地说：“我不知道你误会了什么，我希望能解决问题，而不是在这里浪费彼此的时间。”

带着包容的轻斥，让思彤无地自容地垂下了头。

她到底怎么了，竟然因为感情上的自卑而负气逃避，还迁怒大魔王。她好痛恨现在的自己，满身是刺，一点都不讨人喜欢。当她抬眼看见纪远司为自己受伤骨折的右臂，一颗心又重重沉下。

“昨晚我去拜访了段氏上一任大当家，他同样告诉我没听说过段志谦这个人。”前方的纪远司诱哄般牵起了她的手，声音比以往温柔了许多，“也许你养父段志谦并不是大理段氏的后人，又或者你的亲生父亲并不在这里。时隔二十几年，变数太大，也不是没有这些可能。我会继续帮你打听下落，你不要着急。先回去吧，出来这么久，光叔也很担心你吧。”

提及苏程光，思彤微怔，对，她不该这么任性，就连这趟远行，她也是以出差为由，瞒着光叔来到大理，不能再给光叔和大魔王添麻烦了。

可是……

如果说大理段氏并没有老爸这个人，思彤又觉得不太可能。

如果毫无关系，现任段氏族长段志轩也不可能出现在爸妈的合影中。而且，从字辈来看，他们还是同一辈。难道有嫡系旁系之分？

上飞机的时候，思彤是心不甘情不愿的。纪远司知道她在故意对自己撒气，也不打算计较，主动让出位置，让她坐到视野最好的窗边座位，自己则毫不介意地坐在过道旁。

“先生，让我来帮您系安全带吧。”美丽的空姐笑得特别温柔，见纪远司单手不利索地扣着安全带，就在他左手边蹲下，朝他腰间伸去漂亮的十指。

思彤抢在对方之前，一把抓住大魔王座位边上的安全带，不甘示弱地扬起笑靥：“还是让我来吧，这么小的事情都做不好，我还算什么员工。”她斜眼瞄了身旁的大男人一下，皮笑肉不笑地说，“你说对不对啊，老板？”

她莫名其妙就较起劲儿来，简直可爱得过分，但他不能真的笑出声，大掌紧握成拳抵住下唇，把隐忍的笑意藏住。他对一旁的空姐点头示意：“我自己处理就行了。”

看到空姐一脸失望地飘走，思彤心里正得意着，可一看大魔王还能保持坐怀不乱之姿，这让思彤完全没有找茬的成就感。不仅如此，自己好像还被大魔王奴役了一番。

“你不是说要帮我系安全带吗？小员工。”他坏心眼地拿她刚才那番戏谑之语挖苦她，脸上是得逞的笑意。

思彤被气得说不出话，明明是为了小小报复一下他，以解被强行掳上飞机的怨气，哪里知道满腹坏水的大魔王比起以前更难对付，她深深体会到什么叫做搬起石头砸自己的脚！她迅速侧过身微弯腰，三下五除二就帮他扣好了安全带，然后马上在自己的位子上坐直，可红润的小脸还是小小泄露了她的心事。

纪远司也不点破，理所当然地承她好意，也不介意她冷眼相待。直到飞机升上半空，平滑行进的时候，隔壁的女人从起初的亢奋渐渐萎蔫成一团。她眉头紧皱，突然耷拉下脑袋，弓起身子抱着腰，吃力地倚靠在窗边，紧闭着双眼等待疼痛的感觉过去，可痛觉反而越来越强烈，惊出她一头冷汗。

她难道算漏日子了吗？老朋友怎么来得如此突然，友谊的巨轮说沉就沉，重点是她坐在窗边，地理位置十分尴尬……

不一会儿，纪远司就挥手喊来空姐，还和对方悄声说了些什么。接着，纪远司就换了座位，走到过道另一边空置的头等舱坐下。就在思彤深感疑惑时，空姐就笑容可掬地来到她身边，并示意洗手间的位置，还贴心地递给了她一个小包。

十几分钟后，思彤神色复杂地回到了座位上。纪远司也神色如常地回到她身边的座位，并递给她一杯温水。终于，她忍不住红着脸问道：“你为什么会知道！”

纪远司默默地看了她一眼：“猜的。”

那也猜得太精准了吧！思彤气得牙痒痒，但心里还是挺感激的，要不然就闹笑话了。大概是生理痛缓和了不少，这几天精神紧绷积压下的疲劳，让她身体倍感疲乏，终于抵挡不住袭来的睡意，整个人昏睡了过去。

“咚”的一下，小脑袋随着飞机行进的节律撞在了玻璃窗上，发出一阵脆响。就在她即将迎来下一次撞击时，纪远司眼疾手快地挡在了她额头与玻璃窗之间，然后将那颗脑袋轻轻靠向自己的肩膀，避免了她撞出满头包的下场。

“这个小迷糊。”纪远司不禁哑然失笑起来。

距离飞机降落还有两个小时，但他此刻却从未如此希望飞机能够再飞慢一些。

再慢一些。

下飞机时已近黄昏，思彤推着行李车愤愤地跟在大魔王身后。

她是看在他是病号的分上，才主动帮忙提行李的，但这厮也太不客气了吧，还在免税店买了一大堆特产，当她是免费搬运工吗！如果眼神可以化作小刀，她应该已经向某大少爷的背后投去无数把小李飞刀了。

纪远司抬手看了看腕表，正要扬手拦车时，一辆白色宝马停在了他们面前。车窗降下，钻出了一张可爱的小脸：“两位是要去哪儿？需不需要我载你们一程？”

剑眉微微一挑，纪远司皮笑肉不笑地说：“演的哪出？”

“呀，大表哥，几天不见，如隔三秋啊！”黎子棠立马露出狗腿的谄笑，这才注意到纪远司手上白得扎眼的绷带，“大表哥，你这手怎么了？”

纪远司斜眼看了下身旁的思彤，拉开后座的车门，径自坐了上去。

“咋整的，我表哥还挂着彩回来？”

“算我害他摔下马的，还没来得及跟你说。”思彤无法直视好友投来万丈金光的八卦目光，内心的罪恶感又飙升了一个梯度。

“摔下马？！”黎子棠以为自己听错了，她大表哥好歹也是专业骑手，怎么可能轻易摔下马！“是不是中间发生过什么……比如说，大表哥英雄救美了？”在大理段氏的地盘，想也知道，一定会碰到段江风，如此劲爆的三角恋竞技，她真后悔没有跟去围观！

反驳只会引来更犀利的调侃，思彤放入行李，合上车尾盖，决定当只沉默的蚌精。正想拉开后座的门，一对上大魔王深邃狡黠的视线，她又孬种地关上车门，来到了副驾驶座前。纪远司却因为她的刻意回避，露出了不快的神色。

他们一前一后分开坐，更是让黎子棠一身八卦无处打探。要不是接到思彤打来的求救电话，她也不会特意赶来接机的。她是不太指望大表哥会理她的了，思及那夜思彤的委屈来电，目光不禁又在两人之间来回徘徊。

“你们小两口在冷战啊？”

思彤立马红着脸朝主驾驶座的某人瞪了过去：“你……你专心开车啦！”

真是哪壶不开提哪壶，这不是让气氛更尴尬了嘛，她有些后悔找黎子棠为自己解围。

“嘁，开下玩笑也不行喔？那说点别的，大理段氏的消息打听得怎么样了？大表哥在这一圈认识的人不少，应该很快就有下落。”车驶离机场高速，正朝市区方向开去，黎子棠不时从倒后镜偷看大表哥的表情。纪远司闭目养神，看不到一丝一毫的情绪。她只好看向身旁的思彤，她则无精打采地单手托腮，看向窗外的风景。

“嗯，不过和预期中想的不太一样。”如今的大理段氏早已今非昔比，很多规矩教条悉数有了变化，而且老爸被段氏除名，使得她寻找生父的事情一度陷入了瓶颈。

车子开入市区后，还没驶入思彤所在的居民区，就看到苏记餐馆外面人头涌动，门外还停放着一辆救护车，刺耳的鸣笛在黑夜盘旋。思彤一眼就看到被救护人员用担架抬出来的光叔，她匆匆推门下车，挤入了人群：“光叔，你怎么了？”

担架上的苏程光脸色发青，几乎陷入了昏迷，不仅如此，餐馆里还有几名员工出现不同程度的中毒现象。思彤被救护人员以车座已满为由拒绝陪同，她心里又急又气，顿时红了眼圈。好在纪远司及时出现，拉开犹在和救护人员僵持的思彤：“别着急，我们先赶去医院看看。子棠，跟着救护车去医院。”

这次集体中毒事件来得突然，医院还特意开出临时急救通道给患者输液，其中情况较为严重的几人还在急诊室内洗胃。思彤寸步不离地等在急诊室外，期间纪远司帮忙打点了一切，还垫付了所有的医药费。待到脱离生命危险，苏程光就被转送进了ICU进行观察。

思彤被婉拒在外，她只能隔着玻璃窗往重症监护室里看，光叔依旧没有转醒的迹象。办完所有手续的纪远司走到她身边：“那几个员工洗过胃以后，没什么大碍了，他们正在二楼急诊室输液。公安那边已经把餐馆暂时查封，说要进一步调查中毒原因。”

听到店员情况稳定下来，思彤悬着的心总算落下。发生这种事，她才发现自己是如此的弱小无能。看到光叔不省人事的模样，她几乎脑中一片混乱，如果没有纪远司帮忙，她根本无法想象自己会如何狼狈不堪。

“谢谢你，总裁。”

看见她哭红的双眼，纪远司心里微微泛疼。平日那个总是笑脸迎人的女孩，一夜之间所有坚强悉数溃散，神色憔悴不已。

原来，当心里住进一个人，你的世界就会变得异样狭窄，甚至再也无法忍受她有一丁点儿不快乐。

他不假思索地伸手轻轻按住她的脑袋，高大的身影将她笼罩住，像一个巨大的避风港。

“别哭了，我现在这只手不方便安慰你。”

他苦恼地看着受伤的右臂，如果可以，他真想双手将她紧拥入怀，温柔地为她拭去泪水，可现在明明连拉开易拉罐半开玩笑地挖苦她“哭这么久都不渴吗”也做不到。

他那显得有些笨拙的安抚，让一直隐忍的思彤终于禁不住号啕大哭。

纪远司被她这么一哭，顿时手足无措起来。他怎么就把人越安慰越伤心呢，悬在半空的那只手，几经挣扎，才把她拥入自己怀里。

他任由她哭湿胸膛，有一下没一下地轻拍着她的后背，近乎诱哄小孩一般。那是一种类似亲情的关怀，让她在寒冷的夜里感到了些许温暖。

走廊充斥着浓重的消毒水味，不时有医护人员来往，像她这样情绪失控的画面，人们早已司空见惯。可有他在身边，那世俗的异样眼光她都能抛诸脑后。那猝不及防的温柔，令她的眼泪更肆意流淌。

“你们渴不渴？我买了……”从拐角出现的黎子棠在看见两人温情的画面时，突然顿住了脚步。她微笑着把两罐饮料放在他们身后的长椅上，静静地离开了。

直到旧居民楼那扇窗的灯光熄灭，楼下纪远司那道颀长身影才收回眷恋的目光。很快黎子棠出现在楼道口，朝他身旁的主驾驶座走来。

“思彤刚睡下，情绪好多了。”在大表哥开口前，黎子棠就自觉汇报情况，“那丫头很自责，一直觉得是自己把光叔拖累了，还说什么不要再找什么亲生父亲，要把东西扔了。”

为避免思彤以后悔得肠子青，黎子棠又给捡了回来。

纪远司接过铁盒，除了已经见过的那块镂空白玉，还有一本布面的手工装订书，像是某种典籍。他随手翻了几页，大致浏览了起来，上面记载着大理段氏的家规和历史，还大略提及武林大会和其他武林世家的存在。原来思彤就是通过这本典籍知道了邀请函的来历和用途。

“大表哥，你之前不是让我去查武林大会的出席记录吗？还真的被你说中了，‘段志谦’这个名字曾经出现过。”车子在街口前等红绿灯时，她又追问道，“可就算思彤的养父有出席过武林大会，但这和她亲生父亲又有什么关系？”

“只是为了证实段志谦有没有说谎，如果他真的是大理段氏的嫡系，就一定去过武林大会。”结果不仅让纪远司吃惊，还让他有些担忧。段志谦曾是段氏当家人的人选，可这么备受瞩目的男人突然消失了，一夕之间在所有大理段氏中被抹消了记忆。在沙龙周旋于各大理段氏之间时，他就已经注意到了这个奇怪的现象。

“嘿，那就说明思彤是货真价实的大理段氏嫡系子孙，你也不用纠结舅舅给你乱点鸳鸯谱了。”黎子棠掩嘴偷笑，谁让他们世家讲求门当户对，百年来都是各大门派精英拉郎配，才造就了今天血统上的优秀，“我还记得以前你在美国的时候，和一个卖瓦斯的金发美女有过绯闻？”

“她只是在加油站打过工。”

绯闻更是无稽之谈，不过是平时进站加油多聊几句罢了。

“哦，对对对，原来不是卖瓦斯的。”不顾大表哥的鄙夷，她继续没心没肺地笑着说，“如果现在舅舅知道你喜欢上了送外卖的女孩，没准要气死了吧，哈哈。”

确实，这也是他头疼的事情。

纪冠临是个思想传统的富豪，他讲求凡是脚踏实地，纪远司却追求时效与利益相结合，截然不同的价值观造就了两人背道而驰的事业方向。纪冠临甚至认为他这是在投机取巧，早年儿子创业，他几乎是袖手旁观，不出一文。

说到这父子俩的关系，可以说是如履薄冰，两人交恶的主要原因在于纪远司的母亲。

她是世家人眼中离经叛道的旅美画家，因常年外出创作展览，与本就忙碌于事业的纪冠临更是聚少离多，夫妻关系逐渐在争吵中破裂。随后妻子就带着年仅五岁的纪远司旅居国外，几乎没有回过故乡。

纪冠临虽表面丝毫不让步，但内心还是爱着妻子，偶有出差也会赴美看望，两夫妻的关系才稍显和缓。直到纪远司成年时，妻子终于答应让儿子认祖归宗。

回国后，纪远司重新接受了一系列集团继承人的精英学习，这本是圆满的开始，他甚至抱着父母能够再续前缘的美好期待。他浑然不知的是，就在他回国的那几年，母亲已经患上肠癌。直到母亲病危当天，他才得知自己被父亲蒙在鼓里，这事造成了两父子的决裂。

虽然隐瞒这一切是母亲的请求，但纪远司仍无法原谅父亲，负气离家，决定按自己的意志去决定自己的人生。

如今想来，如果在他人生最灰暗的时期没有遇见思彤，现在的他又会变成什么样？可惜没有如果，他随后再度赴美留学，五年时间沉淀，他不仅对父亲放下了许多成见，也把自己锤炼得更加坚韧。

这次回国除了丐帮主办武林大会的各项事宜外，还为了接手家族的皇临集团。虽然父亲依旧不看好他的网游事业，还热衷于干涉他的感情生活，但他早已不再是当年那个逆来顺受的少年。

这些年纪冠临想尽办法吞并他的黑曜都没能如愿，反倒被他摆了一道，以继承皇临为条件注巨资到黑曜，随后他顺势以总裁之名将黑曜并购入皇临旗下，从此黑曜有了强大的财阀支撑。可小心眼的纪冠临仍不善罢甘休，既然事业无法掌控，那就积极撮合他和世家名媛，结果都被他一一找尽借口拒绝。

可现在立场颠倒，纪远司想要和思彤在一起，那得求得父亲的首肯。以思彤现在的身份，纪冠临显然是不会轻易答应的。这么想着，纪远司又陷入了沉思。

“大表哥，你竟然默认了！”黎子棠不敢置信地发出惊呼。

她还以为大表哥会像以往那样无视她，没想到这次大表哥竟然不否认喜欢思彤？！黎子棠都要震惊得把急刹车踩错成油门加速了。

“事实就是这样，有什么好惊讶的。”纪远司面无表情地将典籍入盒装好，那副口吻不亚于“今天天气不错”一样稀松平常。

“不不不，这已经足够震惊了好吗！”黎子棠不知道这几天大表哥经历过什么心理路程，竟然变得这么坦率，只见他取走典籍的盒子，微笑着朝纪家大门走去。

黎子棠不禁揉了揉眼，咦，大表哥为什么一副胸有成竹的样子？

纪家大宅。

深夜到访的纪远司，让一众出来迎客的仆人受到了惊吓。

尤其是老管家，在看到他包扎的右手时，差点没老泪纵横：“大少爷，你怎么受伤了？要不要紧？”熟稔家中几位少爷的习性，尤其这位多以工作狂为人称著的纪大少爷，一定是因工受伤，大少爷真敬业，老管家又抹了抹眼角的热泪。

“子棠还在外面，你们出去帮忙搬下行李。”

话音刚落，三个年轻家仆就嗖一声冲出了门，就像漫画里凭空消失，只剩下虚线的人影。大少爷难得开口让他们办事，谁都想抢在面前好好表现一番。

丐帮仆役间有个奇葩的规定，视同每位主子为一个考核点，只要伺候得主子服服帖帖，并从对方嘴里得到“不错”的评价，就能晋升一级。只要身份段位足够高，以后和丐帮高层平起平坐也并非难事——别看老管家一副人畜无害的样子，其实他已经是丐帮的八袋长老了，至于为什么要继续当家仆，这完全是出于他的服务精神。

这么高的精神境界，反正他们是不懂了，在黎表小姐的嫌弃下，好不容易把大少爷的行李搬回屋里，就只来得及看见大少爷上楼的英俊背影。

“让我在外面等这么久，知不知道蚊子多？”黎子棠挠了挠手臂，在沙发椅坐下，“管家叔叔，我口渴，麻烦拿点喝的来吧。”

老管家微微一笑：“好的，表小姐。”刚一转身，就露出恶魔般的嘴脸，表情切换自然如翻书，“看来你们这个月的考核分数还是‘丙级’呢。”

随即仆人们哀嚎一声，捂着脸纷纷退出客厅，要得到大少爷的首肯并直接晋升“无袋弟子”还有漫漫长路啊。

“管家叔叔，大表哥呢？”黎子棠端起红茶杯轻啜了几口。

老管家微笑着指了指二楼：“找老爷下棋去了。”

大表哥特意让她把车开回来大宅，就为了大半夜和舅舅下棋？！

事实上，她也没有猜错，今晚的纪远司战意高昂，数个回合后，就已经把纪冠临的棋路堵死，赢了个满盘胜利。

红木椅上的老人挑了挑眉，凝眼看向棋局上赶尽杀绝的不孝子：“你今天心情似乎特别好？”

“还行。”他摸着黑子，精准地放下。

又是一个不按套路走的开局，纪冠临一向步步为营，怎会料到儿子棋路大胆，思路广阔，他想不认老都不行了。结果，他一个失误，兵败如山倒。而且，儿子还有个恶趣味，早八百年就可以结束的棋局，他非得多花点时间把对手围堵得进退两难，直到无一子可走，才浅浅地笑着说："承让了。"

"我纪冠临一身正气，怎么就生了你这么个阴险的家伙。"输了棋的纪老爷很不高兴，挽起袖子又勒令道，"再来一局。"

纪远司笑笑，"不如在棋局前，加个赌注？"

"你想赌什么？"纪冠临很是惊讶，儿子今天人品大爆发怕是赢不过啊，但他又不想在儿子面前自灭威风，姑且先听听是什么赌注好了。

"如果我赢了，你就去撤了姑苏慕容的婚约。"虽然他曾言明不会和慕容家联姻，但父亲把他的话当耳边风，这让他不得不采取行动。

啪的一声，纪冠临拍响桌面，恼羞成怒道："开什么玩笑！你也老大不小了，我要是不帮你物色对象，以你这慢悠悠的性子，没准今年武林大会也就坐在那里和老头子们嗑嗑瓜子谈人生了吧！"

知他者非老爹莫属，这确实是纪远司干得出来的事。

提起这桩，纪冠临就气，原本以为儿子是眼光高才会看不上他介绍的那些女孩，心里还美滋滋地想，儿子不错啊，有出息，和年轻时候的自己一样有原则。那武林大会的才女佳人总有他看得上眼的吧？结果告诉他，想多了！

遗传到他美貌和智慧的纪远司，一向是众世家千金的热门夫婿人选，不管女孩们是明示还是暗示，所有萌芽的恋情到了他这里全萎蔫成菊花。作为武林大会的常客，在目睹了那么多对被成功撮合的武林男女，他却脸不红心不跳地继续保持单身！还有好事者跑来问他这个当爹的，儿子是不是有什么隐疾或者奇怪性取向，这让他很惆怅，也很尴尬！

"Elissa明着追你，你不接受。好，我就当你不喜欢她那种刚烈个性的女孩。那曦薇不好吗？她知书达理，温柔贤淑，重点是，人家是国际名模，又是慕容德的掌上明珠，论家世背景，财力人脉，哪样配不上你？"况且丐帮和姑苏慕容还是铁哥们，联姻简直再美好不过了，纪冠临完全想不到有什么理由拒绝。他别有深意地看向剑眉紧拧的纪远司，“再说了，你的事业，也需要资金投入的吧。”

儿子的软肋，他知道得很清楚。之所以放手让他做自己的事业，就是笃定了路走不长，等他摔了跟头，自然知道回头求他老人家。如今他投资开发游戏产业，需要大量的资金链，他不可能不对姑苏慕容这座现成金山心动的，毕竟那会让他少走许多弯路。

岂料，纪远司皱眉嚷道：“爸，你能快些吗？”

晾在一边的棋局，白子已经五分多钟没走下一步了。

纪冠临捂住快要被气出心脏病的左心房，心平气和地放下一枚白子，继续道：“还是说，你已经有对象了？”

虽然这个可能性很低，他姑且还是问下好了。

“嗯。”他轻哼一声，接着在白子旁放下了一枚黑子。

纪冠临一怔，如果不是儿子回应得太轻，他会以为那是不屑的冷哼，但他确实听到了……

“你有对象了？！”激动过后，纪冠临立马又苦恼起来，“如果是要娶那些不正经的女人回家，你想都别想！我跟你说多少遍了，我们丐帮是世家里有头有面的大帮派，如果不是门当户对的女孩，我是绝对不会点头答应你……”

“嗯，她是武林世家的人。”纪远司冷静地放下黑子，微笑道。

正在酝酿着该如何教育儿子的纪冠临，突然没了骂人的兴致，坐下来喝了口茶，润润干涩的喉咙，问道：“真的？”

“我从不说谎。”

但纪冠临还是半信半疑地看向他：“哪个门派的？”

纪远司终于将专注在棋盘上的目光挪开，抬头看向父亲，正色道：“大理段氏。”

一个晚上被连续气出两次心脏病的纪冠临，差点没向某人撂下“断绝父子关系”的狠话——直到儿子迅速地将一个铁盒放到了他的面前，一一展示了那些东西后，他暴躁如雷的心情突然平复了不少，不得不说儿子太懂得如何敲他软肋了。

“段志谦？”纪冠临从那些旧照片中清晰看到了熟悉的面孔，确认是自己的挚友无误。

虽然现在的丐帮与大理段氏交恶，但不妨碍当年他与段志谦的友情。当年他们可是生意场上的好敌手，彼此激励，彼此成长，他一直以为将来自己会继承丐帮，段志谦会理所当然地继承大理段氏，结果一场变故，让他彻底失去了这个朋友。

“段志谦为什么会被大理段氏赶出家门？”纪远司问。

“他们是这么和你说的？”纪冠临不禁发出轻蔑的笑声，“明明就是他拐走自己大哥的未婚妻才被大理段氏除名的，他们那年私奔可是轰动了整个大理段氏。”他也是事后才从长辈们的闲言闲语中得知的。

原来段志轩和段志谦兄弟不和都是因为思彤母亲？怪不得段志轩始终否认认识段志谦。

“你是从哪里得到他的东西？”纪冠临惊讶于这些东西的来历，连他都与段志谦失联了二十几年，儿子又是从何得知段志谦的下落？

“我是从他养女手中得到的，这都是他的遗物。”

“他过世了？！”纪冠临猛地一怔，转而为失去挚友而惋惜，“也就是说，你喜欢的那个女孩是段志谦的养女咯。”伤感归伤感，他还不至于老糊涂，儿子那么长的前期回顾和剧情铺垫，无非就是为了告诉自己他爱上的大理段氏正好就是他老朋友的女儿，想让他爽快地点头答应。

“她其实是段志轩的女儿。”

“你……儿子啊，你怎么净是喜欢些让我头疼的人。”虽然儿子能定下心来考虑成家立业的事他很开心，但现在丐帮和大理段氏的关系水火不容，出了商场上的接洽，他丝毫没有要和段志轩打交道的兴趣。现在没有，将来当然就更没有了。

“事实上，大理段氏并不知道她的存在，连她自己也不知道亲生父亲是段志轩。”

言下之意，现在的思彤仅仅只是个“普通人”。

“我只是正好喜欢的人是她，所以，爸，你也不用觉得为难。”他温柔一笑，心中似早有决定，“在我的眼中，她就是个普通人，和大理段氏并没有任何关系。”

况且，他也没有要把思彤还给大理段氏的打算，他会用自己的方式保护她。

不用和大理段氏当亲家，纪冠临当然乐见其成，再怎么说那也是挚友留下的遗孤，能让一向对爱情冷感的儿子有这么强的执念，老实说，他也很好奇对方是个怎样的人。

“不过，我今天说这些也不是为了求爸成全，只是通知你一声而已。”说着，他将最后的黑子落在了棋盘上，“爸，记得履行赌约。”

纪冠临低头一看，整个人呆住，就在他不经意间，棋局胜负已定，这个逆子究竟是怎样做到心无旁骛地跟他下棋？

现任纪夫人来到书房就看到无力靠在椅背上叹气的丈夫：“远司怎么来了又走了？我刚准备了点夜宵，还想着端来给你们父子俩吃呢。”

“唉，这个不孝子是特意回家搞夜袭的。”

他该怎么跟慕容德开口说退婚的事啊？会绝交吧？

第九章 有个恋爱想跟你谈一下

三天后，苏程光从重症监护室转去了普通病房，情况稳定了许多。

疾控中心对餐馆的水源采样后，发现含有工业用亚硝酸盐，原来清洁公司在进行清扫作业的时候，把储水罐里的水污染了，却没有告知餐馆众人。开市前，光叔与其他员工提前吃饭，却不想集体中毒。

“思彤，你也不用天天来看我，医院有看护照顾，你这样老请假，领导会不会有意见？”

“他不会的。”况且还是纪远司主动让她调休。

苏程光一听，这可不得了，连忙劝道：“这怎么行哪，万一领导拿你老请假的事大做文章咋办？”

“你就别操心了，不想我请假来医院，就快点好起来，店里的员工还等着你出院呢。”

思彤拧开了保温壶，盛了一碗粥给他。

看着面前的年轻面孔，苏程光忽然感叹道：“唉，差点以为自己就不行了，可是一想到你啊，我就放心不下。”

昔日受恩于老爷和夫人，苏程光就暗暗发誓，要照顾好思彤，这么多年以来，心里也早就把她当作自己的亲生孩子一样。所以，他自私地想要保护思彤，不愿她卷入大理段氏的纷争，受到二次伤害。

思彤握住他的手，满脸的愧疚：“光叔，对不起。”

“突然说什么呢？”

“我太傻了。如果不是因为太在意自己的身世，根本就没必要去找一个二十几年来毫无感情的亲生父亲。自从老爸过世以后，光叔你就一直照顾着我，就像我的亲人一样。如果你也……我会很难过的。”

“你真的已经不在意了？”

她摇了摇头：“没关系了，光叔，我现在有你就够了。”

苏程光心里说不出的感动。他慈爱地反握住她的手，轻拍了拍：“傻孩子，别哭鼻子了。我只想你健健康康的，然后遇到一个真心爱你的人，组建成幸福的家庭，那我就心满意足了。”

她揉了揉润湿的眼角，破涕为笑：“那你什么时候给我找个干妈？明明你自己都把终身大事给耽误了。”

光叔是真的很疼她，从老爸手里接过她这个麻烦的包袱后，他就开始经营餐馆，给她存钱上大学，是她假装不爱念书，才让他把那笔钱用来装修馆子。可光叔总是把最好的留给她，让她吃好的、用好的，就像对待亲生女儿一样，还省吃俭用为她存嫁妆，这些思彤都看在眼里。

苏程光腼腆地摸了摸鼻子：“其实……”

原来在她浑然不知的情况下，光叔竟然和他的初恋情人重逢了，对方是社区补习班的一名女校长，因为送餐的缘故，两人竟在机缘巧合下相遇。虽然光叔的隐瞒，让她有些小郁闷，但她也很替他高兴，他终于不再是孤零零的一个人了。

病房门被人敲响，一位气质端庄的中年女人随即走了进来。

苏程光见到那人，突然坐直了身子：“莉雅，你今天不是要上课吗？”

“我听说你住院了，赶紧过来看你。”女人气喘吁吁地来到床边，仔细地打量着他，“好端端的怎么就中毒了？吓死我了。”

“你别担心，我这不是还好好的嘛。”

她应该就是那位女校长了吧？思彤立马礼貌告辞，识趣地给两人留下独处的空间。

她忽然觉得，幸福这种事情其实是可以感染人的。它不需要太惊心动魄的开幕，过程也有可能经历失序的人生、懊恼的平凡、茫然的脚步，但命运就是这么有趣，让毫无联系的两人相遇，不知不觉在平淡生活里制造出甜蜜的感动。

看着他们相处的温馨画面，思彤微笑着带上了门。

听说《武皇》即将推出新门派，目前正在物色形象代言人，就在众人对此猜测不休时，一道惊艳的身影走入了皇临大厦。

思彤正好送文件路过总裁办，就听到Amy几个秘书聚在一起八卦，表情可谓眉飞色舞。

“看到没有？刚进总裁办公室的那个是Cindy吧？！”

“哇，身材真的超好的，真人比上镜还漂亮，模特就是不一样。”

“该不会是总裁的新女友吧？”

“嘘，别让楼下那位听见啦。万一猜错了，被人告状说我们挑拨离间怎么办？”

“哈哈，才不会。对了，Cindy可能是这次新的游戏代言人，据说新门派跟她姓氏有点关系。我听策划部的同事说，新门派好像是……”

“是姑苏慕容。”思彤幽幽道。

Amy突然恍然大悟：“对对对，新门派就是姑苏慕容。”

究竟是谁这么机智，正当众人回头，就看到身后眨着一双无辜大眼的思彤。

“你们在聊什么？”

“没，没什么。”众人吓得作鸟兽散，假装埋头工作，仿佛刚才激情的嚼舌根从未发生。思彤挠了挠头，若有所思地看了眼纪远司办公室的方向。这时候，门被推开，纪远司正好走了出来，一眼就看到呆站在门外的她。

“总裁……”她雀跃的小脸却在看到他身后的慕容曦薇时，突然凝固。

慕容曦薇绕过他，主动走在前方，俏皮地说：“那说定咯，你这次不能又放我鸽子了。”她亲昵地挽着他的手臂，像个讨糖吃的小女生，眼中是藏不住的恋慕。

纪远司的反应倒是很正常：“我答应你。”转瞬恢复公事公办的口吻，“Amy，送慕容小姐到摄影棚试镜。”

得到应允的慕容曦薇顿时心花怒放，顺带向Amy展露出甜美的笑意。她性格讨喜，礼貌大方，几乎不会有人讨厌她，包括此刻内心嫉妒成狂的思彤都忍不住多看了她几眼，确实赏心悦目。

八卦的视线流连在他们三人之间，纪远司却突然说了句跌破众人眼镜的话：“思彤，你到摄影棚里帮忙吧，策划部那边的人都走不开，曦薇的经纪人今天也不在身边，就麻烦你跟进下流程。”

思彤一怔，虽然心里有些不自在，但还是爽快地点了点头。

找绯闻女友当代言人，大魔王这分明是假公济私！

这么想着，心里又微微刺痛了下。

更衣室布帘被拉开，已经换上角色服装的慕容曦薇走了出来。

白衣胜雪，青丝如瀑，圣洁中又不失妩媚，水袖挥舞时，如同燕子坞的微醺暖风扑面而来。剑指长安的气魄，完美诠释姑苏慕容的荡气回肠。这个门派角色仿佛为她量身打造，不仅刚柔并济，还彰显出江南第一大世家的君子气度。

这次试镜除了拍摄代言人的宣传照，还要收录五官样貌以及身材数据，作为游戏剧情人物的模型设计。看原画部的角色手稿时，思彤就已经觉得姑苏慕容的女性角色相当帅气，没想到真人饰演时服装上身效果竟出乎意料的好。

“总裁还特地为Cindy设计了个NPC，这个噱头足够吸引一大票粉丝了。”Amy羡慕地看向镜头前的慕容曦薇，“看习惯现代时装，没想到古装也能驾驭，Cindy真是一点也不逊色于专业Coser。不过Cindy的代言费可不便宜，也不知道总裁开了什么天价。”

“哪儿呀，Cindy是自荐来当代言人的，一分钱都不收。”

“真的假的？！”

“真的啦，听说她和总裁以前国外留学时是同校生。”

……

思彤无言地看了眼身旁兴奋交谈的两个女同事，余光瞄到桌上一本时尚周刊，封面人物正好就是慕容曦薇。从不关注时尚圈的思彤，这才后知后觉慕容曦薇有多受欢迎。她多次入选环球最美丽面孔的华人女星排行榜前列，现在更是影视圈炙手可热的新宠，一般代言很难入得了她的双眼。

翻开杂志随意浏览了下，她又被惊艳到了。镜头前的慕容曦薇形象百变，有时候是性感尤物，有时候却是纯真天使，不管是霸气狂野，还是甜美懵懂，她总能很好地捕捉到情绪，究竟哪一面更接近真实的她，思彤根本看不真切。

在摄影师的要求下，她饰演的女姑苏慕容是个高洁冷傲的角色，面上鲜少笑容，却不妨碍那种遗世独立的美感。但这都难不倒慕容曦薇，她就像天生具备这种演绎的本能，一颦一笑都恰到好处。

拍摄告一段落，慕容曦薇在专属沙发椅上落座，不等思彤上前递茶，两个女同事就抢着伺候。她勾起嘴角，表面是对跟前两位同事说话，目光却落向她们身后的思彤：“有吃的吗？”

“当然有！思彤，让你订的沙拉到了吗？”Amy回头说道。

思彤点了点头，马上把预订的素食沙拉盒提了过来。

慕容曦薇感激地笑笑：“谢谢。”她又对身旁两个女职员摆出苦恼的无辜神情，“你们可不可以帮我一个小小的忙？我把手袋落在总裁办了，不，也有可能是策划部，可以麻烦你们帮我去找一下吗？”

二人想也不想就答应了，很快化妆间就只剩下她和思彤两个人。可下一刻，思彤却不经意间瞄到了她身后梳妆柜上的酒红色小提包。

“慕容小姐，你的包……”

“我知道。”慕容曦薇往嘴里小口地送沙拉，品相优雅，吃了没几口，她便失去了食欲，将沙拉盒投进了一旁的垃圾箱。

思彤还没来得及心疼粮食，窈窕身影就踩着高跟鞋来到了她面前，形成强烈的身高差。

“你在和远司交往吗？”

“诶？”思彤被她问蒙了，半晌，才缓缓地道，“没，没有。”

“那就好。我在美国留学时，就已经认识远司了。”她双臂环胸，微弯腰，甜笑道，“我们都是对方最适合的人，我也挺喜欢他的，你可不可以不要妨碍我们？”

如果不是她满脸笑容，思彤会以为她在故意找茬。

“慕容小姐，我不是很懂你的意思。”他们两家不是早已有联姻的意向吗？思彤无奈苦笑，胃里仿佛翻滚着酸涩，教她想快些逃离摄影棚。

“他拒绝了我陪他去沙龙的请求。之后还一声招呼也不打，隔天就和别人坐上回程飞机。”说到这桩，她还别有深意地瞄了思彤一眼，“我也是后来才知道，他是为了保护你才摔下马，看来你们关系不一般哪。”

她认识他这么多年，第一次见他那么关心一个人。

从前的纪远司是不会为了哪个人失去冷静，却为了这个女人甘愿把自己弄得遍体鳞伤，这让慕容曦薇感到既陌生又有趣。

“那大概是你的错觉，总裁对大家都很照顾。”换了当时站在转角处的是黎子棠而不是她，大魔王也绝不会袖手旁观。

“是不是错觉，你心知肚明。不过，我的直觉一向很准。”慕容曦薇双手环胸，微笑着看向思彤。

此刻，她既没有众人前的甜美大方，也不像镜头前盛气凌人，更没有预料中充满对情敌的攻击性面孔，心直口快的她反倒真实了许多，也更接近她的本性。

“我和他的婚事，半年前双方父母就已经协商好，武林大会也只不过是走个形式，向所有宾客宣布我们的婚期。虽然谈不上恋爱，但我不排斥和他结婚，所以在这之前，我不想横生枝节，比如你。”

她的骄傲源自于出生便造就的优越感，但这份骄傲直到遇见纪远司后大打折扣。她知道自己没办法驾驭像纪远司这样的男人，可心中似乎认定了非他不可。这无关爱情，更类似对囊中物的占有欲。

大概正是因为这份自信，让她多年来从未有过一丝怀疑——她以为他们最终会理所当然地成为对方的归宿。可当思彤出现后，她一切的原定计划都被打了。纪远司竟为了这个女人，屡次打破自己的原则。虽然慕容曦薇并不想承认，但事实摆在眼前，她无法忍受纪远司和别人走在一起。

与Elissa的强势不同，慕容曦薇相当温婉。她微微一笑，嗓音依旧甜美动听：“我要他心甘情愿地和我在一起。所以，你可以退出吗？”

样片被重重地放在案上，而送样来的段思彤毫不掩饰自己糟糕透顶的坏心情——抛下句“我还有事要忙”就摔门而出，完全不顾这样的任性之举在纪远司眼中有多不识抬举，即使对方是她的顶头大老板。

迎面走来的黎子棠甚至来不及叫住她的脚步，隔着距离都能感受得到她那发自内心的猛烈怒火。抬眼看去，原来她身后不远就是总裁办公室。始作俑者是谁，黎子棠心中多少有底了。

叩叩。

黎子棠进门就调侃：“大表哥，你和思彤又吵架啦？”也不知道大表哥是故意装傻，还是真没自觉，竟然让思彤去给慕容曦薇当临时助理，换了是她早就翻脸揍人了。

哪有人这么白目让喜欢的人和绯闻女友撞一起的？

想想都觉得是修罗场好吗！

“没有吧。”

黎子棠哑口无言了，她擦了擦汗，问道：“可是，大表哥，你让慕容曦薇当代言人耶！”

“有问题？我觉得曦薇的形象气质很适合新门派。”

重点是免费啊。

“问题可大了好吗！”黎子棠激动地冲到他身边，“我知道大表哥你不是那种公私不分的人，但你也要看实际情况嘛，该避嫌的时候就避嫌，以免产生不必要的误会。你你你明白了吗？”

“不明白。”他干脆地答。

“现在全公司都在传曦薇是你的新女友，就算思彤再迟钝，她也不可能不知道的。既然你喜欢的是思彤，为什么不跟她说清楚？”两情相悦，何必绕远路，真是急死她了。

“她是很迟钝，正好。”纪远司不以为意，继续埋头翻阅文件。

“正好？”黎子棠柳眉一挑，等等，大表哥双商这么高的男人，做事情总有自己的原因，莫非他是故意的？她撞了撞他的手臂，嘿嘿一笑：“大表哥，你是为了刺激思彤对不对？真是的，这么拐弯抹角可不像你的作风喔。”

被看穿小心思的某大少爷抬起头看她一眼：“年底奖金还要吗？”

她嘴里嘟囔了句“小气鬼”，脚步已经来到了办公室门边，又探进头来，朝里面的男人语重心长道：“大表哥，思彤在感情方面是有些不自信，所以你一定要耐心。要是压力大的话，我可以再借我的小号给你玩啊，哈哈。”赶在大表哥发飙骂人之前，她已经灰溜溜地跑了。

看着被自己宠坏的表妹，纪远司带着轻浅的笑摇了摇头。随手点开电脑桌面上的《武皇》图标，程序立马如画卷般向左右两边展开，游戏的登录界面正好出现了挥剑的青衣女大理段氏。

点击了开始游戏，手指却在输入账号密码时，突然一顿。然后又迅速敲击退格键，在上面重新输入了一串账号密码，进入游戏界面。

屏幕正中央随即出现了一个萝莉体型的古墓派少女。

“凭什么！凭什么！”思彤郁闷地敲击着键盘，将游戏里的小怪砍得粉身碎骨，可仍难泄心头之恨，最后一个没注意，被突然引来的一群红名小怪团团包围。不一会儿，她就挺尸回到了复活点。

连游戏里的小怪都欺负她，简直没人性啊！没人性！

思彤气鼓鼓地推开键盘，脑袋往电脑椅后一仰，望着头顶白花花的天花板，心中一片惆怅。她现在满脑子都是慕容曦薇那番宣言，比起Elissa的敢爱敢恨，慕容家的这位小姐要礼貌稳重许多，但她的温柔更显得笑里藏刀。

虽然谈不上恋爱，但我不排斥和他结婚，所以在这之前，我不想横生枝节，比如你。

慕容曦薇这话是什么意思？她从没喜欢过大魔王却又对她纠缠不休？

她凭什么！

明明大魔王是那么温柔的一个人，为什么不好好待他，回馈他的好，凭什么践踏他的感情？！她才不要把大魔王让给这样心灵扭曲的千金小姐，大魔王是她的。

是她的……

思彤突然就没了玩游戏的兴致，抱住双膝，将脸懒懒地搁在膝盖上，歪着头看向电脑屏幕里形单影只的大理段氏女侠。

她也喜欢大魔王啊。

玩《武皇》这个游戏不知不觉都好几年了，最初的动机很单纯，就是冲着纪远司这个游戏制作人而来的。如今不管是操作手法还是身上的装备，她都已达到上层水准，真难想象她当初是个连路都走不好的菜鸟玩家。现在回想起来，那时候想要变强也好像没什么特别理由，纯粹只想找那趾高气扬的小古墓派一雪前耻罢了。

谁又会料到，变强以后，那个让她执念的目标却凭空消失了呢。

她突然有点想念小古墓派了，很想和她说点心里话——所以当看到好友列表亮着“司暄”的ID时，思彤莫名有些兴奋。根据对方所在的地图信息，她轻功一跃，熟门熟路地来到了终南山。远远就看到山顶云松旁发呆的小身影，思彤加快脚步，落在了她身边。

“嘿，你在干吗呢？”思彤在私聊频道打了声招呼，可小古墓派一直没有任何动静，难道是在挂机？

思彤索性在她旁边随兴地盘腿打坐，顺便看看风景。

白云回望合，青霭入看无。终南山的景致缥缈虚幻，确实是契合古墓派隐世埋名的门派所属地，给人一种出尘脱俗的神秘感。

她因为升级任务曾经来过一次终南山，后来为了追求高等级和强力装备，和帮会的小伙伴几乎扎根在各种大型团体副本和竞技场，每日争分夺秒，就再也没有静下心来好好看过游戏里的风景。

似乎不管是网游还是现实生活，大家都过得忙忙碌碌，心中的秘密越积越多，人生的轨道就越偏越远。有时候她真想明天一早醒来，就如南柯一梦，她不是什么武林后裔，也没有背负着什么惊天动地的使命，生活依旧平淡知足，仿佛从未有过惊涛，却让她甘之如饴。

可自从遇见大魔王的那天开始，命运的齿轮就已经开始转动了。

手指下意识地覆在键盘上，正要敲击的十指突然顿了一下。然后，思彤移动鼠标，把原来的私聊频道切换成了近聊公共频道。何必拿自己的烦心事给别人添堵呢，她也不过是想发泄心里的郁闷罢了，却从未想过要和陌生人分享自己的喜怒哀乐。

既然小古墓派不在电脑前，现在附近也没有人，世界频道的信息又刷得飞快，就算她一个人自言自语也无所谓吧？这么想着，她便坦荡荡地打起了字。

“不知道你和喜欢的那个人后来怎么样了？我最近似乎有些理解你的心情了。”

她长长叹了口气，又继续说道：“对不起，我之前有些太自说自话了。告白这种事情果然不是光有勇气就够的，有时候即使很想努力，但都已成定局了。就像我啊，最近才后知后觉自己是喜欢大魔王的，可我没什么自信，不敢确定他是不是也一样喜欢我。”如果真的喜欢，联姻的事情，为何与他所说的完全不同？

不假思索就把信息发了出去。看到近聊频道里自己说的那些话，她心里不禁有些唏嘘，她竟然落魄到要在挂机的陌生人面前谈心事。

“我是因为他，才开始玩这个游戏的，不过他大概永远都不会知道吧。也说不上是失落还是难过，他原本就离我很遥远，以前觉得能和他说上话已经很不可思议了，所以我是不是该祝福他和那个女孩……”

思彤还没来得及说完后续的话，就被地图突然传送来的几个玩家打断。看着世界频道一阵狂轰乱炸的系统公告，大队人马朝终南山顶飞奔而去，思彤才反应来过现在是寻宝活动时间。为了避免被大批挖宝玩家挤掉线，她匆匆飞离了终南山的地图。

在她离开没多久，身旁的小古墓派突然动了下身子，她的操作玩家正在移动鼠标翻看着近聊频道的聊天记录。

“大魔王”这个关键词第二次闯进纪远司的视线，他忍不住眉头微蹙，那家伙口中的大魔王到底是谁？

纪远司不知道自己原来也可以这么八卦。当初知道思彤当段江风的庆功宴舞伴，他有因此表现得耿耿于怀吗？有吗？

没有。

那么他现在这么小人地……查看思彤的游戏记录是为哪般？

他是刚正不阿的纪远司、光明磊落的丐帮传人、洒脱不羁的嘲风，现在竟然做起了这样无耻的勾当……而且一查就查了三天三夜。

思彤好友列表上百人，根据帮友、团本伙伴、师徒等划分了数个分组，他还注意到了一个分组叫“江湖再见”，里面只有他那个古墓派小号。

为什么要特别弄这样一个分组？纪远司若有所思地浏览了一下她最近联系过的玩家，其中联系得最频繁的玩家是唐门。唐门他是见过的，似乎以调侃思彤为乐趣，两人之间经常说些无伤大雅的玩笑话，感情十分要好。

唐门和思彤同在一个叫“风雨故人归”的休闲小帮会，帮主是个神龙见首不见尾的时差党，偶尔只在凌晨冒泡，其他蘑菇党（热衷打副本的人）都是些夜猫子，经常人手不足的时候会在帮会喊人救场，思彤几乎是被点名的那个强力输出之一。

原本想拒绝组队申请的纪远司，还是默默地进了组，操作着思彤的大理段氏来到了副本门口。队伍里都是同个帮会的人，除了唐门是男性角色，队里清一色的女流之辈。

唐门："思彤，你半个月不跟团本，该不会是忙相亲去了吧？"

彤小公主："……"

唐门摸了摸下巴，笑道："被我猜中了？！你也不怕把别人吓跑，还是老老实实和我在游戏里做对单身怨侣吧。"

电脑前的纪远司不悦地挑了挑眉，如果不是他足够冷静，估计已经一刀劈了这个流氓痞子。

这时，就有个桃花岛女侠跳出来反驳："老唐，这你就错了。上次阿树摆喜酒你没去，思彤真人可是货真价实的大美女。"

另一个女全真教也附和道："就是，你别老欺负思彤，说不定你才是抠脚大汉吧。"

唐门："你们太过分了，我明明就长得很帅！我还和思彤视频见过，她当时还倒追我，只是我拒绝了而已！喂，你们别瞎起哄，我说真的！"随后，唐门在队伍里发了数个震惊以及大哭的可怜表情，引来小伙伴一阵哄堂大笑，除了思彤外。

没有等到预期的反应，唐门困惑地看了眼思彤。这不科学，换了平时，这丫头早就大骂他臭不要脸了！

他们不知道的是，现在的"彤小公主"是另有其人。众人还是一如既往地瞎侃乱起哄，直到副本攻略完成，各人解散下线，队里就只余下唐门和思彤两人。

唐门："宝贝徒儿，真生气啦？"

纪远司紧了紧握鼠标的拳头，冷眼看向绕着自己打转的小流氓，随手翻了一下师徒列表，果然在上面看到了唐门的ID。

随后查了下账号数据，纪远司发现唐门也是开服就注册的老账号。大概是记忆的连贯，他想起思彤曾说过是因为那人才开始接触《武皇》，难道那个让她郁郁寡欢的“大魔王”就是唐门？

这时候，门外传来急促的脚步声，接着就看到推门而入的黎子棠。

“大表哥，不好了，出事儿了。”

清晨七点多，犹在美梦中的思彤就被床头柜上的铃声吵醒。从被窝钻出颗脑袋，伸手捞了捞扰人清梦的手机，她迷迷糊糊地按下了通话键。一接通，对方劈头盖脸就是一顿骂：“段思彤，你知不知道自己做了什么好事？五周年限定纪念品数量，你3000都能填成30000，脑袋是用来做什么的！”

几秒种后，思彤彻底清醒：“我记得订单确实是填了3000……”

“你还狡辩？赶紧去联络厂家，看能不能停下生产！否则你今天别回来公司！”不等她回应，电话就被狠狠挂断。

思彤一个激灵坐了起来，立刻联络厂家，电话却一直占线。情急之下，她立刻换衣出了门。

刚下楼，就看到不远处有一道熟悉的身影朝自己走来。

“今天不休息吗？”段江风穿了一身西装，内搭浅色系衬衫和领带，看起来竟不严肃呆板，反而颇有他一贯的时尚活力。

段江风周末来访，让思彤感到很是讶异：“抱歉，我突然有些急事……”

见她神色慌乱，段江风几乎毫不犹豫地开口：“你要去哪里？我送你去吧。这个时候应该不好打车。”

思彤露出感激的笑容，看在段江风的眼里，却是一阵五味杂陈。

其实，在这两小时前，段江风的内心刚经历了一次翻天覆地的改变。

告诉爷爷他喜欢的女孩叫段思彤后，就听啪一声，青花瓷茶杯落在地上摔得粉碎。段江风正要唤佣人进来收拾，却被段清玄扬手制止。老人神色空前凝重起来，他把段江风叫近身旁坐下。

“爷爷，怎么了？”段江风深觉不妥，他不禁试探道，“还是说，您不满意？”

爷孙两人一向感情融洽，比起父亲段志轩，段江风从小更仰慕爷爷段清玄。本想与他老人家分享感情现状的喜悦，却不想段清玄的反应如此诡谲。

“你不可以和她交往。”

“为什么？爷爷，您别告诉我您也和爸一样迂腐，看重所谓的身份权位。确实，她不是什么名门大小姐，但我不在乎……”

“江风！”段清玄开口打断他，他枯瘦的手扶着他的肩头，“她是你亲生姐姐，你们不能在一起。”

“爷爷，您在说什么？”段江风震惊地瞪了大眼。

随后，他从段清玄口中知道了一个秘密。

从小到大，不管他再怎么努力，父亲却从未夸奖过他，仿佛那是嫡系子孙理所当然的事。当他羡慕别家的孩子与父母双亲同乐时，他得到的永远是父亲不屑一顾的背影。就连母亲因事故过世时，父亲也从未因失去而表露出沉重的悲伤，除了那唯一一次，他看到了夜里酩酊大醉的父亲，呼喊着别的女人的名字而伤心落泪。

他仿佛从未看懂过父亲。

后来他长大了，从别人的指手画脚与流言蜚语中，知道了双亲并非因为爱而建立的家庭。尽管母亲深爱着自己，但对父亲而言，他也仅只是被利用来继承家业的工具。他忍受着族人刻薄的闲言碎语，可父亲仿佛充耳不闻，依旧沉醉在他的商业帝国中呼风唤雨。父亲似乎从不为这些费神，因为得罪他的人，他往往都会百倍奉还。

有时候，段江风觉得父亲是憎恨自己的，他的“平庸”资质，总是惹来父亲的不快与鄙夷。他不知道该怎样做，才能得到父亲的赏识与认同。

可有时候，他又从那心事重重的父亲眼中，看到了浓重沉郁的孤独感，他看向自己时，有着令人看不透的情感。现在他终于都明白了，那不过是种怜悯。母亲是他为了忘记悲痛的替代品，而他也不过是从未被期待出生的孩子。

想到这里，段江风心痛如绞，他不禁神色复杂地看向了副驾驶座的思彤。

命运大概在和他开玩笑吧？总在给他希望的同时，又肆意剥夺走了他的阳光。

手指紧了紧方向盘，几度想要开口，最终还是决定闭口不提。

从决定来告知思彤真相的那刻起，他的内心无比煎熬。真希望这一切都只是场笑话，在无关痛痒的嬉笑中被人遗忘。

“谢谢你，我先进厂区和负责人谈谈。”思彤合上车门前，朝主驾驶座上的他点头致谢，笑靥如三月微风，很暖和。这让段江风感到更痛苦，为什么他喜欢的人会是……

营业部负责人等得极不耐烦，见到思彤后语气特别不客气：“你怎么回事？我们可是特意多开几条生产线为你们黑曜赶工的，你现在和我说停产？你怎样赔偿我们的损失！”

厂区内机械轰鸣，对方几乎扯着嗓子吼叫。

“对不起，是我的疏忽，没有确认清楚订量。”思彤诚挚地鞠躬致歉，她急急忙忙地取出资料递交过去，“这是我们另外研发的新产品的生产资料，模具应该会在今天内给送到厂区，空置的生产线应该可以继续运作。当然，后续的补充合同也会同时送到。”来的路上，思彤已经跟公司领导取得联系，优先生产其他非紧急产品作为补救方案。

但截至停产为止，周年纪念品已生产了七千件，而多出的四千件剩余产品无处安放，而且与公司的生产计划相违。

该怎么办？

脑中灵机一动，她又取出包里某张名片，拨了通电话。

一个小时后，数码街。

“真的很谢谢你，店长。”思彤再次对身旁魁梧的中年男人道谢。

“不客气。”男人豪迈一笑，“你们黑曜的游戏，是我店里卖得最好的。能跟官方店直接拿货，那就最好不过了。”周年纪念品本着限定的噱头，只允许在官方店销售，但现在出现生产剩余的情况，向其他分销商供给产品也是应急途径之一。

虽然对方只答应了向思彤买下五百件商品，对于解决大量剩余库存的危机，仍是杯水车薪，但她还是很感激，再次向下一家电玩店谈合作。经过一下午的努力，思彤已经销售出了1500件商品。傍晚时分，她摸了摸饥肠辘辘的肚子，在笔记本上划掉了数码街最后一家电玩店。

“辛苦了。”清朗的声线骤然响起。思彤抬头，看到段江风递来的袋子，里面装有一份热好的便当。

思彤惊喜地接过食物，拆开筷子大快朵颐起来，“我都说了让你先回去了，怎么还陪着我到处跑。不过还是谢谢你。”

段江风不以为意地笑笑：“我也没帮上什么忙。”

思彤东奔西跑期间，他一直在车里等待，偶有需要，就驾车送她去目的地。如果思彤向他求助，他完全可以帮忙买下她所有剩余产品，然而她没有，她选择一家一家电玩店去谈分销。性格有点倔，但她的努力和不轻言放弃，很让人钦佩。

“对了，你今天来找我是为了什么事？”思彤放下便当，拧开了一瓶玄米茶，仰头喝了一口。

段江风摇了摇头：“不是什么紧要事，本想约你去到处走走。”他终究打算将这个秘密埋葬在心底，这样就好，能够看见她就已足够。

“这样啊，下次吧。”顺手从包里取出铃声躁响的手机，该不会又是上司打来的问责电话吧，思彤苦笑着按下了通话键，随即露出欣喜若狂的表情，“真的吗？对，我现在有空，马上来。”

“怎么了？”

“卖出去了！”思彤激动地握住他双手起舞，笑得像个孩子一般，“刚才有个店长和我说，他们网店刚挂预售的500件纪念品都被预订光了，打算跟我买下剩下的所有产品。完了，我好开心，我得赶紧打电话向经理汇报情况。”

办公桌前的女经理听完思彤的汇报，冷哼一声，算是首肯了她那份补救方案。

这次《武皇》五周年企划，因为她的粗心大意差点酿成重大失误，据说策划部那边已经炸开了一锅，本要部署后备方案，没想到思彤一天内就已经独自化解了危机。

不仅如此，她误打误撞还让五周年企划在正式启动前，就在网上引起了热点话题。为此，上司也仅是小小责备了她一下。

“下次注意点儿。”

“是。”思彤暗下吐了吐舌，接过盖章合同走出了办公室。

所幸这事没有惊动到大魔王，要不然她实在不知该如何面对他。她怎么就填错了订货单呢？她摇头晃脑地回到座位上，看到台历上被圈红的日子。从大理回来已经有几天了，然而她总是心绪不宁，果然是因为太在意大魔王和慕容曦薇相亲的事么？

事实上，就在她以为自己神不知鬼不觉地化解危机时，纪远司早在第一时间就已经知道了订单失误的事。

那时候，他正和厂区几位高管洽谈设备故障的整改问题。办公间单向玻璃窗外，他看到思彤穿梭在流水线的身影，她说服负责人接受自己的方案时，样子认真坚毅。事后，他咨询下才得知了事情的来龙去脉。

本想悄悄帮她一把，省得她在部门经理那里挨骂，结果她却自己把事情圆满解决了。他不禁摇头笑了笑，喜欢的人太优秀，让他连表现的机会都没有，有点郁闷啊。

驾车途中，段江风突然接到一通来自医院的急电。赶到医院，看到刚和医生周旋完的段志轩，他快步走了过去。医生礼貌颔首，将病危通知单交给了他。段江风匆匆扫了一眼，全身僵硬。

段志轩淡淡地扫了他一眼，离开前抛下话：“今晚是危险期。你就留下来陪老头子吧，我先回公司。”

“爸！”段江风一脸沉痛，“都到了这种时候，你还说这种话？你就不能多关心关心爷爷？他可是你的亲生父亲！”

“人各有命。”段志轩无动于衷，仍选择绝情离开。

被保释出来的段江义紧随而来，一见段江风，他就发狂般紧揪住对方的衣领："叔公，他怎么样了？！"

段江风五味杂陈地看了眼身后的病房，"医生说，爷爷的情况不容乐观，让我们随时做好心理准备。"

段江义如遭雷击，愤怒的十指重新拖拽着他的衣领，几乎是吼了出声："别拦着我，我要去向叔公揭发你们！为了那笔遗产，你们连点良知都不剩了，枉费叔公从小那么疼爱你，你们却那样对他！"

护士出声制止："麻烦你们安静点！病人还需要静养！"

段江风歉然地点点头，拖拽着段江义来到紧急通道口："义哥，你误会了！"

"有什么好误会？事实就是你们为了把我拉下继承人的位置，设计陷害了我！"段江义粗暴地甩开了他的手，恼羞成怒道，"要不是我一时糊涂相信了轩叔，又怎么可能把股份卖给了他！现在你们成了段氏大股东，还要对我赶尽杀绝？喝水都尚且不忘挖井人，你们就不怕遭报应？"

众人所知的是段江义负责的江南度假村工程烂尾了，却不知是段志轩在明知集团资金周转不灵的情况下让他接手了这个项目，并有意引导他深陷。直到资金链出了问题，段志轩就以低价收购走他手上的股份为援助条件，一点一点击垮他在董事会中的信服力。

"最后把所有责任推卸到我身上来，你爸真是打得一手好牌，既不脏了自己手，又能在世家面前树立自己的威望。要不是叔公现在病恹恹的，哪还轮得到他当族长？"

段江风不可置信地摇了摇头："不可能，我爸再怎么样，也不至于害自己人。"

"自己人？"段江义冷冷笑道："他真念在自己人的份上，当年就不会污蔑谦叔挪用公款，还处心积虑地抢走他的女人！"

见段江风仍被蒙在鼓里，段江义深感悲哀。

"想不到吧？谦叔被赶出大理段氏，最后还被从族谱除名，全都拜你爸所赐！他早就想大当家的位置想疯了！要不是因为那件家丑，叔公又怎么会迟迟没有立下遗嘱。你用点脑子想想吧，你现在就是轩叔他用来实现自己野心的工具罢了！”

再度深受精神重创的段江风无力地靠向墙面，段江义看到他那副狼狈样子，即便心中再气，但终究是念在多年的手足情深，他负气离开。

此时，正要去探望苏程光的思彤听到了通道内传来了争吵声，接着就看到从通道走出来的两人。她本要叫住段江风，却看到他走进了一间VIP病房。思彤正要跟上，就听到身后的医护士问她：“小姐，请问您是段老先生的亲属吗？”

段老爷子入院了？

翌日傍晚，医院内。

“小姐，马上就过探病时间了，请尽量不要打扰病人休息。”这个时段只有值班人员在，段清玄所在的病房楼道死寂一般。思彤从护士口中得知，这些天除了段江风来过外，就没有见过其他家属，所以她的到访让护士感到很讶异。

得到应允后，思彤就抱着花束来到了病房内。卧室里光线昏暗，只有玄关和病床前开着盏小灯，她就这样径自来到病床边。放下花，她替床上的老人拢了拢被子。

虽然第一次见面，她却有种似曾相识的感觉，仿佛多年以前她也曾以这样的方式见过这个人，只是心头又说不出那种亲切感是从何而来。

一阵急促的咳嗽突然自床头而来，思彤下意识就扶起老人，替他顺了顺气：“没事儿吧？”

段清玄平复了气息后，无力地躺回软枕，抬眼看去，借着微弱的床头灯光，看到了一张熟悉的面孔，他顿时愕然：“潇潇？！”

段老太爷认识妈妈？思彤一怔，还没反应过来，手就已经被对方紧握住。那双枯枝般的手将她紧紧包裹，还能清楚感受到他掌心布满的厚茧，粗糙且干燥。

这不该是一个生于富贵人家的老人该有的病态。

段清玄眼窝青紫，几乎是个濒死之人，思彤竟有些不忍地别开了头，却听到他气若游丝地说道：“是我对不起你，我无时无刻都在向上天忏悔，求得你们原谅。也许是我遭到报应了，才落得现在老无所依的下场。”

斑驳的泪痕在他脸上狼狈纵横，嘴里依旧重复呢喃着声声歉意。看来段清玄是病糊涂了，才会把她误当成是妈妈。

“我不该自私，拿志谦的前途威胁你嫁给志轩。他们都是我的亲生儿子，我却溺爱志轩，这一切都是我的错……”

老爸是段老先生的儿子？更让思彤感到震惊的是，老爸与段志轩是亲兄弟关系，换言之，他遗书上写的那个强夺妈妈的兄长就是段志轩？

她的亲生父亲竟是段志轩，思彤因震惊而微晃了下身子。真相如排山倒海而来，大理的种种，现想起来一幕幕都如讽刺般可笑。

聪慧的她马上就意识到周围的人都在说谎。

段志轩对亲弟弟的憎恨，致使他坚称从不认识段志谦，生为亲父的段清玄也无脸面承认这段家丑。

可大魔王呢？

为什么大魔王也谎称段老太爷并不知道老爸的存在？

段清玄再次昏迷了过去，心率仪发出刺耳的警报声。

不一会儿门外的医护士冲进房来急救，思彤被请了出去。她茫然地站在走廊上，思绪彻底陷入混沌，被心中臆测的真相惊得踉跄了一下。

他为什么要说谎隐瞒一切……

第十章
你有一只女友已逃离

思彤心思混乱地来到了消化科的病房，刚推开门，就看到在里面收拾行李的苏程光。思彤接过他手里的衣服，熟练地叠了起来。

苏程光拗不过她的坚持，老实坐在了一边，“你怎么有空过来，吃过晚饭了吗？”

只见她摇了摇头，一脸的忧心忡忡，苏程光不禁问道：“发生什么事了？”

思彤将手边的一沓衣服整齐地放入行李袋里，犹豫了很久，终于还是开了口：“光叔，对不起。我反悔了，我还是很想去找我的亲生父亲。当年的事，你可以什么都不说，但这次不要阻止我好不好？”

“你已经见过那个男人了？”

在苏程光发怒之前，思彤突然双膝跪在了地上。看见她眼里的泪水，苏程光突然怔了怔，连忙嚷道：“你起来！成何体统！”

"不，除非光叔你答应我。"她固执，就像段志谦一样。

苏程光不禁长长地叹了口气。不知不觉这丫头已经亭亭玉立，样子像极了夫人，性格却如老爷一样固执己见。他知道就算竭力阻止，她还是会想方设法地去找亲生父亲，但这都是她的自由不是？他有什么资格，用自以为的忠诚，去束缚她对身世的知情权。她总有一天都会知道那个男人的真面目。

他拍了拍身边床铺，示意她过来一块坐。

思彤心里有些忐忑，她很清楚这样的决定只会让光叔为难，但听到了那番对话，她无法再坐视不理。即使不为与亲生父亲相认，她也想为老爸讨回公道，帮他早日认祖归宗。这是她报答父母的唯一方式。

苏程光顺手倒了杯水给她，这才将藏在心底已久的秘密娓娓道来："如果不是你发现了老爷那封遗书，我本是打算带着这个秘密到棺材去的。有时候，不知道或许会更幸福。但那也只是我一厢情愿的想法，我不该阻止你去找那个人。"

"光叔……"

"你的亲生父亲叫段志轩，他是老爷的亲哥哥，我想你已经知道了吧。"见思彤点了点头，他才继续道，"表面上是段志轩拆散了老爷和夫人，事实上却截然相反。那时候夫人和段志轩已经订婚，她也做好了要嫁给段志轩的打算。"

话音刚落，啪的一声，思彤手里的玻璃杯坠落地上，四分五裂地散开，她哑着嗓子，不确定地又问了句："你是说，老爸有意误导我？"

"不，老爷从不希望你怨恨段志轩。倒不如说，他对你感到愧疚。当初段志轩确实在明知道老爷和夫人在交往的情况下，利用家族压力强迫夫人与自己联姻，但他们婚事已是板上钉钉的事。是老爷咽不下那口气，才把夫人强行带走。"

真相来得太过猛烈，她闭了闭眼，花了很长时间才消化了这一切。

既然亲生父亲是害得这一切家庭不幸的罪魁祸首，她还有必要去相认吗？如果和那个男人相认了，也就意味着将老爸老妈这些年来亡命天涯的痛苦抛诸脑后。寻父的意义突然变得索然无味，她无法再像从前那样义无反顾，对亲情的渴望也逐渐冷却在这残酷的真相里。

思彤紧紧握住杯沿，泪水在眼眶中打转：“如果我现在回去找段志轩，老爸真的会感到高兴吗？明明是我的亲生父亲，害他落得被逐出段家的下场。他对我那么好，我该怎么报答他……”

她一直以为老爸老妈私奔是因为真爱，却不知她从不是他们相爱的证明。

难怪她从小到大总感觉到老爸在有意无意地疏远自己，尽管对她很好，但这份父爱中总掺杂着些复杂难言的东西。从前她不懂，以为那是老爸的严厉，现在才知道她身上流着他憎恨的人的血脉。他得多努力才能包容她这个不被期待出生的孩子？

“傻孩子，别胡思乱想。”苏程光一眼看穿她的心思，伸手抹了一把她脸上汹涌的泪水，“你是老爷和夫人的心肝宝贝，这是毋庸置疑的。还记得你七岁那年半夜发高烧，老爷背着你跑去医院吗？他急得连鞋子都来不及穿。如果他不爱你，怎么会那样心急如焚？我知道你现在很难接受，但段志轩终究是你的亲生父亲，老爷既然在遗书交代你去认亲，就说明他已经对过去释怀了。”

“可是……”思彤像个玩累的孩子，抱住苏程光哭了起来，所有的话语都变成破碎的哽咽。

苏程光怜爱地抱了抱她，多年来从不曾见过思彤哭泣，她的过分坚强叫他感到忧心，总害怕这孩子会把自己憋出心病来。如今思彤愿意向自己敞开心扉，他心中很是欣慰，否则他这个监护人就太不称职了。

只是，他难免又开始担心起思彤的未来。

认亲并不是条轻松的路啊。

跟黎子棠打听后，思彤才得知段清玄和纪远司是非常要好的师徒关系。而段江风和她是同父异母的姐弟关系，大魔王从一开始也是知道的——种种事实都指向了一个结论，纪远司在说谎。

那次他匆忙将她带离度假村，就说明他已经知道了实情，他在刻意阻挠她与段志轩见面，可他为什么要阻止她和亲生父亲相认呢？

“思彤，你先不要激动，大表哥或许有自己的苦衷呢？”黎子棠见她神色凝重，打算转移话题，“对了，既然你已经知道亲生父亲的下落，你下一步打算怎么做？”

“这几天，我去过段氏集团找段志轩，可是一直没有他的消息，那边的人也不愿意透露他的行踪。所以，我想去武林大会找他。”武林大会是每个武林世家都必须出席的重要盛典，段志轩一定会出席的。

“那邀请函的事……”黎子棠若有所思地看了她一眼。

“我会另想办法。”既然答应了大魔王，不打邀请函的主意，她就绝不会食言。或许，该是时候向段江风坦诚自己的身份了吧？

至于大魔王有没有说谎欺瞒自己，她现在就下定论未免言之过早，也许一切都只是巧合，他大概在找时机向她说明，又或者这之间大概有着什么误会吧。思彤心里如此说服自己，却在看到停车场拥吻的两道身影时，所有冷静都分崩离析。

哐当一声，思彤手中的机车钥匙应声掉落，在空旷的停车内砸出清脆的声响，同时也惊动到那两道纠缠的身影，在他们回头之际，思彤已经没出息地落荒而逃。

“思彤！”

纪远司正要追去，却被身后的女人唤住。她通红着眼，仿佛受到了莫大的委屈：“我都已经主动做到这个份上了，你还打算离开我？在你眼里，我就一点儿都比不上那个女人吗？”

“不，曦薇，”纪远司缓缓转身，看向她的眼神认真专注，“你是我见过的女孩当中最优秀的。”

“那你为什么不喜欢我？我和你同学这么多年，你难道对我一点感觉都没有？不要和我说什么只把你当妹妹这种废话，我从不和不适合的人浪费时间！”她再度圈搂住他的脖颈，向他吻去。

“曦薇，别这样。”纪远司扶着她的肩膀，将她猛地推开，“对不起。”

早在决定回绝联姻时，他就已经做好心理准备要和慕容曦薇决裂。况且擅自起哄联姻的是双方老爹，他不能抱着将就的心情轻易接受一段婚姻，更不能不负责任地违背自己的心意，所以他果断回绝，不愿在感情上拖泥带水。

他的心太小，早已经装不下思彤以外的任何人了。

“你应该清楚，勉强是没有幸福的。”

她心高气傲，从未受过这样的羞辱。看着即将离去的颀长身影，她不禁恼羞成怒道：“你如果再踏出一步，我就让爸爸撤回黑曜的注资！到时候，就别怪我不顾昔日同窗情分。”

他回头看了她一眼，薄唇微扬，淡淡地说：“随便你。”

“即使知道她和段江风关系暧昧，你也无所谓吗？”

这一次纪远司没有回头，颀长的身影逐渐消失在尽头。

拨了数通电话都没人回应，纪远司心烦气躁地追出皇临大厦外。清秋的夜似乎来得特别早，路灯渐亮，四周仍没有看见那张思念的面孔。他伸手拦下一辆计程车，沿着思彤家的方向一路开去，终于在公园前发现了她落寞的身影。

喊停计程车，他朝前方疾步追去，一向自恃的冷静早已不在，取而代之是狂躁又不耐的口吻：“你倒是接下电话！”

思彤在看到那张气愤的脸庞时，几乎是条件反射地拔腿就跑，却碍于男女体格的差异，没几秒种她就已经被身后的男人逮住。

“为什么要跑？”纪远司神色冷肃，大掌紧扣住她的手腕，丝毫不给她任何逃走的机会。

“因、因为你看起来好像很生气。”思彤背对着他，却不敢直视他的双眼。

看到她抖动的肩膀，纪远司以为自己吓坏她了，随即泄气般地松开了她的手。他静静地站在她的身后，平复了呼吸，才绕到她的面前，逼迫她直视自己的双眼。

“我才想问你，你是不是生气了？”他一眼就看穿了她的心事。

思彤欲盖弥彰地否认：“没有啊。总裁你好奇怪，从刚才开始就一直紧追着我不放，是我做了什么让你不高兴的事吗？”她想要装作若无其事地面对他，可视线一经触碰，却又下意识地移开。

“我和曦薇并不是你看到的那样，那是因为……”

她突然笑着打断了他的话：“你没有必要跟我解释，慕容小姐是你的未婚妻，大家都知道的。总裁，时间也不早了，我得回家了。”

“等下！”纪远司没好气地拉住她的手，“你不相信我。今天你看到的都是误会，并没有什么意义。我说过，我和曦薇不是那样的关系，就算以前有过婚约，那也是父母擅自做的决定，根本不是我的意思。”

他的斩钉截铁，让思彤心里没来由地火大起来。

“误会？可你们还是接吻了！唔——”她后头的絮絮叨叨全被纪远司一并吞没，男人的大掌按着她的后脑勺往自己怀里推送。突如其来的吻让思彤心脏紧缩了一下。

好痛。

胸口闷闷的，尖锐的疼痛一次比一次剧烈。

仿佛撕裂一般。

这样的吻太伤人了。

她猛地推开身上的男人，嫌恶地用手背擦着嘴角，双眸氤氲着雾气，直到悲伤不堪负重倾泻而下，她才近乎自嘲地开口：“这算什么？耍我很好玩吗？”

“耍你？”纪远司不解地看向她，没想到他掏心掏肺的一番表白竟换来她这样的反应，是不是他总侥幸地以为思彤心里也有自己，才得意忘形地忽略了她的感受？

“你还不明白吗？我受够了你这种自以为是的温柔，明明不喜欢我，却要把我的生活弄得一团糟，让我误以为你也是喜欢我的。”

说到最后，她几乎泣不成声地哭喊了出来。

豆大的泪水溢出眼眶，刚擦干又重新湿润了起来：“哪怕是我亲生父亲的事，你也从不过问我的意愿。要不要和他相认，那是我的自由，你凭什么擅自替我做决定？”

她已经全部知道了？纪远司无法开口告诉她理由，却也不忍再看到她伤心流泪，想伸出手拥她入怀，可所有的关心却在看到她抵触的模样时，无言地收了回来。

“为什么要骗我说段老爷子不认识老爸，你倒是说啊！”

思彤等着他开口解释，可最终只等来一句失望透顶的“对不起”。

“你真的很过分。”思彤推开了他，跌跌撞撞地向前跑。

纪远司正要迈步去追，却被突然横亘在中间的汽车阻挡了脚步。看着马路对面远去的身影，他紧了紧裤腿边的拳头。

从未有一个人，让他如此患得患失，甚至连承认爱她都不敢轻易开口。

他紧揪住左心房的衣料，那里开始钝重的疼痛。

隔天清晨，打地铺的思彤是被头顶上方丢下来的枕头砸醒的。

“黎！子！棠！”

思彤火大地坐了起来，昨晚为了照顾这位醉酒的姑奶奶，她可是折腾到凌晨一两点才睡着的。

床沿伸出一条葱白手臂，而床上蜷缩成虾米状的女人抱着条被子，睡得格外香甜。思彤哭笑不得，她没好气地捡起被子扔向一边的枕头，接着又收拾了床铺就去洗漱了。

直到日上三竿，黎子棠才打着哈欠摸出了房间门，软软地躺在沙发椅上，扶着宿醉的脑袋：“思彤，给我倒杯水。”

“喂，黎大小姐，你使唤人也使唤得太心安理得了吧？”思彤翻了翻白眼，把水杯递了过去，忍不住嘘了她一声，“还知道来我家，看来没有醉到不省人事嘛。”

“嗯。”黎子棠喝了几口，就把杯子搁在一边，随即疲惫地躺回沙发椅，“不好意思啦，我也只能来打扰你了。”

黎子棠虽然看起来很活泼开朗，但给人的感觉十分缥缈，有时候以为走进了她的心里，可下一刻她早已消失不见。

武林后裔们都有着各自的烦恼，黎子棠也不例外，她也深陷家族涡旋，身不由己。

“昨晚怎么了，喝得那么醉。”思彤在她身边沙发坐下，摸起遥控器打开了电视，眼角余光却瞄到了沙发上微微颤动的身躯。

思彤试探地拉开她遮盖在双眼上的手掌，“棠棠，你怎么哭了？”

黎子棠侧身面对沙发，将脸埋入思彤怀里，嘤嘤哭泣着，随即一片薄凉的东西塞入了她的手心。

思彤缓缓展开手掌，上面正安静地躺着一块油脂光亮的金丝玉片。

她不禁猛地一怔，邀请函？

黎子棠央求道：“思彤，你可不可以代替我去参加武林大会？”

纪远司是在思彤离职十天后才发现这件事的。他当即大发雷霆：“你为什么不告诉我她辞职了？”

黎子棠若有所思地看了他几眼，嗫嚅道：“是思彤让我不要告诉你的。”

对表妹的知情不报，他感到既愤怒又懊悔，心里却很清楚思彤之所以会离开，不过是为了躲开他。

纪远司重重地坐回转椅上，扶着额心，叹道：“她现在去哪儿了？”

“可能已经在去御风岛的路上。”眼看着大表哥又要气得发飙，黎子棠立马扶住他要砸向桌面的手掌，“大表哥，你的手刚拆石膏没多久，冷静点儿。”

“子棠，你到底在想什么？你竟然就这样让她一个人去武林大会，万一她……”

“既然她想去，就让她去啊！为什么你们总是自以为是地替别人做决定，不喜欢一个人却要把对方绑在身边，难道不觉得这很自私吗？”想到自己这次参加武林大会的真正目的，她没来由地情绪失控起来。

纪远司不禁从黎子棠的身上看到了思彤的影子，那晚她哭着嚷着，他却连展开双臂抱抱她都做不到。

纪远司走到黎子棠身边，大掌扶着她的脑袋靠向自己的胸膛：“对不起，是表哥不好，没有考虑到你的心情。”

黎子棠微微一怔，眼眶突然红了，像个受委屈的孩子絮叨着自己的难过：“爸妈那样就算了，为什么连他也不懂我呢，还没心没肺地祝福我和他大哥，简直浑蛋。”

纪远司不禁苦笑，现在的他又何尝不是某个丫头口中的“浑蛋”。他安抚好表妹的情绪后，就在衣帽间匆匆收拾了几件衣服，“我不在的这段时间，公司的事就交给你了。”

诶，大表哥竟然没有追究她协助思彤去武林大会的责任？“可是，大表哥，你今天下午不是和凌氏还有个会议……”

“全推了。”

全推了？！这么任性？黎子棠本想追上去，迎面就被Amy一众秘书递来的文件围堵住，那都是大表哥丢给自己的烂摊子。

她禁不住哀号：“大表哥你这个浑！蛋！”

电梯门后的纪远司满意地笑笑，算扯平了。

抵达缅因州波特兰的机场后，思彤已经有些晕头转向。虽然手上有黎子棠准备给自己的路线图，但偌大的空港让她完全找不到南北。

因为和黎子棠安排的接头人失散了，思彤只好用自己蹩脚的英语问路。她一路被人拒绝，最终有个褐发外国人停了下来。那男人别有深意地打量了一下思彤，随即露出狡黠的笑意：“Of course.”转身就朝思彤摆了摆手，示意让她跟上。

思彤心里窃喜，没想到老外这么热情啊，而且对方还主动提出帮她提行李。正当她松懈之际，那人拎着她的背包逃之夭夭。她愣了几秒，才反应过来那老外是个扒手！

她一路追赶一路发出求救信号："Stop！Help！你快给停下，把背包还给我！"路人纷纷侧身避让，却没有一人伸手相助。如果被偷去财物也就罢了，偏偏背包里还有武林大会的邀请函，思彤几乎是拼了命地追赶。

突然前方"砰"的一声巨响，人群中发出惊呼，等思彤挤进围观群众后，一眼就看到将歹徒反手钳制在地的黑发男人。很快空港警察也闻讯赶来，做了简单的笔录后，就将扒手带走了。

等到八卦的众人作鸟兽散，思彤才雀跃地跳到那人面前，激动道："老唐！"

被唤作"老唐"的挺拔身影回头看向她，他个头看起来和纪远司差不多高大，有着模特般的身材，深灰色衬衣紧贴着他匀称的腰肢，搭配了黑色西服小马甲，看起来有些随性不羁，一如游戏里给人的感觉，恣意张扬且无拘无束。

"思彤？"那是一张略显秀气的脸，看上去斯文俊秀，可事实上……一见面大掌就把思彤狠狠地揉成了鸡窝头，他微微勾起邪魅的嘴角，边调侃边把手里的背包物归原主："就你这智商，家里人怎么就放心让你出国？"

思彤一把拽过自己的背包，冷哼道："真好不意思呢！我就是这种智商！"

"别生气嘛，宝贝儿。"俊颜噙着讪笑，可一点儿反省的样子也没有，甚至熟络地把长臂搁在思彤的头上，低头看了下腕表，"你接下来要去哪儿？"

她拂开头顶的手臂，忙翻开路线图："好像是港口码头……"

手上的笔记本突然被人抽走，一抬头就看见老唐歪着头对她笑了笑："正好，一块呗。"

第十一章

宠女友的正确打开方式

御风岛是坐落在缅因州南部的一座私人小岛，它四面环海，礁石嶙峋的海岸线仿佛绵延至天际。远远能看到岛上密布的苍郁森林，贝壳沙滩在深邃的峡湾铺设出了浪漫的景观，据说阿尔衮琴族的印第安人是这里最早的居民。隔绝了一切与外界的联系，御风岛就像大西洋上一个不为人知的世外桃源。

那里正是这届武林大会的举办地。

“噗——咳咳，等等，你，你说什么？”看到对方护照上的姓名时，思彤差点被灌进嘴里的矿泉水呛到，“你叫唐衍？”

“段思彤你再问，小心我揍你哦！咱俩认识这么多年了，你既然连本大爷的名字都记不住。”

“我一直以为是言语的言嘛。”

唐衍气得发作不能，好吧，这事怪他，怎么会对这个逆徒有所期待呢。

“老唐，你刚才说什么来着？”

“相亲啊，你年纪轻轻还健忘啊，真是的，反应竟然这么大。”唐衍白了她一眼，慵懒地靠向栅栏，沐浴着和煦的阳光与微冷海风，样子惬意得很。

“我是说你为什么要到御风岛相亲！”

“当然是因为我要参加武林大会啊。”他用一种像看猪的眼神看向她，好像她问的问题有多白痴似的。

老唐也是武林后裔？原来，平时在游戏里总嚷着自己是唐门后人的老唐，还真的是货真价实的武林后裔。

说到她和老唐的认识，那不得不说起当年《武皇》轰动全服的一场帮战了。

那时候，思彤还是个初出茅庐的小菜鸟。

刚接触《武皇》的思彤，根据系统导引，一开始循规蹈矩地做升级任务。后来听说在川蜀边境的地图，有一定的几率可以摸到龟蛋，于是她就跟风去凑热闹了。结果，还真幸运地给她摸到了一颗龟蛋，只是当时和她同时摸到龟蛋的还有一个人。

那是个水灵灵的唐门萝莉啊，思彤还真起了恻隐之心想把龟蛋让给对方：“小妹妹，这颗龟蛋……”

“王八蛋就这么被你抢了！你知不知道我守了这个刷新点多久了？”

王、王八蛋？

小姑娘语出惊人，思彤还没反应过来，当前地图突然来了一群黑压压的队伍，那是两个对立阵营的玩家，不一会儿她俩就被揍趴在地上。

没想到竟被她撞上了两个帮会约战的时候，思彤无可奈何地躺在地上观战，等待复活时间回主城。躺在她身旁的那个小萝莉嚷了句“王八蛋，连小号都杀”后，就随着金光消失了。

几分钟后，一个满级唐门刺客就带领着上百个玩家碾压这片地图，在思彤面前上演了一场激烈的帮会混战。最后，思彤是由于地图人数过多被活生生挤掉线的。等到她再次登上游戏时，那帮人早已偃旗息鼓，而小唐门萝莉还在那张地图蹲着摸龟蛋。

思彤想了想，其实自己也不是那么需要宠物，就把手里的龟蛋送了给她。结果那小唐门竟笑得像个活宝似的：“真的送我？！”

“是啊。”反正都被她骂过王八蛋了，留在身上总觉得好嘲讽啊。思彤却不知道那是极其稀有的千年龟，掉率可遇不可求，小唐门已经蹲点蹲了快一个月了。

看在这份见面礼如此厚重的份上，小唐门决定收思彤为徒——只是收徒的账号却是刚才那风姿绰约的唐门刺客。

相处之下，她发现唐门是个相当聒噪的家伙，甚至还被周边的朋友戏称为妇女之友。唐门似乎相当理解少女的小心思，有时候的口吻也颇为雌雄难辨，还常常参与女性的生理话题，所以思彤打从心底里以为唐门是个女大学生。即便偶有几句污言秽语，她也就将它理解为泡在游戏太久，在大环境里耳濡目染所致。

思彤因为平时豪迈大方的性格，很快和新的帮会朋友打成一片，各种称兄道弟，义结金兰，每天玩得不亦乐乎。

直到和老唐第一次见面，思彤差点没惊得下巴掉落。

因为两人正巧同城，便在某天相约出来吃个午饭。赴约前，他们各怀心思，一个以为思彤是抠脚大汉，一个以为唐门是妙龄美少女。当两人在饭店前碰面时，双方差点没尴尬得掉头就走。

“你不是抠脚汉吗？”

“我才想问你不是自称美少女吗？”

……

思彤稀里糊涂地结识了老唐这个朋友，只是随后老唐现实的工作开始忙碌起来，时常不在一个城市待着，也就只有偶尔能在线上碰头。她又怎会料到，原来多年以前身边就已经潜伏着一只武林后裔呢！

唐衍似乎不怎么意外她也是来参加武林大会，早在他从阿树那听说思彤和丐帮的大少爷频繁接触，就多少察觉到了她的身份。只是他没想到的是，思彤是代表古墓派来参加武林大会的。

“噗——咳咳咳。”现在轮到他唐大少爷呛到了，“不可能，你怎么会是古墓派传人，和我相亲的明明是黎子棠才对啊。”

“黎子棠？”思彤反应过来时，突然眼冒金光，亢奋地看向唐衍，“老唐，你你你……原来和棠棠她她她……”思彤突然想起来，黎子棠喝得烂醉那晚一直在喊的名字就是老唐！

唐衍别开红透的俊颜，大掌猛地推开了面前八卦的小脑袋，恼羞成怒道：“闭嘴啦！白痴徒弟，组织好你的语言再说话！”

“没想到我这么快就有师娘啦。”要不要告诉老唐，其实她和黎子棠早就认识呢？

“八字没一撇呢，别胡说八道，我也就来武林大会走个过场。”这时候轮渡已经驶到了御风岛码头，唐衍伸手拉了她一把，将她带上了岸。他凑近她身边低声道，“怎么回事，我听说古墓派这次来的是黎子棠，怎么替换成你了？”

“这个嘛，说来话长。”思彤苦笑了下，她又不能对老唐坦白一切，毕竟冒充武林后裔这种事，还是越少人知道越好，以免破坏了她认亲的计划。她只含糊地交代了自己是古墓派一员，甚至与黎子棠交情并不深。虽然唐衍表示很怀疑，但都被思彤四两拨千斤，敷衍过去了。

听说入岛检验身份的时候，有着相当严格流程。黎子棠因为是第一次参加武林大会，所以并没有在其他门派面前暴露过长相，在来之前，也将系统里古墓派出席人员的图片资料更改成了思彤的。

成功核实身份后，思彤就被安排入住酒店，随后就被工作人员通知，所有武林后裔要准时出席岛上的夜宴。

御风岛面积辽阔，除了集中在岛屿中央的欧式建筑群，几乎没有破坏过周边生态。岛上设施非常完善，衣食住行样样不缺，是贵族最理想的隐居生活。思彤无法想象在这样一个地方竟每四年都秘密举行着武林聚会，续写着横亘历史长河的异样传奇。

只要通过手里的邀请函，她就有绝对的把握混入武林大会现场。思彤深呼吸了一下，提起礼服长裙，朝面前富丽堂皇的古堡式建筑迈步走去。

每一届武林大会的邀请函都各不相同，且会在大会当天进行回收。在入场签到处，思彤递交了邀请函，她冷静地签署下黎子棠的姓名，正要举步走入会场，却突然被负责监察的是丐帮长老叫住。

“你是古墓派的代表？”

思彤冷静地转身看向他们：“是的，请问有什么事吗？”

那两人突然交头接耳起来，末了，其中一人狐疑地打量起思彤，说道：“我曾经参加过古墓派的酒宴，你和我印象中的黎三小姐有点不太一样。很抱歉，或许需要你出示古墓派的身份证明。”

她猛地一怔，身上根本拿不出古墓派的证明，如果他们和古墓派取得联系，那她冒充黎子棠的事就很有可能当场暴露。

就在这千钧一发之际，突然一道笔挺的身影出现在她身旁，轻揽住她的肩膀，轻笑道：“子棠，你怎么才到。嗯？两位叔父，可以放我未婚妻进场了吗？”

一见四大家族之一的唐门少爷出面袒护，原先阻挠的那人突然态度急转：“既然唐少爷亲自开口，那就肯定没错，再怎么样也不可能认错未婚妻，一定是我当时老糊涂给记错了。”

“叔公辛苦了。子棠，我们进去吧。”唐衍自然而然地扶着她往人声鼎沸的方向走去。

一路上，唐衍与迎面打招呼的世家名流礼貌寒暄，思彤也相当配合地点头示意。不得不说，唐衍所到之处，皆引来众多世家千金的注目，而他本人对自己这种出众的魅力似乎习以为常。

“花花公子！”思彤鄙视了眼身旁与女孩们打得火热的男人。

“这叫社交懂不懂？”唐衍接过侍者端来的香槟，轻啜了口，这才饶有兴味地看向思彤，“跟我说说你为什么要冒充黎子棠？”

“我……其实我是代替棠棠来参加武林大会的。”

“我看不止这个原因吧，不过算了。”唐衍甚至没有过问她来武林大会的真正目的，只要她不想说，那他便不问，这是他们认识多年的默契。可他在意的从头到尾只有一件事，“黎子棠现在人呢？”

思彤看了他一眼，犹豫再三才缓缓开口：“棠棠她……”

这时，一对相貌出众的父子在众人的交头接耳声中走了进来，沿途还引起了一阵不小的骚动。思彤循声望去，就撞入纪远司那双深不见底的黑瞳。

思彤不意外会见到大魔王，既然来到武林大会，早晚都会碰面的。那个和他走在一起的中年男人，应该就是他父亲也就是现任丐帮帮主吧？

分别多时，纪远司还是那副风度翩翩的模样。他穿的是亚麻灰西装三件套，一贯的简约优雅，没有任何赘余，却不经意间散发着浓郁的性感和魅惑气息。看到他右手已卸下的绷带，思彤心里稍稍有了些释怀，可她甚至来不及多看他一眼，就已经被众多上前热络招呼的名媛千金遮挡住了视线。

注意到思彤目不转睛地盯着那人，唐衍勾起嘴角：“那是这一届的武林盟主候选人之一，你认识他？”

听到纪远司有可能是未来的武林盟主，思彤微微吃了一惊。

现代的盟主类似于世家商会联盟的主席，主要职责是协调增进世家之间的商业合作。坐上这个位置，不仅名声好听，因为跟各大世家的商业联系更加紧密，资源和人脉往往也会得到进一步的提升。对于稳固或者扩展自家的商业帝国，无疑大有裨益。因而，即便到了现代，盟主的位置依然是各大世家争夺的目标。

纪远司在众世家眼中形象良好，当选武林盟主几乎是板上钉钉的事。为了得到未来新盟主的青睐，女孩们急红了双眼，纷纷想趁着这次武林大会得到他的赏识——纪远司胸口那蓝色方格的礼花，就是她们今夜的目的。

思彤口是心非地否认和纪远司认识。

唐衍扣住她的脑袋，将目光扳向自己，痞痞一笑：“你的样子看起来不像不认识啊，他就是阿树提到的那个男人吧？和你一起去喝喜酒的那个。”

“阿树这个大嘴巴。”思彤愤愤地撇嘴，可心里转念一想，又突然震惊道，“难道阿树也是……”

如她所料，唐衍投来了肯定的眼神。

她不禁苦笑，没想到连阿树也是武林世家的一员。脑门突然被狠戳了一记，她无辜地扶着额头往上瞪去：“干吗？”

“愁眉苦脸什么呀，既然这么想要那家伙的礼花，直接上去问他要啊。”

“我要他的礼花做什么？”思彤还没反应过来，就看见朝自己丢来的礼花。她慌慌张张地接住，摊开掌心一看，上面躺着一枚水晶钻胸花，“老唐，你这是干吗？”

绸带上有着独特的图案，思彤心想也许是唐门的家纹。不仅如此，宴上所有男女都佩戴着特殊的胸花，男女以颜色区分，同样可以在上面看到林林总总的符号。记得刚进门的时候，自己也得到了一枚胸花，她便低头一看，果然在缎带上看到了古墓派的家徽。难道这礼花是各门派传人的标记？

“反正也用不着了。”他双手插入口袋，脸上有释怀的轻松，也有难言的苦涩，“对了，这礼花还有防骚扰作用，不信就戴上我的礼花试试。”

他恢复成平日嬉皮笑脸的模样，仿佛刚才一闪而过的忧郁全随风而逝，然后扬手告别，径自朝会场外走去。思彤正想挽留，另一个男人突然疾步走来。定睛一看，竟是段江风。

“你为什么会在这里？”

段江风看到她手中的礼花时，很快便注意她胸前的古墓派礼花。

她是以古墓派身份来到武林大会的？不行，要在思彤的身份穿帮前，赶紧带她离开。

“你要带我去哪儿？”

“跟我走，有什么待会再说。”他有义务将思彤带离这场家族纷争，如果不是他迟迟未告知思彤一切，她也不会冒着这么大危险混进武林大会。

“我不能走。”思彤猛地挣脱了他的手，“段江风，我也是大理段氏。”

“我知道。”

“你已经知道了？”思彤感到很意外。

他淡淡地看了眼她手中的礼花，心里没来由地焦躁："那是私定终生的礼花，还是说你在期待师兄的礼花？"明知道她来武林大会是为了见父亲，他仍抑制不住内心的嫉妒，对自己这种日渐扭曲的情感不禁悲凉起来。

他的质问，让思彤得出了一个结论。

礼花除了表明身份，还有着特殊的功用。

未婚男女互相交换礼花，作为私定终身的证明。换言之，交换礼花不仅是武林大会联谊的传统，还是有联姻关系的男女对外宣示所有权的信物。

现在的武林大会作为世家联谊的场所，聚集着许许多多身份显赫的名门子孙。世家间会促成多少桩姻缘和交易，全凭这三天三夜的互动较量。这也是段江风放手一搏的最后时机，只有得到各武林世家的赏识，逆转自己的劣势，他才有可能超越纪远司，坐上这届盟主的宝座。

思彤才明白过来，那些从她进场开始就饱含深意的目光代表着什么。她不经意看向远方角落的清俊身影，大魔王胸口的礼花已经不见了，那一刻，她有些失落地垂下了双眸。

他的礼花是给了慕容曦薇吗？

"我不是为了这些东西来的。"思彤强迫自己收回眷恋的目光，打算开门见山，"我是来找你父亲的，可以告诉我，他现在在哪儿吗？"

"你不能见他。"段江风果断拒绝。

"为什么连你也……"

可惜，段江风还是慢了一步，他没能赶在父亲入席前，将思彤带走。

目光越过流光溢彩的舞台，迎面而来的是被众人簇拥着走入宴会现场的段志轩。思彤一激动，挣脱他的手，朝段志轩的方向跑去。

"思彤！"段江风低咒一声，紧追其后。

不远处，纪远司沉默地注视着这一幕，随后礼貌告别："失陪一会儿，各位。"语毕，颀长身躯也疾步追向了那两人。

再次看到思彤时，段志轩有些晃了眼。

盛装打扮过的女孩，除了略显稚气外，那张脸庞像极了他脑海中挥之不去的人影。第二次会面，她给他的冲击仿佛更加强烈。一颦一笑，举止优雅，无不体现出名门之后的教养，也叫他更怀疑她的身世。

他几乎是不假思索地念出那个禁锢在回忆里多年的名字。

“潇潇……”

思彤来到跟前，礼貌地颔首：“段先生您好，我是上次在沙龙与您见过面的段思彤。不知道可否借步聊一聊？”

“我记得你，找我有事吗？”段志轩淡漠地看向她身后的段江风，嘴角的笑意更浓，“你们认识？”

“爸，思彤是我的朋友。”段江风下意识向前，将思彤护在了身后，阻挡着父亲在她身上打量的目光。那反应看在段志轩眼中，却颇值得玩味。他从没见过儿子对哪个女孩护得这么紧，不禁对这个叫段思彤的女孩更好奇了一些。如果没记错，她和纪远司的关系还颇为亲密。

“江风，你回避下，我正好有些事想问段小姐。”

“爸！”

可父亲尖锐的目光瞪了过来，叫他难以违逆。滚至喉咙的话语，突然堵塞在牙关，段江风沉痛地回头看了思彤一眼，最终甩袖退到一边，不甘心地让开了道。

段江风在向她暗示什么？思彤没能从他眼中获取到更多信息。裙摆边的拳头紧了又松，她不得不直面这个浑身充满威严气息的男人。

“段小姐，我可否再问一次令尊的名字？”段志轩微眯着眼，看向面前故作镇定的女人。

她胸前的礼花属于古墓派，却在沙龙时自称大理段氏，自相矛盾的言论，让他更加坚信她的身份可疑。

如果事实正如他的猜测，武林大会混入了外人，那这个责任就可以顺理成章地推卸到丐帮身上。思及此，他唇边的笑容更深：“正巧古墓派的当家也在，不如我们到一旁坐下来谈谈，夜宴也快开始了。”

思彤心里猛地咯噔了一下，握紧自己的手，尽量压抑住内心的惊慌。

就在这时，突然一道黑影介入，手中的冷光朝段志轩猛地刺去。

“段志轩，你去死吧！”

几乎来不及思考，思彤下意识地推开了段志轩，承受着这突如其来的一切。

接踵而来是坠地的巨响，在地上砸落出一片狼藉的碎玻璃碴，段江义被人制服在就近的餐桌上，而附近躺倒着奄奄一息的思彤。猩红的液体自她礼服急速渗透出来，染红了身下的地毯。全场宾客纷纷发出尖声叫嚷，场面一片混乱。

看着血泊中的苍白小脸，段江风僵在原地，竟迟疑了几秒才反应上前，却突然被人厉声喝止靠近。

“你们姓段的，都别碰她！”纪远司冷沉着脸，重重的一拳往桌上的段江义招呼了过去，对方彻底晕厥，但那并不足以发泄他心中的千般怒火。他横抱起思彤，疾步冲出了会场外。他的愤怒与担忧，令段江风的脚步二度停驻，只能眼睁睁看着思彤被他带走。

“总裁……”思彤吃痛眯眼，有些虚脱地看向上方的男人。

纪远司冷冷地打断她，口气显得急躁又冷硬：“别说话，留点力气。”他不顾身上的血污，紧紧地抱住她，车后座已经被染红了一片，旁边的医护士正在为她紧急止血。她乖顺地靠在他的胸膛前，任由他抱着，呼吸细微，从最初的急促缓缓均匀：“我有话想说。”

“那你就撑到医院时再说。”纪远司扶着她冰冷的额头，语气也随即轻软了不少。

她贪婪地汲取着他掌心的温热，注意到那手臂上紧绷的青筋，好想伸手去安抚他，告诉他不要担心，可因为腹部时不时传来撕裂般的灼痛感，她连抬起手臂的力气都使不出来。

所幸岛上设备完善，数分钟极短的车程就将思彤送到了医院。接到紧急联络的主治医生和医疗人员已经等候多时，白大褂下还是匆忙下未脱的西装。与纪远司目光一交接，那医生微微颔首，众人便纷纷消失在手术室门内。

思彤在彻底陷入黑暗之前，只来得及看见纪远司阴沉的脸庞。

如雪的白纱飘逸，撒满玫瑰的红毯上紧紧依偎的两人正幸福行进，两侧亲友纷纷献上祝福。直到新娘抛出花球，站在队伍后头发呆的思彤，手中突然落入飞来的“天外之物”。一抬头，白纱礼服的两人就已经来到她的面前，大魔王薄唇微启，说了些什么。

思彤努力想听清那喧嚣中的密语时，两人的距离变得越来越远，直到她再也够不着，不甘心的叫嚷溢出牙关，她猛地惊醒过来。

额头遍布密集的薄汗。思彤迷迷糊糊地睁开眼，头顶是白色的天花板，周遭一片昏暗，她不知道自己睡了多久，或许是一个晚上，也或许是几天。天刚破晓，外界一切朦胧而安静，落地窗前站着一道颀长身躯，他背对着自己，双臂环胸，似乎在眺望窗外那片宁静海。

大概是她的声响惊动到对方，男人连忙转过身，上前扶着她坐起来。

“伤口还痛吗？”纪远司哑着声线问。

思彤这才后知后觉腹间的灼痛，麻醉令她感官有些迟钝，包括她的泪腺。

“好好的，怎么哭了？是不是伤口太痛？”温柔的大掌轻拭去她的泪水，很快又重新润湿。纪远司以为她痛得说不出话来，正要起身出去叫医生，突然被她拉住。

她低着头垂泪，像个疲惫的孩子：“不要再管我了，好不好？”

“不好。”纪远司重新坐回床边，直直看着她，表情严肃且认真。

思彤哽咽着，疼痛让她没来由地暴躁起来：“这又不可以，那又不可以，你为什么总要插手管那么多。你做你风光的总裁也好，盟主也好，为什么偏要来干涉我的家务事……”

“因为我喜欢你。”他干脆道。

猝不及防的告白，让思彤说不出话来。

她承认在爱情里有一些悲观。

当意识到自己喜欢上纪远司时，她才后知后觉对他的偶像崇拜俨然变了质。在乎他对自己的看法，会因为他身边的异性而感到嫉妒，甚至想要独占他的温柔。

可她也为看不透他的心思而感到恐惧，在与他渐行渐远时灰心沮丧，她担心自己并没有他想象中的好。

她突然哭得一塌糊涂："事到如今你还骗我。"

她会真的当真，生出不切实际地期待，然后再次因为他和慕容曦薇，或是其他更优秀的女孩在一起时，伤心难过。

纪远司皱了皱眉，义正词严地说："我没有。"

"你就有！"她还没完全从梦境中缓过神来，索性无理取闹道，"明明刚才你不是那样说的。"

刚才？纪远司耐着性子问："我怎么说的？"

思彤皱了皱小巧的鼻翼，双眼通红，"你很过分知不知道？让我去参加你的婚礼就算了，还给我丢花球，最后还祝福我和段江风幸福啊什么的。"

虽然被扣上莫须有的罪名，让纪远司很是无语，但聪明如他，很快就从她的胡言乱中还原出一个事实。

这家伙把梦境混为一谈了。但她为自己吃醋，这个认知让纪远司心里莫名窃喜。

原来思彤是在乎他的。

因为太过高兴，他禁不住微微翘起嘴角。

"你还笑！"误以为他在嘲笑自己，思彤顿时气红了一双眼，推拒着他的靠近。

纪远司从没见过她这么蛮不讲理的时候，有一些新鲜，又有一些哭笑不得。不得已，他将她禁锢在床头和自己胸膛之间，随即磁性低沉的声线划破宁静："不会有这种事，花球只能是你丢，我更不可能祝福你和段江风，想都别想。"

他的认真与霸道，让思彤没来由红透了脸，被那双幽深的黑眸凝视，教她又不争气地垂下了头。

“可你明明和慕容曦薇订婚了……”

“那是历史遗留问题，当年我们的爷爷是八拜之交，家族间联姻不过是礼尚往来。”他耐着性子解释。

“你看起来也没有很喜欢我。”在公司时就没少挨他的骂。

“胡说！我每天都在想着你！”纪远司认真道。

她将小脸埋入被单，声音闷闷的：“好吧，我再睡会儿，说不定还在做梦。”否则怎么会看到大魔王脸上透着可疑的珊瑚红？他怎么可能会向她告白，又怎么可能会说出那种比甜言蜜语还要让她怦然心动的话语？

一定是她在做梦，她还不想从这个甜蜜的梦境醒来啊。

“不是梦。”耳边是他清朗的笑声，接着她就连人带被整个被他捞了起来，落入他的胸膛。猝不及防的亲密触碰，让她下意识想要躲避，却被他扳正，不得不回视他深邃动情的双眸。

“我可不可以吻你？”他很绅士地询问，却已倾下身去。

思彤连忙用手背遮挡，扭捏着别开头：“不要，我现在一定很丑。”她不想被大魔王看见一脸憔悴的自己，虽然他已经看过了，但她还想再负隅顽抗一下。可大魔王不以为意，拉下她的手臂，坚定地看向她。

然后，一切如慢动作，他倾身轻吻着她的唇心，没有任何的迟疑。

察觉到她的退缩，他托着她的后脑勺往自己推送。“纪……”她的挣扎被悉数吞没。绵长柔软的吻如同夹杂着糖衣，因他那些动情的耳语，心间溢满了甜美。

他紧握住她颤抖的柔荑，像个耐心的老师，包容她的任性，慢慢引导着她接纳自己，而他眼中的万千宠爱从来只为她一人。

这一次的吻是不一样的，他在完全清楚亲吻的对象是谁的情况下，仍选择了她。心跳节律随着时间愈加急促，她的双眸渐渐氤氲满幸福的泪水。

晨曦渐渐映入房内，斑驳洒落在俊逸的脸庞，他微微一笑，像掠过沙洲的凉风，温柔是他不善言辞的深爱。

纪远司小心翼翼地捧着她的脸颊，眼中是满满的珍惜。薄唇吻去她眼角的泪水，长臂将她圈搂入怀里，耳畔是他磁性的音频：“你一直都是好看的。不管你变成怎样，都和我最初喜欢的那个你一样。”

一样令他触动，忘却黑夜的寂寥，让内心的脆弱都在矫情的消极里死去。

他从不相信命运，却因为她的出现，成为了虔诚的信徒。

哐当一声，两条身影扭打成一团。纪远司推开身上难缠的对手，回以冷冷的一拳，将他揍飞出去，直到撞到后方的自动售卖机才停住。两个男人四目相对，空气灼热得如同燃烧着气焰。

“我决不允许你玩弄思彤的感情。”倒在地上的段江风已经丧失了行动力，只能冷冷斥责他的劣行，“曦薇对你而言，又算是什么？”

纪远司用手背抹了一把嘴角的血丝，冷漠地解释：“婚约是双方父母擅自决定的，并不是我的个人意愿。”

“你还有脸说？现在全城都知道你们两家联姻，之后你也打算把这句话原封不动地甩给思彤吗？曦薇是我敬重的学姐，我也不愿见她为你伤心。”段江风撑着墙面爬起，全身酸痛难耐，就像散架一样，心中却依旧悲愤交集。

他与慕容曦薇是青梅竹马，又是独生子女，不论是经历还是立场都大多相似，这让他们自打认识以来就心心相惜。可被世家青年才俊视为高岭之花的曦薇竟遭到纪远司的悔婚，这让段江风没来由地替她感到气愤。更何况，思彤也同样为纪远司着迷，叫他简直嫉妒得发狂。

“我对思彤是认真的。”他一反常态地郑重回应，“请你放弃思彤。”

段江风不可遏制地狂笑出声：“这算什么？你不是早就已经知道我和思彤不可能吗？”

“正因为你是她同父异母的弟弟，我才更需要表明我的立场。”他话音刚落，后方正要走出转角的纤细身影突然一顿。本要打算制止两人的慕容曦薇在听到段家秘闻时，禁不住贴着墙根侧耳倾听。

正当她困惑着两人为什么争执时，就听到段江风怒吼出声：“就算她是我姐又怎么样？我是不会赞同你们在一起的。绝不可能！”

“你还想让她受到更多伤害吗？”他暗指段江风对思彤保护不力的事，“她不惜假冒古墓派传人的身份来到这里，现在还因为你们段家遗产之争差点丢了性命……如果你还爱惜思彤，就放手吧。至于当年大理段氏有过什么不可告人的丑闻，我想，段伯伯再清楚不过了。”离开前，纪远司再次强调，“面对事实吧，你喜欢的不是思彤，你只是想通过抢走她，来证明自己并非一无是处。其实你早就应该察觉到了，不是吗？”

段江风一怔，竟哑口无言。

正因为内疚，他才想守在思彤身边，竭尽所能地照顾她。

“即使事实如此，”段江风仍在做最后的挣扎，“那也终究是我们大理段氏的家事，和你这个外人无关。”

纪远司转身看向他，森冷的眸光中是读不透的危险气息：“你们大理段氏私底下谋划些什么，我不管。但如果让思彤再受到任何一点伤害，我绝不放过你们。”

他的话仿佛给了段江风沉重一击，让他久久缓不过神来。看着纪远司远去的身影，段江风重重地摔坐在走廊的长椅上。

“爸，你和程潇潇到底是什么关系？”

那名字如同避讳一般，段志轩不禁横眉一挑，厉声喝道：“你这是什么态度？在质问我吗？”

“你不否认和她曾经认识过？”段江风不禁自嘲，“别人说你始乱终弃，我现在终于都信了。妈真的好可怜，劳碌一辈子，却爱了个从没爱过自己的男人。”

啪一声，火辣的掌印落在了脸颊上，耳朵嗡鸣一片。

“怎么，你心虚？”他不屑咋舌，丝毫不把父亲的愤怒放在眼里。

“你妈并不希望看到你这样。”

“别提妈，是你先背叛了她。”他咬牙切齿地怒瞪了过去，“我现在只觉得恶心。我最后再问一句，你有没爱过妈？”

“身为大理段氏的继承人，你只需要做好分内事，其他的一切都与你无关。”段志轩背身而立，再也不看他一眼。

父亲的避而不答，让段江风心如死灰。

听到身后重重的摔门声，段志轩仰望落地窗外高挂的明月，思绪一下飘远到数十年前，那时他还是情窦初开的黄毛小子，与兄弟手足追逐着同一个喜欢的女孩，最终不得不眼睁睁地看着挚爱与至亲双双离开自己。

段志轩闭了闭眼，前半生是一幕他不愿回首的伤别离。

可身处高位的段氏族长，他的寂寞与心殇，却永远都无人知晓。

接近武林大会的尾声，岛上的人们都在忙碌地布置武林盟主继位仪式的场地。纪远司毫无意外地当选为新一届的盟主，可慕容曦薇不甘心，他的风光无限，都建筑在她的痛苦之上，她绝不容许他事业爱情双丰收！

就在这时，她看到从清吧摇摇晃晃地走出一道熟悉的人影。定睛一看，竟是喝得烂醉的段江风。她连忙上前扶住了他，扑鼻而来的浓烈酒气，让她没来由地皱了皱眉。

段江风疲惫地推开搀扶着自己的手臂，扶着重重的脑袋，哑着声线道：“是你啊，曦薇，有事吗？”

“你怎么喝这么多？”

他却扬起嘴角笑笑：“一醉解千愁，不都这么说吗？”结果他越喝越愁，想不通为什么父亲逃避他的问题，不禁对自己的人生产生质疑，这样的生活到底有何意义，竟连保护自己喜欢的女孩都做不到。

看着思彤倒在血泊里，他竟然动弹不得，就像看到过世母亲的冰冷躯体，恐惧让他发自内心厌恶自己的懦弱。

“也许师兄说得对，我或许喜欢的不是思彤，只是想通过抢走他手上的东西，来证明自己并非无能。”可事与愿违，这不仅没让他从中得到快乐，反而越加明白自己不过是卑微地祈求可以得到父亲的认可和关注。

慕容曦薇却扳正他的脸，迫使他直视自己的双眼。那双幽深的美眸中，闪耀着可怕的执念，她在他耳边甜美地蛊惑道：“错了，你是喜欢她的，凭什么要让那个男人抢走？又凭什么事事都让他占上风？你甘心一辈子都是他的陪衬，被别人拿来相提并论？别忘了，因为他，你连武林盟主都失之交臂。”

段江风一顿，身体如遭雷击，那些心里不愿直视的脆弱，都被她一针见血地说穿，让他既羞愤又无可奈何。

看到他有所动摇，慕容曦薇唇边的笑容更深了：“想不想报复纪远司？将段思彤再一次夺回来？”

纪远司在病房门前停驻，握着门把，敛了敛神色，才推门而入，唇边带着清浅笑意：“今天好点儿了吗？”

正玩得不亦乐乎的思彤，突然红着脸将手机藏在枕头下。大魔王千叮万嘱休养期间不能过度操劳，可她还是被当场抓包，她支吾着解释：“我是在和棠棠聊短信……”

他淡淡地瞥了她一眼，在床边沙发椅坐下：“都看到了。”

光听手机音乐，就知道那是《武皇》刚推出没多久的手机游戏，用那样的借口也未免太虚了吧？

住院生活实在太无聊，虽然大魔王给她带来好几本书，但她都看不下去。正想开口抱怨，就发现他嘴角的淤青：“你的脸怎么了？”

纪远司条件反射地摸了摸下巴，轻松地笑笑：“摔了一跤。”

“也太不小心了吧。”

思彤半信半疑地打量他，却被他趁机摸走了手机：“没收。”

不理会思彤的崩溃叫嚷，他把她的手机转交给护士保管。

再坐回身边时，她已经背对着他躺在床上生闷气。身后传来他忍俊不禁的朗朗笑声，思彤愈加心乱如麻。告白以后，还是第一次和大魔王单独相处，说不紧张是骗人的。她不知道该怎么面对他，一想到那个晨曦之吻，她又禁不住满脸通红。

“别生气了，也是为了你能快点好起来。”纪远司虽然宠爱她，但在这件事上绝不退让一步。

每当回想起思彤被刺伤的情景，他都恨不能将段江义撕碎，但他不能，因为没有什么比失去思彤更让他感到恐惧。

他的服软，让思彤心里莫名有些飘飘然。能让职场上气势凌人的大魔王弃械投降，这难道还不够说明他对自己的重视吗？思彤感觉像被灌了一口蜜糖，甜得牙疼。

“你真的喜欢我？”她润泽的大眼亮晶晶地看向他，开始了无脑追问。虽然得到的甜美足够多了，可她很贪心，仍想从他嘴里亲耳听到那份心意。

“真的。”

他虽然总是少少的几个字，但字字铿锵有力，都足以让思彤心花怒放。她近乎撒娇般拥住了众女孩梦寐以求的匀称腰肢，小脸蹭着他坚实的胸膛，满足地发出喟叹。

真的好像做梦一样，大魔王竟然喜欢她，嘻嘻。

纪远司不禁哑然失笑，这家伙真像只缠腿肚的猫。可一转眼，她又面含怨念地瞅着他，酸溜溜地挖苦道：“你不是把礼花送人了吗？是慕容曦薇？”

他还以为她并不知情，原来还是会吃醋的嘛。纪远司轻蹙眉头，苦笑着为自己辩解：“如果我说，我当众被她甩了，礼花也是那时候被摘掉的，你会不会消点儿气？”

他那枚礼花确实是给了慕容曦薇，作为他悔婚的代价，她要当众羞辱他，以此掩饰她的难堪。因此，世家间早已扩散着丐帮贵公子求爱未遂的丑闻，纪远司本就无所谓虚名，也就不作任何解释。

思彤见他如此坦诚，便也不追究了，毕竟他也是为了她才与姑苏慕容作对。她故作心疼地说：“你这样行情会大跌耶，总裁。”

他却握住她的手，理所当然地说：“那就麻烦你将就收下我咯。”

“贫嘴。”思彤红着脸背过身，她才发现原来大魔王还会说冷笑话，不过这倒也是他可爱的一面。

正当两人打得火热之时，房门突然敲响，推门走入了一个年轻男人。纪远司和他微微颔首，临走前对思彤叮嘱道："要乖乖听医生的话，不要动到伤口。我还有些事，得先去处理一下，等我回来。"

"哦。"也是，现在还是武林大会期间，他作为盟主候选人，怎么能一直不在现场。两人好不容易互表心意，却不能待在一起，思彤突然有些落寞。

直到纪远司离开后，医生模样的男人推了推金丝框眼镜："段小姐，今天身体有没感到哪里不适？"

"皇甫医生。我伤口那里麻麻的，人也比较疲惫。"

"那是失血过多的后遗症，再休养一段时间可以完全恢复。如果当时刀子再深入几公分，伤到大动脉的话，后果不敢设想。"皇甫专注地检查着思彤的身体状况，不时意味深长地看她几眼，"我很少看见远司失控成那样。"

当时的情景，几乎撼动了整间岛上医院。满身血污的纪远司横抱着思彤狂奔而来，他脸上满布惊慌惧色，对姗姗来迟的营救人员疾言厉色地恐吓："一定要保住她！否则我不会让你们皇甫家好过！"

啧，竟敢开口威胁他们医圣世家。

皇甫突然眯眼浅笑，别有深意地说："他一定很重视你，才选择放弃当武林盟主。"

"什么？"

思彤这才知道，在她昏睡的这几天，武林大会却因为她的出现发生了出人意料的改变。

第十二章
盟主、盟主夫人请就位

宿醉醒来，段江风扶了扶刺痛的额头，对昨晚自己怎么回到酒店住处的毫无印象。

他摸到床头手机，上面显示着数十个未接来电，才赫然想起了今天武林盟主的上任仪式，都是催促他去出席仪式的电话。虽然与武林盟主无缘，但作为候选人之一，不出席也未免太不够气量。

他匆忙拾掇了一下自己，赶去会场后才知道，仪式被取消，而本该成为新任武林盟主的纪远司却被武林评议会带去了审问。

“江风，”慕容曦薇笑容明媚地踱步而来，“恭喜，少了纪远司那个竞争对手，你很快就会成为新一任的武林盟主。”

“怎么回事？”段江风不解地看向她。

慕容曦薇只是轻笑：“很快你就会知道了。”

“曦薇，难道你……”昨晚的种种，突然浮现在脑海，段江风顾不得深想，快步跑出了会场。

果然，一经打听，他彻底震惊了。

不出半日，段江义刺杀段氏族长所带来的恐慌还未平息，众世家间又被激起一阵怨怒，纷纷把炮火轰向身为主办方的丐帮。

这次无疑是主办方丐帮的监管疏忽，才让非武林人士混进了武林大会，世家间和谐的景象也因此破灭。唐门谴责古墓派掉包相亲对象，而作为受害者一方的古墓派也趁势弹劾，撇清了邀请函被冒用的失职。

本该维护武林世家秩序的丐帮，因为信用危机，导致地位动摇，而纪远司的盟主仪式也因为武林议会的介入突然中止。

这时大理段氏就有人起哄："丐帮包庇叛徒，泄露武林世家的秘密让外人知道，这分明是坏了规矩，让那种心术不正的人当武林盟主还得了？绝不能姑息养奸！纪远司下台！下台！"

底下骤然响起此起彼伏的反对声，纷纷要求段江风替代纪远司成为新一任的武林盟主。一时之间，纪远司成为众矢之的，接受着来自四面八方的质疑与抨击。

武林评议会的众长老对审讯室的纪远司进行了严苛的盘问。

"据说，那女孩是你公司的员工？"席上的九袋长老问道。

"是。"纪远司点了点头。

"根据入岛记录以及身份核对，她根本不是古墓派传人。作为下一任准盟主，你在明知道她身份可疑的情况下，还纵容她上岛，并隐瞒黎子棠私下交易邀请函的事，徇私舞弊，知情不报，坏了武林大会的规矩。评议会决定取消你盟主候选人的资格，并十年不得参与武林大会，你有没有意见？"

作为评议会一员的纪冠临则摇头哀叹，儿子的不作为，让他感到痛心疾首，然而最不齿的莫过于来自大理段氏的冷嘲热讽。

"这也不能怪远司，总归是太年轻了。"同是评议会核心元老的段志轩露出了幸灾乐祸的笑意，纪远司被取消资格，意味着段江风成为新一任武林盟主已是板上钉钉的事实。

纪远司敛了敛神，道：“我服从长老们的决定。”

砰一声，门扉突然被重重推开，众人循声望去，逆光之处站着一道娇小身影。

“这和他无关，是我自己偷偷混进来的！”思彤举着吊瓶，惨白如纸的脸庞总算有了一些红润。她不顾旁人惊诧的目光，步履蹒跚地走了进来。

“思彤你为什么……”纪远司惊讶于她的出现，可当看到她身后的白大褂男人时，他不悦地瞪了过去。

思彤深呼吸一口气，勇敢地宣告：“我是大理段氏第35代嫡长女，我为了找回亲生父亲才来到武林大会。”

评议会的目光全聚焦在那道瘦小的身影上，因为病态，使她脸色略显苍白，即使披着厚实的针织外套，仍看得出她身躯的单薄娇弱。

在主治医生的搀扶下，思彤一步一步来到圆桌前。

“我是逼不得已，才冒充古墓派混入武林大会。我老板纪远司并不知情，邀请函也是我从黎子棠手里偷来的。”思彤想也不想，就将所有责任揽在身上。

座上的纪冠临立马就恼火了起来：“真是岂有此理！就因为你嫁祸远司，才让他名誉受损，武林盟主也因此落选！”

纪远司正要反驳，就看见思彤朝他微笑了笑。

拜托了，相信我一次。

即使不说，他从她眼中的恳求已读懂了一切。她极力撇清与他们表兄妹的关系，是不希望他们卷入这场漩涡当中。可是，他并不想让她承受这些啊。

由始至终未发一言的段志轩，突然开口询问：“你说你是大理段氏后裔，有证据吗？”

积压数十年的恨意和不甘，让他不禁对心中的臆测莫名有了期待。

“有。我养父段志谦在过世以前，给我留下了大理段氏的族徽和典籍，我也是通过这些知道了武林大会的存在。”

原来她不是段志谦的亲生女儿？

他微眯了眯危险的眸光："我没记错的话，你曾说过令尊是段志谦，那可否告知，你的亲生父亲高姓大名？"

"是你，段志轩。"

哐当一声，段志轩一反常态地，因慌乱打翻了手边的水杯。不仅如此，在场所有人陆续交头接耳，不无对她所提及的名字表示惊诧。

"段大当家的，这是真的吗？"九袋长老若有所思地看了身旁的段志轩一眼，见他不作回应，便与身旁一众长老协商，最终决定，"小姑娘口说无凭，既然双方都在场，那就麻烦皇甫世家做个亲子鉴定。在检验结果出来以前，请都留在岛上。纪远司暂时留在清风居等待审查结果，在这期间不能自由行动。如果事实证明与你无关，会对外澄清并恢复你的盟主身份。"

纪冠临一听有转机，连忙向长老道谢。虽然被软禁限制了行动自由，但已经是很轻的责罚了。见儿子仍对思彤恋恋不舍，他心中很是纳闷，一旦缠上大理段氏的人就准没好事，这下他连带着看思彤不顺眼了。

"你们大理段氏可真行，不仅家族关系混乱，在祸害别人上也挺有本事的。"

段志轩无暇理会他的挑衅，目光只落在被监守人员带出议会厅的思彤身上。

她竟是他和潇潇的女儿……

思彤与段志轩分别被抽取了血液样本。

亲子鉴定至少需要两天才得知结果，在此期间，思彤想要去见大魔王，却总是遭到监视人员的阻挠，更别提去和段志轩当面对峙。不仅如此，思彤还发现自己放在行李箱里的信物不翼而飞了。除了她和酒店方有房卡外，其他人并不能轻易进入。她不禁怀疑，难道在她住院的那几天，有人进过她的房间？

就在她犯愁之时，突然来了两个陌生面孔的监守员。

"亲子鉴定结果出来了，很遗憾你和段族长并不是亲子关系。"

"这么快？不是才过了一早上而已吗？"皇甫医生说要至少要两天才出结

果。这两个男人她从没见过，根本不具有说服力。

见她不相信，那两人粗暴地拽着思彤走出房门。

“喂，你们要带我去哪儿？”

“当然是以你非法入侵私人岛屿为由遣送回码头了。”隐匿在现代社会的武林大会历经数百载，有着严格的保密性，不希望被外界打扰这亘古传承下来的安宁。

表面上虽是这个理由，私下里却是受人指使。

这边争执的骚动很快就引来其他人的关注，咖啡馆落地窗前座位上，慕容曦薇正饶有兴味地看向酒店外的热闹。

她端起咖啡杯轻啜一口，唇边笑意渐浓：“终于眼不见为净。”

“不用这么过分吧？”

慕容曦薇抬眼看向他：“怎么，你心疼？”

对座的男人紧了紧拳头，决定不再多说什么，正要起身，却被慕容曦薇一把拉住。

“段江风，你要背叛我？别忘了，我们是共犯，你也别想撇清关系。”慕容曦薇厉声喝止他的脚步。

“曦薇，那晚是我喝醉了，才陪你胡闹……”

“啪”的一声，火辣辣的巴掌落在段江风的俊颜上，也把他后面所有退缩的话语悉数打断。

“你清醒点好不好？她喜欢的是远司，从头到尾都没你介入的余地！”

慕容曦薇在外人眼中一直都是优雅的，甚至从未有过情绪失控的时候。可此刻她双眼通红，心中似有无尽的委屈。他不知道她为何这般气愤，是在替他感到不值吗？可是她眼中分明有着更复杂的情绪。

段江风正纠结着该怎么安抚她，就被她冷冷地甩开了手，劈头盖脸就是一句：“别碰我，你这个变态恋姐控。”抛下话，她就踩着高跟鞋冷傲地走出了咖啡馆。

变态？姐控？段江风无言以对，曦薇的真性情是这样的吗？他突然有种从未真正认识过她的挫败感。

不知怎的，竟还觉得有点可爱？

回想起那张娇嗔的小脸，段江风不禁扶额傻笑了起来。

说不定他真的是个不可救药的姐控。

被强制遣返的思彤，忽然在码头前抱着腹部痛苦呻吟：“哎哟，我的肚子好痛。”

监守人员狐疑地看了她一眼：“喂，刚不是好好的吗？别耍花样。”

思彤见唬不住对方，索性直接躺到地上，实力出演一名濒危伤员，捂着腹部像模像样地哀号：“好痛，伤口好像裂开了。”

“别听她瞎说，这丫头诡计多端，慕容小姐交代过，一定要将她送出岛。”

慕容小姐？思彤微怔，难道这两个人是假冒的监守员？

两个男人并不打算理会她，眼看着要将她五花大绑上轮渡，结果后方就有人出声喝止。循声望去，竟是皇甫医生。

“没有得到长老准许，任何人都不能出岛。”

“我们就是受到长老吩咐才将她遣送出岛的。”壮汉又在狡辩。

皇甫却冷笑着提醒：“假冒监守员后果可是很严重的，不想让你们姑苏慕容丢脸，就赶紧消失，我可以假装什么都不知道。可如果耽误了段小姐治疗，以后纪盟主追究起来，我可帮不了你们。”

虽然纪远司目前还不是正式的盟主，但难保会有变数，况且他父亲还是丐帮帮主，如果摊上事，与整个丐帮为敌，估计也不会有好下场。两个男人面面相觑，几乎只犹豫了一秒就灰溜溜地逃跑了。

“皇甫医生，谢谢你。”思彤有些懊悔，又让不相干的人搅了这趟浑水。

“你要去找段族长吧？他现在应该去了清风居。”

“清风居？”那不是纪远司现在被软禁的地方吗？

皇甫知道她想问什么，也不跟她拐弯抹角了：“他大概有很多事情想问远司吧，关于你的事。”他推了推她的肩膀，“快走吧，真正的监守员马上就追来了。”全岛上都装有摄像头，她的行踪又怎会没人知道。

思彤担忧地问：“那你怎么办？”

她不知道皇甫医生是哪个门派家族的，如果因为放走她而被议会的长老责怪，说不定会给他带来麻烦。

皇甫耸了耸肩：“放心吧，他们不会拿我怎么样的。倒是你，再不去救王子，士兵就要追来了。”

思彤被他的幽默逗笑了，感激地鞠了一躬：“那我走了！”

每次狼狈不堪的时候，都是大魔王挺身而出。

这次，换她去救大魔王了。

皇甫微笑着目送女孩远去的身影，仿佛看到了昨日的自己，也曾为了心爱的人，那样义无反顾过。

他不禁哑然失笑道：“这次不要再错过对方了。”

清风居是丐帮后裔入住的复式建筑，古朴清幽，倒有点儿江南风味，是岛上最瞩目的一处风景。除了举办武林大会外，这里还常用于丐帮冬夏生存训练。

思彤根据皇甫的指示，穿过了绿化带，朝岛中心的清风居奔跑，终于看到那幢特殊建筑时，她突然急刹住脚步，躲回了墙根。

停在大门前的轿车，走下了两道身影，她认出是段志轩父子。

清风居不像其他地方戒备森严，反倒是接待最松懈的地方。段氏父子俩和门外的管家打了声招呼就随其走了进去。

思彤马上尾随上去，隔着一段距离在后方观察。穿过水榭长廊，可以远远看见有一扇红木大门。这时候，管家突然转身，思彤吓得一个激灵蹲在凉亭石桌下。

哒哒哒，脚步声由远及近，似乎在一直往回头的路传来。完了，她如果现在逃跑，就会完全暴露在人前。她得想办法。这时候却听到段江风说道：“应该是我听错了，刚才注意到有黑影从凉亭越过，大概是鸟吧。”

老管家呵呵笑道：“那应该是海雀吧，最近也到了它们繁衍的季节了，偶尔会看到它们上岸，在岛上活动。不耽误时间了，段少爷，这边请。”

脚步声似乎又渐渐远去，思彤松懈下来，一抬头就看到离凉亭一步之遥的段江风，正眸光炯炯地看着自己。

思彤一怔，还没有反应过来，他就拉着她快步穿过侧廊，走进了偏厅的一间书房。他高大的身影背对着自己，半晌才转身，脸上是他一贯阳光俊朗的笑容。

“这里应该没有人来。”

“你……为什么要帮我？”思彤不解地问。

段江风突然放开了她的手，像放开了某些执念。

“对不起，当时没能好好保护你，之后也因为……没能去医院看你，总之，很抱歉。”段江风歉然地说。

思彤知道他在介怀什么，他大概也知道了彼此间的关系吧。

“这不关你的事，是我自己冲过去挨刀子的，怎么能怪你呢？况且我当时也没考虑这么多，你和……段族长没有受伤就好了。”思彤拍拍他的肩膀，语调轻松，像往常一样。虽然她仍有些不自然，但所幸没有刻意保持距离，这点让段江风稍微有些释怀。

他忽然想到了初次见面，头破血流的思彤还颇有兴致地开起了他的玩笑“第一次撞人吧，别紧张，这我有经验，先打110，然后扶我上车。”这大概是他见过最淡定的伤者了。他当时的恐慌有一半来自于继承人的压力，他害怕因为这次车祸辜负了父亲的期待，在正式继承大理段氏之前，他不容许有一丝差错。

所以，他极力想要补偿思彤，只为了将这桩失误掩盖住。可事实上，他所有臆测的丑陋想法，思彤身上几乎没有出现，她只是选择了以微笑宽恕别人的错误。

即使是现在，她也依旧选择原谅他的懦弱。

"你原谅我了？"

思彤不禁笑笑："本来就没有发生什么呀，倒是你很勇敢，你保护了父亲。"千钧一发之际，她看到了段江风挺身而出护在了段志轩面前，思彤很讶异，但也很庆幸。

他们一起保护了自己的父亲。

此刻，她看向段江风的眼神生出了一些亲情的温暖："你刚才为了保护我不被别人发现，也撒谎了吧。"早在他注意到思彤尾随的身影时，他就已经刻意放慢了脚步，在老管家发现她以前，率先找到机会将她带走。

思彤就是这么一个特别的存在，轻易就抚平他心中的不安和愧疚。

虽然她眼里的深海，从不为自己而蓝，但她温柔的晴空，却给了他无私的温暖，让他忘却了所有搁浅的痛苦。

段江风才后知后觉，原来他对思彤的执念并非爱情，他只是向往她的阳光，就像向往纪远司一样，他们都有着他渴望的自由。所以，他被嫉妒蒙蔽了理智，早在最初注意到纪远司与思彤互相喜欢时，好胜心让他想尽办法将思彤抢到手。

"给。"段江风从背包取出了一个牛皮纸文件袋递给了她。

思彤拆开了线圈，发现里面正装着她凭空消失的族徽和大理段氏典籍。

"爸现在应该在北苑最后一间房。"他轻推开门左右查看情况，说道，"趁现在，从后花园穿过去就是了。去吧，姐。"

那一声猝不及防的称呼，让思彤久久没能回神。心中纵使感慨千万，她却找不到任何字眼去描述此刻心中的撼动和炙热。

最终，她点了点头，朝门外奔了出去。

段志轩不意外会和思彤再次见面，只是她比他预想中要来得更快些，在他让皇甫故意告知思彤自己的去向时，他就知道思彤一定会为了纪远司而来。

老管家也没有要阻拦的意思，只是轻声交代了句"我待会再请少爷过来"，然后就识趣地退出会客间。

"坐下吧。"

思彤在他对面落座，率先撂下谈判条件："我可以答应你永远离开大理段氏，但有条件。第一，让段志谦的名字回归族谱；第二，帮纪远司洗脱嫌疑。"

段志轩冷笑出声："你凭什么对我开条件？"

"就凭我是程潇潇的女儿。"

她眉宇间是不服输的刚毅和坚强，看着那双晶亮的黑瞳，段志轩思绪忽然飘远，仿佛看到了年少时的程潇潇。

那是二十五年前的武林大会，他翘掉了午宴，一个人溜到了庭院后午睡。正当他睡得迷迷糊糊的时候，听到了窸窸窣窣的声音，一睁开眼就看到头顶上懵懂可爱的小脸。

"啊——"他一个激灵吓得弹坐起来。

顿时两败俱伤，一个捂住脑袋，一个捂住下巴。

女孩顿时痛得双眼飙泪，段志轩见状，忙上前慰问："你没事吧？"

"好像咬到舌头了。"她红着眼，像只可怜的小兔子，但就是那副楚楚可怜的样子，让他不禁爱上了这个迷糊的女孩。

女孩名叫程潇潇。

程潇潇是长乐帮的继承人，父亲虽是长乐帮的帮主，却只经营着一间小工厂，她是武林世家众多名媛千金中极为不起眼的一个。尽管长乐帮在武林的地位渐渐上升，但因为臭名远扬的门派作风，为众世家子弟所不齿。程潇潇也是由于这个原因，在武林大会上被其他武林后裔排挤，迫不得已一个人偷偷跑出会场透气。

但是，程潇潇的善良纯真，却让他不可救药地喜欢上了她。所以，他连每年最不热衷参与的武林大会都变得格外重视，想尽办法打听她的消息，去巧遇她，甚至等在她大学宿舍楼下，就为了偶尔相见可以借口约她去吃顿饭或看场电影。

他以为朝夕相处的他们本应该是两情相悦的，因为他是大理段氏的嫡系子孙，自认为凡是武林世家的女孩没几个会拒绝被他喜欢，谁都知道和武林四大家族打好关系，对自身家族也会有着好处。

然而过分自信的段志轩没想到程潇潇竟是弟弟段志谦的恋人。在段志谦面前，程潇潇展露出了他从未见过的幸福笑脸，这让他没来由地恼火和失控。

于是，他在背后悄悄地计划着一切。

程潇潇和段志谦因为身份和地位的悬殊，一直以来都只是偷偷交往，他们准备向双方家族公开恋情时，段氏集团突然发生了一起重大的项目失误，差点导致资金链重创，而所有矛头都指向了项目负责人段志谦。与此同时，挽救了资金危机的段志轩理所当然地得到了董事会的支持，替代段志谦成为了大理段氏的继承人，并强行要求与长乐帮联姻，把程潇潇从弟弟身边夺走。

“我喜欢的是志谦，你为什么要这么做？”双方父母擅自订下彼此的婚约，这让程潇潇感到前所未有的愤怒和绝望。

“当然是因为我喜欢你。”

为了得到她，他连本不感兴趣的族长之位都志在必得，即使这以牺牲弟弟的前程为前提，他也在所不惜。

可他的自负再次让他受到了背叛——在他们定下婚约不久，程潇潇就和段志谦私奔逃出了大理，从此杳无音讯。

再次见到程潇潇，是在她的葬礼上。是他摧毁了那样美好的潇潇，所以她即使到死也不愿见他一面，那时内心的罪恶感几乎把他顷刻压垮。

从此，他的世界完全失序，伴随着他入梦的不再是清风明月，而是无尽的黑暗。

段志轩不奢望会得到潇潇的原谅，可当他打开牛皮纸袋的那刻，却晃了晃神。除了大理段氏的族徽和典籍外，还有很多旧照片。他小心翼翼地拿起那张照片，仿佛捏紧了生命的一角。

他不禁苦笑道：“都这么多年了，为什么还留着这些照片？他们应该恨我的。”恨他无情地拆散了本该相爱的他们，摧毁了他们本该明媚的未来。

“他们从没恨过你，连一句责备都不曾有过。”思彤定睛看向他，又认真道，“是老爸让我找回你这个亲生父亲的。”

段志轩顿时如遭雷击，曾悬在心中既期待又害怕听见的答案，今天终于水落石出。为什么第一次见到这个女孩会有种似曾相识的亲切感，为什么她眉眼中的温暖让他晦涩的阴暗角落逐渐明亮，为什么他会抱着破釜沉舟的决心来到清风居……

“我小时候曾不止一次问过妈妈，为什么每年都要带我去看赛马，她告诉我在那里会等到她最爱的骑手。”自从去过云瑶牧场，思彤就隐隐从熟悉感中忆起了什么，儿时的零星片段逐渐拼凑出了完整的画面——赛马场的观众席上，母亲兴致勃勃地指着赛道上疾驰的一匹马说：“彤彤看，那个骑手一定会是这次的冠军。”她记忆中的母亲总是满脸忧郁，可只有这段记忆中母亲是漾着灿烂的笑容。

其实，她并不憎恨段志轩，倒不如说当意识到自己爱上他时，害怕得跟段志谦逃出了段家。她为自己的背叛以及对段志谦的辜负感到愧疚，即使努力想要化解两兄弟的矛盾，段志谦强烈的恨意，却让她夹在他们两兄弟之间左右为难，既无法开口伤害任意一方，也不忍心抛下那个为自己抛弃所有的段志谦——直到思彤的出生，看到她日渐长大，长相越来越像段志轩，程潇潇的抑郁症也越来越严重。

最浅最薄岁月，最浓最烈相思。多少浅浅淡淡的转身，是旁人看不懂的情深，他却没有从潇潇离别时的苦涩笑容中看懂她那厚重的爱。

“潇潇，你真傻……”段志轩突然掩面痛哭出声，他以为她不会再留下关于他的一切，他甚至以为她从未爱过自己。

真正感到卑微的人，是他才对啊。

数十年来积压在头顶上的阴霾突然烟消云散，久违的阳光映照着他。他荒芜的大地，因为另一个“她”的重生，终于恢复生机。

谢谢你，曾爱过那样的我。

叩叩。

门外传来敲响，纪远司眉眼也不抬，冷冷地回应：“没胃口，拿回去吧。”

待在清风居期间，除了饭点时间有家仆出现过，他几乎与外界隔绝了一切联系，这是丐帮的家规，他需要面壁一个星期。可是一想到思彤的处境，他连一天都待不下去。他多想时刻陪在她身边，如此想着，他已经按捺不住，披上外套就急急朝门外走去。可一打开门，日思夜想的身影突然出现在面前。

思彤正要开门的手悬在了半空，她取笑他说：“哎，你还在面壁中，怎么能趁机逃跑？小心我向监守员举报你哦。”

“我是不是在做梦？”他不确定地问。

她握住他的大掌触碰着自己的脸颊，微笑道：“当然不是。”

“他们没有对你怎么样吧？”他从管家那完全套不出思彤的消息，心里最坏的打算就是等一切尘埃落定后，立刻出岛去找她。

她摇了摇头，扑入他的怀里，双臂紧紧搂住他。

一种失而复得的安心感，让她禁不住润湿了眼角。分开不过十几个小时，对他们而言却漫长得像一辈子。

他低头轻吻着她，将她深深地拥入怀里，恨不能将离别的时间补回来。

“我把一切都告诉了段大当家，是他向议会那帮长老求情，才让我见到你的。”

纪远司一听，脸色骤变，扶住她的肩膀，关切地问：“是不是他威胁你放弃继承人的身份，对你做了什么过分的事？”段老太爷的忠告犹在耳畔，他担心思彤也被段志轩视为阻碍他事业的眼中钉，会不顾亲情伤害她。

“没有没有，他倒是什么都没有说就答应了。”思彤立马摆了摆手，为亲生父亲澄清了一切。其实，她本以为即使拿出信物也不会得到他承认，毕竟亲子鉴定结果还没出来。所以，她抱着破釜沉舟的决心试着去找他谈判，可没想到的是认亲比想象中要顺利得太多，也太轻松。

“真的？”纪远司半信半疑地看着她，终究不放心，就抱着她摸了一圈，想要检查她有没有私下被他们“屈打成招”的痕迹。

思彤红着脸嚷道：“真的！你到底要摸到什么时候啊？！”

纪远司这才惊觉自己行为逾矩，立马松开了手，露出了鲜少可见的羞赧，“抱歉，我、我不是那个意思。”

可恶，明明该赏登徒子一巴掌的，结果思彤却觉得他害羞的样子好可爱！大魔王真是太犯规了！

缠绵了好一会儿，思彤才拉着他往外走去：“我们走吧。”

“去哪儿？”他不解地问。

她回头，漾起灿烂的笑靥：“当然是去参加盟主继位仪式咯。你该不会忘了吧，盟主大人？”

尾声

两天后。

“这是段大当家的与段小姐的亲子鉴定结果，显示亲子关系成立。”皇甫医生将详细的鉴定报告递了过去。

“嗯，确实是亲子关系。”

不仅如此，思彤带来的族徽和典籍也是货真价实的信物。典籍是段志谦离家出逃前从祖屋带走的那本，不论是装帧还是笔迹，都出自大理段氏特有。大理段氏长老们对鉴定结果，一致表示认同，事实上如果不是看见段志轩脸上一副“谁敢反对就死定了”的表情，大概还会有几个不知死活的家伙举手唱反调，比如段志流。在知道段志轩不打算追究他儿子鲁莽的行凶之举后，他聪明地不做声了。

虽然仍有对思彤身份表示质疑的声音，但段志轩以他的强硬态度悉数压了下来。他突然态度大转，不仅让家族众人摸不着头脑，甚至连武林议会的长老们都搞不懂他的心思。原本致力于将纪远司拉下台，推举亲生儿子段江风坐上武林盟主宝座的段志轩，现在竟然一反常态，为纪远司澄清事实？

最震惊的莫过于纪冠临了，他甚至很小人地认为，段志轩不趁机落井下石肯定心里在打什么盘算，可没想到对方很卖力帮他儿子说好话，并向元老们求情。他越发怀疑，难道这是段老狐狸的圈套？

“喂，姓段的，你别以为这样，我就会感谢你。我儿子当上盟主是实至名归，就算没有你开口帮忙，评议会迟早也会明察秋毫。”纪冠临冷哼一声，就是不想承认。

段志轩回以冷笑，完全不把他放在眼内，这可把纪冠临气得直跳脚。对付丐帮这些粗线条的暴发户，段大当家的一向都是高冷的。

为避免两个年过半百的家族之首大打出手，纪远司适时介入，对未来岳父微微一笑：“家父的意思是，感谢段伯伯出手相助，我才能重获世家的信任。”

基本上面对的人只要不是纪冠临，段志轩还是颇和颜悦色的：“我是看在我女儿的分上才帮这个忙。”

聪明的纪远司从他的语气里立马读懂了一个暗示，他承认了自己与思彤的关系，于是乘胜追击：“我对思彤是真心的，请您放心把她交给我。”

后头的纪冠临不甘示弱地冷嘲热讽：“哼，要不是我儿子非你家千金不可，我还不想喝这杯儿媳妇茶呢，省得你还真以为我很想跟你当亲家！”

“同感。”段志轩皮笑肉不笑地反击。

好不容易平息战火的两人，又开始翻起了陈年旧账。思彤来到会场看到这种情景，她苦哈哈地拉了拉大魔王的袖子：“他们怎么了？”

纪远司凑近她耳边说了几句，她立马红了脸。

“我又没答应和你交往，干嘛自作主张和爸说那些啊。”她背过身子，假装没看见大魔王眼中的期待。

纪远司突然从后方拥住她，沉声诱哄道：“那就跳过交往阶段。看来回去以后，我得马上去拜访光叔，让他答应把你嫁给我。”

“贫嘴。”她突然转过身子，摊开掌心，“求婚也得礼花吧？”

这家伙果然还在怨念他把礼花给了曦薇的事，他不禁哑然失笑，大掌紧紧回握住她，彼此紧扣的十指仿佛再也不会分开。

原来这一生，走过姹紫嫣红的美景，只为重逢最初的心动。

— 正文完 —

番外一
从前从前，有个人爱你很久

思彤很苦恼，原因出自上周末不愉快的见家长经历。

她从没想过百般疼爱自己的光叔，竟会成为恋爱路上一块巨大的挡路砖。

武林大会一结束，她就与大魔王双双回国，还没踏入家门，就被光叔劈头盖脸一顿臭骂。失联十来天，如果不是猜测到思彤可能去了武林大会，他早就报警去了。

大魔王自然是不会袖手旁观的，更何况她身上还有伤，他就将思彤护在身后，向光叔说明了原因。这不说倒好，一说立马噌的一下把苏程光的三昧真火都烧了出来。

“你这个混账东西！”说时迟那时快，气不过去的光叔操起手边的小茶壶就朝他砸了过去。虽然受伤并非他的原因，但思彤出发前人还好好的，现在突然被告知差点遭遇不测，还带着伤回来，归根到底还是这个男人的错！

要不是纪远司的出现，思彤也不会有后头那么多事儿了。如果思彤有什么三长两短，苏程光也不知该拿什么脸面告慰老爷夫人在天之灵。

纪远司像块木头似的站在原地，茶壶就那样重重地砸了过去，在地上摔得支离破碎。

苏程光惊得瞪大了眼，可是气到头上又拉不下老脸，只好回房重重摔上门，以宣泄他的不满。

现在该怎么修复大魔王和光叔的关系，让思彤犯了愁。

“你好傻，干吗不躲？”思彤倒了点儿药酒在掌心，往他肩膀上揉了过去。

虽然大魔王从头到尾都一声不吱，但那片触目惊心的青紫扎眼得可怕，思彤看着很是心疼。看到他微皱的眉头，思彤不禁又放轻了力度：“疼吗？”

“不疼。”纪远司的语气依旧是云淡风轻。

思彤忍不住翻了双白眼：“不疼？万一光叔丢的是菜刀，你还躲不躲？”

他只是笑笑，拿起沙发椅上的衬衫径自穿了起来，长指一颗一颗扣着胸前的纽扣。刚开始给他擦铁打酒的时候还不觉得，现在看到大魔王那片精壮的古铜色胸膛时，思彤突然红着脸把目光挪开。

非礼勿视，非礼勿视。思彤努力甩掉脑中浮现的旖旎风光，可心里又不得不感叹，大魔王的身材真好，以前蹭过他的胸膛，就知道那种毫无赘余的肌理是多么完美诱人。

正当她胡思乱想之际，已经穿戴整齐的男人从身后拥住了她，耳边是他磁性的嗓音：“还在生气？”

思彤哼了一声：“我当然气，你竟然这么不爱惜自己。”

纪远司将她扳向自己，眸光深深地盯着她，正色道：“你不也是。”他暗指她替段志轩挡刀的那一幕，那时的他同样担忧不已，“我是该砸的，因为我没有照顾好你，还让你受了这么多委屈。”

他的温柔，让思彤忽然酸了鼻子。他们的爱情天平显然是失衡的，他远比她想象中的要爱自己，只是她粗神经，总是辜负他的一片真心。所以，她很担心能否协调好他与光叔的关系。

他们都是她生命中很重要的人，她不希望彼此陷入僵局。

事实上，这点小事，根本还轮不到她来操心。下班之前，思彤竟然破天荒接到了光叔的电话，大致意思是说要请大魔王到家里吃顿饭什么的。思彤当然求之不得，立马向大魔王汇报，一下班就火速赶回家。

刚进家门就闻到了饭菜的飘香，厨房是苏程光忙碌的身影。

“光叔，我们回来了。”思彤试探性地看了过去，试图在苏程光身上看出一点儿蛛丝马迹，好评估他今天的心情。

苏程光端着最后一道菜走了出来，扫了她一眼：“去洗手，拿碗筷。”

思彤欢快应声，便听话地躲进了厨房，然后探出半颗脑袋偷瞄厅外的情况。

纪远司果然是从小习惯于社交场的男人，他谦恭礼貌，寒暄完就把准备多时的一套紫砂壶茶具作为见面礼送给了光叔。

光叔虽然依旧板着脸，但已经比上次见面时要缓和了很多。一顿饭吃下来，两个男人有一句没一句地聊了起来，直到光叔喝高了，之前的尴尬局面渐渐破冰：“思彤就像我亲生女儿一样，我见不得她受一点儿委屈。如果你不好好对她，我一定不会放过你，听到没有？”

“我会的。”简短的三个字，坚定有力。

苏程光见他握紧了饭桌上思彤的手，微微勾起了嘴角。这个丫头，倔强归倔强，还是碰到个能包容和爱惜她的人。末了，他欣慰地点了点头，假装酒醉头晕，找了个理由打发他们出去买醒酒茶。

他们的身影消失在门扉后，苏程光端着两个小酒杯放在神台的两幅黑白肖像前，为他们斟满酒，唇边笑容绽放：“老爷、夫人，思彤小姐很懂事，你们可以安心了。听说她还和段志轩相认了，现在她还遇到了懂得珍惜她的人，你们在天之灵一定要保佑他们顺利开花结果。来，我敬你们一杯。”

即使无人伴我以酒，也值得敬这人世圆满一杯。

从便利店出来的两道身影脚踏夕阳，渐亮的路灯把他们的影子拖长，直到在路的尽头交汇成了一点。

他们手牵着手走过思彤送过外卖的街道，路上各自拆了一根雪糕吃起来。思彤忽然有些感慨，如果是几个月前，她一定不敢想象大魔王会纡尊降贵陪她压马路，更何况是像对笨蛋情侣那样当街吃雪糕。

“在笑什么？”他淡淡地瞄了眼身旁的女人。

“就觉得你好吃亏，竟然喜欢上我。”思彤倒不是自卑，只是觉得在寻常人眼里，他和慕容曦薇或Elissa那样出众的女性在一起才显得更理所当然。

“是吗？我倒觉得赚到了。”

思彤笑着一记胳膊肘撞了撞他：“少来，油嘴滑舌我也不会奖励你的。”

纪远司深邃的眼眸有暗光流转，既然她不给，他自己讨便是。大掌紧扣住细腕，薄唇如蜻蜓点水般落了下去，吻去了她嘴角的雪糕。品尝完她的甜美，他露出一副“谢谢款待”的狡黠模样。

“抹茶味的，不错。”

不得不说大魔王的段位越来越高了，明明也没有做出什么惊天动地的出格事儿，她却为此失了神，甜得牙疼。

“你、你的雪糕是什么味道？”思彤小脸一红，立即转移了话题。

纪远司把手中的雪糕递了过去，她就着这个姿势咬了一口，是香草味，只是不知怎的，多了一些别样的甜美，就像他给予的宠溺。

“你从什么时候开始喜欢我的？”虽然现在才来问这个问题有些矫情，但这也是她至今为止在意的问题。难道是一见钟情？可她直觉大魔王不是那种肤浅的男人。

纪远司沉思了一会儿，又把问题抛了回来：“那你呢？”

“我才不要说，总觉得先说的那个人比较笨。”

“我从很久以前就一直喜欢你。”只要她肯承认爱他，他笨点无妨。

见她得意地咯咯直笑，他也禁不住溢出清浅笑意。不管何时看见她的笑脸，那种弥足珍贵的小小幸福都让他觉得无比温暖。

那种足以救赎他一生的温柔，仿佛让他回想起了再会的那个夜晚。

滴答滴答，记忆中的雨水倾泻而下。

在被拒第五次后，纪远司终于得到了第一笔投资金，不足十人的小小工作室突然历经了天翻地覆的改变，全新面貌的《武皇》几乎在市场上掀起了一股新的热潮，以压倒性的革新技术以及玩家体验，迅速成为了业界的热点话题。

庆功宴的那个夜晚大家喝得烂醉，他却格外清醒，看着窗外淅沥沥的雨，心从最初的澎湃变得格外的平静。只有在这种时候，他才知道取得的成功有多不容易，如果当时《武皇》就那样转手易主，会有今天这样的小辉煌吗?

他不知道为什么会再去到那家网吧，并试图在一张张陌生的面孔里寻找那个身影。当他失落地走出网吧时，一道银铃女嗓突然介入繁杂的背景音里。“一共是35块钱，谢谢。”马尾辫的背影清瘦纤细，她放下外卖的食物，转身就踩着轻快的步子走了出去。不顾外头的毛毛细雨，她压了压鸭舌帽檐，骑着小绵羊穿过了前方小巷。

他快步走向网吧前台，讨要了外卖名片，根据上面的地址找到了那程咬金三板斧般的小餐馆。店内熙熙攘攘，吃夜宵的人三三两两地聚在一起，他却没有看到那个女孩。

他失望地走出餐馆，突然看到了停靠在屋檐下的小绵羊。女孩清亮的一双眼眸像楚楚可怜的小鹿，懵懂地眨了眨，以为他是刚用完餐的客人，倦容立马堆出热情：“帅哥慢走，有空再来，需要订外卖的话，直接拨店里的电话就可以了。”

话里有一些客套的疏离，也有一些生活的无奈，不无显现着与她年龄不相符的老练与成熟。

而且，她比起初见那时还要瘦上许多，这让他心里莫名有些不忍。

因为下雨天的缘故，餐馆比以往早收市。小小的身影和收银台的中年男人不时说着什么，一会儿又收拾这收拾那，直到笑容灿烂地送走店里最后一批客人。她打着伞，来到餐馆旁的巷子。他不敢惊动到她，只是就近在道旁停着他的车子，透过车窗看到她蹲在屋檐下捣鼓着什么。当她转身走开时，纪远司终于看到那张青涩的脸庞浮现出与之般配的纯真。

很快，暗处就蹿出了几道黑影，那是周遭的流浪猫，正围着罐头狼吞虎咽。

她大概不知道，自己所给予的善意，曾给濒临绝望的那些生命带来了怎样的温暖和希望吧。

扑通，心脏的壁垒像被某种情愫穿透，他仿佛看见了自己坠入恋爱的那一瞬间。纪远司心中不止一次讪笑自己这种不切实际的妄想，明明只是彼此生命中的过客，何必刻意制造交集。

最终，他选择了离开。

五年以后，当他从国外回来，当年那家网吧已经改建成了休闲会所，就连巷子里的小餐馆也已换成了别的店面，那女孩突然就像除咒记忆一样，从他的生命里被抹掉。

就像顾城说的，为了避免结束，他避免了一切开始。

也许，他只是害怕失去才给了自己不去触碰的理由，可有一些相遇，即使没有任何铺垫，她也会来到身边。

“不好意思，你好像坐了我的位置。”

专注着内测操作的他恍惚听到了记忆中的声音穿透时光而来，他抬头看去，那一刻仿佛一眼万年。他再也无法克制内心的撼动，面上极力隐忍，却仍是勾起了微弯的嘴角。

那种名为心动的感觉，大概就是喜欢吧？

这些珍藏在心底的秘密，就足以让他温暖到八十岁。

“你在笑什么？”思彤不爽地瞪了过去，明明在认真跟他聊何时回大理段氏探亲的事，他却一个人笑眯眯地沉浸在自己的世界里。

纪远司收回飘远的思绪，伸手摸摸她的头：“笑我自己当初太不自信，应该早点告白的。”

思彤突然酸他：“说什么呢，明明之前还和曦薇有过婚约。”

该不自信的人是她吧？大魔王这么优秀，她才是真正害怕失去的那一方啊。

都到这个阶段了，她怎么又旧事重提？他家小女友真的好爱吃醋。他无辜地眨眨眼：“你也有很多追求者啊，段江风、唐衍，还有谁来着？好像小张、小刘、小李……”

见他正在装模作样地掰着手指数数，思彤一下就急了：“那些都不算，我又不喜欢他们！”

“那看来只有大魔王配得上喜欢你了，谁让他是你的初恋呢。”纪远司露出得逞的笑意。思彤的那些过往，他都从表妹的口述中知道了。

“我才不喜欢他呢！”

她气急败坏的样子真是可爱到一塌糊涂，纪远司没忍住便低头吻了她，感觉到她的回应后，他不自禁加深了这个吻，却在看到思彤迷离的双眼时，克制住了即将崩塌的理智。因为太喜欢，所以才格外珍惜她。

思彤感觉到脖子上一凉，低头看去，是一枚铜钱，用红绳喜结系着：“这是？”

“铜钱坠，丐帮初代帮主传下来的信物。”

丐帮弟子从来都是快意江湖、恣意洒脱、不为五斗米折腰的自由个体。

直到初代帮主遇见甘心为其放弃自由的人，他愿意放下骄傲，双手浸满铜臭。可好景不长，她命丧于兵荒马乱中，只有那枚最初赠予他的铜钱，直至死为止都从未离开过他。

自此以后，丐帮有了一个传统——向喜爱的人赠予铜钱坠。

当一个丐帮向你送出铜钱坠，说明他在向你求婚。而丐帮骨子里的专情，也造就了他们一生只认定一个人的爱情观。

“我们丐帮只给认定的媳妇送铜钱坠。”

思彤不傻，知道他做到这个份上就是为了向她证明自己的决心。她知道铜钱坠对丐帮而言有多神圣高洁，他也绝不会在婚姻大事上儿戏。如果背弃铜钱坠，也就等同于背弃他们的爱情。

其实，即使没有礼花，没有铜钱坠，她也早已交付真心。

她轻捶了捶他的胸口，闷闷道：“笨蛋。”

晚上，久违地上了下游戏。自从忙着武林大会的事，她已经许久没上，趁着新活动预热期间，上去练练手。来到活动区域的地方，思彤正巧撞见了小古墓派。她兴高采烈地上前，正打算向她汇报自己的婚讯，结果小古墓派连理都不想理她。

思彤就纳闷了，哎，才几个月没上游戏，这么快就翻脸不认人了？可下一刻思彤就把这个念头甩掉，小古墓派不是那种朝三暮四的人。于是，思彤迅速地移动鼠标查了一下对方的装备，看到了一身的神装和特效武器，她的第一反应是她卖号了？还是被盗号了？

她第一时间就拨通了黎子棠的电话号码：“棠棠，可不可以帮我查下游戏ID的异常？”

“可以啊，你把ID名字告诉我。”话筒那边的黎子棠很豪爽地答应了，结果却在看清游戏ID时，她突然爆笑出声，“那不是我小号嘛，我正在上游戏，怎么了？你该不会以为是大表哥在登录吧？”

于是，思彤就从黎子棠口中得知了一段漫长的暗恋。

原来大魔王的初恋由始至终都是她。

因为爱在心里口难开，他借表妹的小号偷偷摸摸地在游戏里接近她。本想就此默默守护，没想到这一守就守了五年：有时候他是嘲风大魔王，有时候是小古墓派司暄，有时候甚至是路过她身边的小白玩家，只是她浑然未觉罢了。

如今回想起来，思彤确实从没见过嘲风和司暄同时在线的情况，也就是说黎子棠所说的都是真的。

她不经意点开仓库，一眼就看到宝箱中那枚闪闪发光的游龙戒。大概是思绪的连贯，突然想起了小古墓派，当时说过的话，思彤还记忆犹新。

戒指先帮我保管，等我决定好告白就跟你说。

这个大魔王啊，原来当时是准备向她告白来着？思彤忍不住傻笑了起来，他也太不坦率了吧。

惊鸿、游龙这两枚情侣对戒，男女间互相交换佩戴是游戏里的传统，以此对外宣称自己是有主的人。是她太迟钝，没能早早发现大魔王的心意，还很天真地对着他说了许多不可告人的小秘密。一想到曾经和大魔王探讨过生理期的困扰，思彤就觉得好无语！

可是……

她摸了摸胸前的铜钱坠，下一刻移动鼠标，把仓库里的游龙戒指戴在了手上，看到游戏里的大理段氏女侠威风凛凛，她才甜滋滋地下了线。

当天夜里，思彤抱着枕头又在床上一阵打滚，根本就睡不着嘛！

她跳下床，拉开了窗帘，天上月明星稀，跟她此刻的心境一样清澈明朗。

不知道大魔王现在睡了没？

她双手托腮，脸上是藏不住的笑意。

即便世间多纷扰，只要与喜欢的人心意相通，那就是一种永恒的小确幸。

番外二

愿作木棉树，不做菟丝花

看着全身镜里陌生的女子，思彤有些出神。

黑发在肩前倾泻而下，额心佩戴着坠饰流苏，整体妆容素雅古典。具有特色的裙子随着脚步摇曳，每走一步，绣鞋上的银铃都叮当作响。如果不是被告知认祖归宗仪式必须穿传统的民族服饰，思彤会以为自己在玩Cosplay。

房门外传来家仆的催促声，思彤打开门，乖巧地跟着管家来到段家祠堂。

左右两侧早已站满了西装革履的段家成员，一见到思彤，他们纷纷站了起来。

段志轩站在祠堂正中央，对管家微微颔首。

管家高呼：“仪式开始。”

思彤踩过脚下的红毯，一步一步地走到祖宗牌位前，郑重地为祖先上香，行三跪九叩之礼。随后，段志轩为思彤在族谱上续写辈分，又从仆人的端盘上取来项链戴在了思彤身前。熠熠生辉的坠子上是段氏特有的家纹，银饰上的刻字，则代表着她嫡系的尊贵身份。

关于思彤的身世，仍有许多人持质疑态度，但段志轩力排众议，坚持让她认祖归宗。即使字辈不同，也由着她保留现在的名字。

受尽特殊待遇的她，一度成为大家议论的焦点。

然而，更让人意料不到的是，段志轩突然宣告："今天是思彤认祖归宗的仪式，同时我宣布，她将是大理段氏下一任的大当家。"

不仅思彤惊呆了，就连本是后继者的段江风也瞪大了眼。

"董事长，我们大理段氏数百年来都是根据资质选出继承人，从未有过直接将子女立为继承人的先例，这似乎不妥……"管家冷静地提醒段志轩。

"我已经厌倦了大理段氏的迂腐。"段志轩突然打断他的话，"时代是在变的，各个世家也都在顺应时代而生，我们大理段氏难道就不能打破一成不变的传统？就这么决定了，思彤将会成为大理段氏史上第一位女当家。"

"董事长，请慎重考虑！江风少爷再怎么说，也是第一继承人。"拥护段江风的一派元老纷纷出声制止。

"你们倒提醒了我，思彤取代江风成为段氏集团继承人，我名下的所有股份将会全部转给她。明天的董事会上，我会再郑重说明我下台退股的事。如果没有别的事，仪式就到此结束吧。"

段志轩不理会众人的劝告，头也不回地走出了礼堂。

识时务的一派立马领悟到段志轩的用意，纷纷向思彤拍尽马屁，趁早讨好思彤这个未来大股东，才能为自己在集团里的地位捞得好处和利益嘛。于是，正反两边的声讨愈演愈烈，几乎乱成一团。

段江风趁乱拉着思彤逃了出去，一直溜到无人的荷花亭。仔细打量了她一番，段江风笑问："怎么样，还习惯吗？"

"你就别笑话我了。"思彤筋疲力尽地坐下来，敲了敲发酸的膝盖。

作为世家大族，段家的规矩相当多，连站姿都有特别要求，她都快把腰给站僵了。

段江风在她一旁坐下，打趣道："现在终于知道我有多不容易了吧？要得到这些长辈们的认同，真的很难。我努力了二十多年，也没能让所有人心服口服。"

所以，在听到思彤将会取代自己成为继承人时，他震惊的同时，竟松了口气。

注意到他唇边的苦涩，思彤知道他仍在为段江义被逐出大理段氏的事内疚。现在的舆论几乎一边倒，认为段江义是被段志轩和段江风联手陷害，才会落得如此局面。关于段江风这个继承人的不利言论也越来越多，他现在的立场并没有表面上看起来的那么轻松。

突然，她一把弄乱他的短发，调侃道："你看你眉头都皱成一团了，现在我是你姐姐了，天大的事我这个姐姐都会先替你顶着的。"

段江风转过脸，认真地看着她，然后感激地笑了："谢谢你，姐。"

"唉，可是突然让我当这个大当家，爸到底是怎么想的……"

段江风理解地说道："爸大概在为曾经的自己赎罪吧。"

夜色静谧，床上的人辗转反侧，眼睁睁地看着窗外高挂的圆月发呆。

思彤满脑子都是白天听到的那些话，段志轩打算卸任段氏集团董事会主席，离开这座城市去周游世界。她知道这只是对外的说辞，其实父亲不过是在惩罚前半生的自己罢了。他一个人去了母亲的故乡，断了所有对外的联系方式，完全隐居起来。

无法和父亲取得联系，让她不禁担忧起来。

也许是她的不安惊动到了身侧的男人，长臂从后方搂住她，沉哑的磁性嗓音在耳畔边温柔响起："怎么了，还不睡？"

"抱歉，吵醒你了？"思彤突然红了脸。明明都同居这么久了，她还是没能习惯床边多个人，更羞于与他四目相对。

为这种改变而感到无所适从的又何止思彤一个，纪远司亦然。属于自己的私人空间突然多了一个人分享，属于她的物品一件件增多，目光所及之处都会有她的身影和气息，可他对这样的幸福仍然没有真实感。

不自觉地将她又紧拥了几分。

思彤能明显感觉到他在撒娇，拍了拍他的手背："要不我出去睡吧，你明天还有早会呢，早点休息。"

她知道他向来浅眠，担心自己会影响到他的睡眠质量，抱起枕头就要下床，却被大掌拦腰抱了回来。

月光淡淡地洒落床头，思彤看着他抚摸自己的脸庞，动作轻柔，虽然看不明晰，却能从他清浅的笑声中猜测到他唇边的笑意有多浓郁。

大魔王似乎心情很好？

他低头吻了吻她的鼻尖，高挺的鼻梁温柔地磨蹭着她的，引得她想要发笑，可粉唇已被他霸道侵占。明明心里还在为段氏集团的事情烦扰不堪，却轻易就被他转移了注意力。他好像……能看穿她的所有心思。

"我相信你可以把事情处理得很好，即使没有我帮忙。"纪远司知道他喜欢的人并不是个懦弱的女孩，从认识她的那天开始，他就为她的坚强折服。如果他贸然插手，思彤不一定会高兴。

大魔王的信任，无形中给了思彤许多勇气。她近乎撒娇般，将自己嵌入他的胸膛："谢谢你一直陪在我身边。"

她的倔强叫她从不依赖任何人，其实心里很清楚，只要她服软或开口请求，大魔王一定义不容辞帮她，但她不想再给大魔王添麻烦。

她想变得更优秀，成为一个足以与他相配的人。

和他并驾齐驱，是她一直以来的梦想。

思彤忽然豁然开朗，心中打定主意后，在他薄唇上赏了个吻，就卷起被子甜甜地睡去了。反倒是纪远司有些哭笑不得，现在轮到他失眠了。

思彤成了大理段氏史上第一个女当家，也顺理成章地接手了段志轩在段氏集团的职位。她花了数月时间，一边学习一边整顿公司内外要务，并用最快的速度，肃清了所有沉疴难治的"皇亲国戚"，将集团高层大换血。

外界对她的评价褒贬不一，有人说她和段志轩一样铁面无私，也有人弹劾她新官上任三把火，不管舆论如何，思彤依旧坚持着她的理念，带领着“新血液”组成的团队，开启了互联网技术上的新篇章。

她以高额成交价买下了苏杭的一片湖景区，业界都将她此举误以为开发旅游度假村的风险投资，包括段氏家族的人在内也暗自嘲笑她的鲁莽冲动。可在这时候，思彤突然召开了记者发布会，宣告湖景区将开发为全国最大的数据中心。此后，段氏集团与皇临集团紧密合作，由黑曜提供尖端技术协助。这个采用湖水制冷、太阳能供电的数据中心，集环保理念和技术创新于一身的项目，很快就引来了全业界的激烈反响，狠狠地给了那帮等着看她笑话的人一巴掌。

正当众人万分期待这位年轻的女企业家将会掀起怎样的飓风时，她再次做出了惊人的举动——在事业蒸蒸日上时宣布辞职。更让众人大跌眼镜的是，这位段氏集团的前董事长，竟然开起了餐厅。

大理段氏上下几乎被这位女大当家弄蒙了。她想法离奇古怪，就像永远都猜不透的哥德巴赫难题。她废除了家族里嫡系子孙才能成为继承人的规定，认为大理段氏集团的董事长应该由有能力的人担任，集团的任务应该是创造财富、造福家族，而不是形成家族争斗的导火索。她间接嘲讽了大理段氏混乱不堪的现状，也解决了长达百年的内乱问题。

过去的一年里，段江风离开电竞队，进入段氏集团从底层开始打拼。他在集团中的沉稳表现，使他在家族内的声望日渐走高。

一切正朝着思彤预想的方向发展，最终，她让段江风名正言顺地成了大理段氏的新一任大当家，段氏集团的董事长。

就任仪式中，她悄悄离开，却还是被人发现了。

“思彤。”

“你怎么突然跑出来了？”思彤回头，就见段江风大步朝她跑来，却没注意到他直呼自己的名字。

“为什么一声不吭地走了？”他拉住她手边的行李箱，“我知道你过去一年做的都是为了我。”为了让他可以获得公信力，她牺牲了自己，扮演着一个冷漠又蛮横的董事长，甚至任性地“丢下烂摊子”给他。

实际上，她为他搭建了最可靠的团队，就连这湖景区的数据中心，都在未来拥有无法估算的巨大价值。

她长远的商业目光，叫他既佩服又感激。

“我不是只为了你，还有整个大理段氏。答应我，一定要成为优秀的段氏当家人，在爸爸结束救赎之旅回来时，让他看到你努力的成果。”

“不，没有你，我不行的。明明所有功劳都是……”

思彤向前轻轻拥住他：“我很开心。真的，我还有那么多的亲人，你们给了我那么多家的温暖，让我无论什么时候想起都忍不住想哭。我希望你也能够好好的，因为我和爸爸都是爱你的。”

段江风一怔，原来他心中的脆弱早已被她洞悉。

其实，他都知道，父亲对他从小苛刻严厉，并非不爱他，只是希望他能在逆境中越挫越勇。直到父亲离开了段氏，他才知道父亲背负的种种，后知后觉自己一直误会了父亲，为此他懊恼不已。

思彤好像总知道他在渴望什么、逃避什么，即使他将脆弱掩饰得滴水不漏，她依旧一眼就将他看穿。

所以在他有了退缩的念头时，她任命他成为副总裁辅助自己。

所以在他自卑颓废时，她让他负责筹备下届武林大会。

所以在他对未来茫然迷失时，她令大理段氏掀起民选热潮，段氏大当家成了他坚持下去的唯一动力。

她用她的方式，让他相信了她所坚信的未来。

他该拿什么回报她的温柔？犹豫了会儿，才缓缓伸手回拥住了她。

他感激道：“我会的。”

直到思彤的身影远去，才传来清冷的女嗓，打断了段江风恋恋不舍的目光。

“人都走了，还要看多久？变态姐控。”

段江风这才惊觉身后站着一道身影，红着脸反驳：“要你管！倒是你，躲在一边偷听也太小人了吧！”

慕容曦薇没好气地笑道：“我偷听？明明就是你们光明正大地左拥右抱。”天知道她特地跑来见证他的继承仪式，结果却撞见他们姐弟情深的画面，让她心情差到极点。

突然一阵风起，她轻咳了几声。

见状，段江风脱下了大袍披在她身上：“别吹风了，进去吧。”

慕容曦薇没有拒绝他的好意，冷哼一声，转身向礼堂走去。后方的男人连忙追上，扬起揶揄的嘴角：“嫉妒了？”

“搞笑。”

“那干吗脸臭臭的？”他虽然在挖苦，但话中的关心溢于言表。此时，从他口里说出来，听来倒有点像情侣间的打情骂俏。

慕容曦薇微笑着往他胯下踹去。可段江风并非省油的灯，一把拉住她的细腕，吻住了她尖酸刻薄的小嘴。末了，他腹黑地舔了舔唇，满足地说：“我确信我现在是变态恋姐控了，曦薇学姐。”调戏完对方，他就麻利地逃了。

只余下慕容曦薇一阵脸红咆哮：“段、江、风！”

刚离开了段家大宅，思彤一眼就看到等在门口的布加迪，倚靠在车背上的纪远司对她微微一笑。那笑容，美得颠倒众生，看得思彤小鹿乱撞。

“你不是在外地出差吗？”他的出现让思彤惊喜，本来还想在他出差回来以前，做好晚餐给他接风洗尘的。

纪远司接过她的行李放到车尾箱：“工作提前结束，就想快点回家。”

自从她接手段氏集团后，两人聚少离多，思念都快把他给逼疯了。最近两人又分别数月，他对她的想念已经到达极致。

思彤理解他的焦躁不安，待到他把车子开上了高速公路，才把喜讯告诉他：“我把所有事情都处理完了，以后我就只在餐厅里当个悠闲的老板娘。”

“真的？”

“嗯，装修得差不多了，下个月就正式开业。”

其实，开餐厅的初衷不外乎是担心大魔王的饮食，他总是饱一顿饿一顿的，以前她在皇临还能帮忙照顾一下，可她不在身边时，他又总是坏习惯缠身，让她心里很愁，于是就有了在附近商圈开餐厅的想法。后来大魔王提议，以她的名义在伊萨酒店内开家餐厅报答光叔，争取让光叔把餐馆事业做出品牌。

光叔一直以为思彤是餐厅的幕后老板，却不知道，纪远司才是真正的投资人。

“不如我下周末过去帮忙，体力活我还是可以的。”他笑道。

“会不会太大材小用了点儿？盟主大人。”思彤发现大魔王现在越来越会开玩笑了，“我以为你已经忙得没空来看店了，毕竟某人已经在出国旅游前放过我鸽子。”

本以为两人订婚后，可以一起去旅游恩爱下，结果大魔王当了盟主后，事情就没完没了。他平时工作就忙，再加上世家内外事务异常的多，这不，上个星期才刚安抚完窝里斗的五岳剑派，这个星期又要去主持青城派讨伐绝情谷的负心行为。还有一些女掌门就不提了，完全是冲着大魔王祸国殃民的英俊容貌来的，各种茶会宴会开个不停，他这个盟主当得比总统还累。

“等等，你怎么开上了机场高速？”思彤才发现哪里不对劲儿。

“你不是抱怨旅游泡汤嘛，今晚九点的飞机。”

“可是，我的护照还有……”当她看到车后座自己的那个小背包后，她就知道大魔王早已帮自己打点好一切了。这个男人做事堪称完美，总让她省下不少心，但他做事也绝不会仅仅是心血来潮，“我看补偿只是顺便，真正的原因并不是出国旅游吧？”

她的冰雪聪明，让他赞赏地点了点头：“我想带你去见我妈。”

大魔王的妈妈？

思彤一怔，突然要见婆婆了，好紧张！

抵达芝加哥后，两人辗转来到了一个安静的街区，四周筑有围墙，隔断了人间的匆忙庸碌。

这里是名为“雅园”的墓地。

虽说是墓地，可里面绿茵满地，还有着树荫斑驳的大庭园，行走其间感觉有几分安详与静谧。据说这里还葬着芝加哥各种传奇的大人物，思彤随着大魔王一路前进，走过一块块墓碑，终于在墨绿大树旁的一个墓碑前停下。

“妈，好久不见，最近还好吗？”纪远司放下了手中的花束，伸手紧握住身旁的思彤，微笑着介绍，“今天我带了个人来见你，她就是我一直和你提起的思彤。我已经决定要和她结婚了，请祝福我们。”

思彤连忙弯腰鞠躬，紧张地说：“伯母，初次见面。我一定会好好照顾总裁的，请您放心！”

“还叫我总裁？”大魔王不悦地挑眉瞪她。

“一时改不了口嘛。”

他轻叹：“你早就不是我的员工了，纪太太。麻烦你尽快熟悉一下你丈夫的名字。明明喊你家亲弟弟，倒是亲昵得很。”

大魔王对段江风这桩乌龙的姐弟恋一直耿耿于怀，以至于师兄弟见面时总是分外眼红。

思彤也不甘示弱，酸了他几句：“你不也喊曦薇喊得很亲密嘛。江风是我亲弟弟，将来结婚了，大舅子和姨丈关系处不好，我很为难哪。”

大魔王率先投降：“不吵这个了好吗？”

“明明是你先挑起战争的。”她赌气地扭开头，不看他的脸。

相爱以后，才发现他们时常为了琐碎事争吵，不管是柴米油盐，还是生活习惯，两人总有无法折中的事情。大魔王并没有想象中的完美，他会有起床气，也会像个普通男人一样，穿着平角内裤就去刷牙洗脸，甚至将洗手间里的她视若无物。

但是，只有她才知道他的那些不完美和小性子。就如同她的脆弱，只会在他胸膛润湿一片泪水。他们彼此独立，却又彼此偎依。

“对不起，我的错，因为我吃醋了。”他的嗓音开始沉哑，迷人而甜蜜地折磨着思彤的忍耐力。不管对错，他总是率先弃械投降，对他而言，有时候争论的对错并不重要，如果以失去她为代价，那都是无意义的。

“好啦，我也有不对，不应该总拿以前的事挖苦你。”思彤突然笑出了声，瞪了他一眼，“都怪你，让我在伯母面前出丑，万一她觉得我是个蛮不讲理的媳妇怎么办？”

纪远司不禁哑然失笑：“不会的，我经常在她面前夸你。”

“笨蛋，哪有你这么不害臊的。”

她从不怀疑他们的爱情，就像海豚从不背弃海洋。所以，当初他开口承诺会给她安逸幸福的未来时，她几乎没有犹豫就答应了他的求婚。

对于生活，她没有臆想过完美无缺。也许在未来，他们还会因为更多的鸡毛蒜皮拌嘴，甚至背道而驰。但只要两人还在一起，那些阻碍，也一定会被生命中的温暖浸润成幸福和感动。

毕竟，那是从很久很久以前就深爱着她的大魔王啊。

“阿远，我爱你。”她突然扑入他的怀中。

纪远司心弦紧了紧，眸光中溢满了不曾有过的温柔，双臂将她紧拥，爱怜地亲吻着她的额头。

“对了，以后我们的孩子，到底算丐帮还是大理段氏？”她天真地假设。

“……”

“你为什么要沉默啊？”

“嘘，别吵，我正在考虑生几个才不影响门派和谐。”

“……”

阳光下，无名指的戒指闪着辉耀，像在诉说着永恒的誓言。

后记

非常感谢大家看到最后！

总算又能在后记露个脸了，我真是对写后记有着谜一样的执着，哈哈！其实，写后记只是我出书以来一直保持的习惯（只有第二本书因为版面问题删了后记，至今仍有些怨念），除了能和大家分享一些创作过程中的感想外，还想借机会和大家聊点日常，让熟悉我的，或者尚未认识我的读者们稍微有所了解。

说起来，这算是我个人第四本图书了，也是至今写得最久的一本，从定选题、写大纲，再到定稿前前后后大概花了差不多一年半的时间。改稿过程很虐，不过风格也较前几本更趋于成熟，正如大家所见，我的风格正在慢慢转型，偶尔的傻白甜也是苏到自己了哈哈。后期能写得这么顺，全是我善良美丽的责编云湘暖的功劳啊！要不是遇见云姐，说不定这篇稿子还躺在电脑硬盘里不见天日呢，哈哈。

回想和云姐各种头脑风暴的日子，真是笑哭了，比如最初定书名时，我们经历过“总裁，你的打狗棒掉了”、“丐帮贵公子”、“亲爱的丐帮总裁”等等疯魔抓狂的时候，好不容易上连载了，中途被出版社卡书名的事情也是没谁了（冷漠）。而且云姐为我这本书真的付出了好多，特别辛苦，有时候半夜都会看到她在审稿，真的特别特别感动！（感动到词穷，呜）改到最后都不禁觉得，我一定要把稿子改好才对得起认真负责的编辑啊！

至于为什么会想写这种题材，其实早在多年以前，心里就已经构思要写个现代武林的故事了——热血、江湖、“狐朋狗友”战个痛快！大概是受我玩的古风网游影响吧，但纯古风武侠又稍显普通了些，于是就想尝试下现代武林。虽然最终出来的成品和当年构思的内容早已大相径庭，但付梓成书的感觉还是一样令人感动啊！

原本并没有打算让纪远司成为丐帮的传人，毕竟玩网游的时候，我最讨厌的门派就是丐帮——每当我这个“奶妈”一上线，野外就有一波攻击力凶残的丐帮朝我扑来，就算去做阵营日常也免不了被敌对阵营的丐帮狂殴不止，但后来又因为看了一些同人作品，被丐帮狂野帅气的一面征服，莫名就喜欢上了丐帮。这个改观的过程，仅仅只是花了看一个条漫的时间（搔头笑）。

对，没错，同人真可怕，能把直的掰弯，还能改变你的口味和立场，相信大家也一定有这样的经历，被别人安利成功，从此走上了吃土的不归路。但愿我的丐帮贵公子同样也能让你们喜欢，如无意外，下一个故事大概会是哔——（此为消音）了吧？感觉在这本书埋下了好多关键人物，你们猜得到下本会是哪个门派吗？将来都会有他们独立故事，嗯，大概……鉴于下半年我还有一本古风长篇要赶，我感觉下个门派的传人又要孵化很久才能诞生了（耸肩）。

还有，那些曾在微博私信催我填坑的小天使们，我想说，在小总裁那本后记吹过的牛，姑且已经兑现了。请善待每一个用生命在挖坑的作者，她也曾努力填过坑，就在梦里……

因为篇幅有限，这次就聊到这里吧。也请多多支持我们有二工作室各位作者大大的作品，本本精品，系列搭配食用，风味更佳哦！期待在下一本书能与大家再见！

用生命在填坑的小R
2016年6月29日　凌晨

图书在版编目（CIP）数据

原来大神是盟主 / 小R著. 一南昌：百花洲文艺出版社，2016.11
ISBN 978-7-5500-1886-0

Ⅰ.①原… Ⅱ.①小… Ⅲ.①长篇小说—中国—当代 Ⅳ.①I247.5

中国版本图书馆CIP数据核字（2016）第204289号

出 版 者 百花洲文艺出版社
社　　址 江西省南昌市红谷滩世贸路898号博能中心Ⅰ期A座20楼 邮编：330038
电　　话 0791-86895108（发行热线） 0791-86894790（编辑热线）
网　　址 http://www.bhzwy.com
E-mail bhzwy0791@163.com

书　　名 原来大神是盟主
作　　者 小 R
出 版 人 姚雪雪
总 策 划 周 政
总 监 制 王雄成 杨翔森
责任编辑 胡志敏
特约编辑 云湘暖
封面设计 小 乔
版式设计 李映龙
经　　销 全国新华书店
印　　刷 湖南凌宇纸品有限公司
开　　本 660mm×960mm 1/16
印　　张 15
字　　数 228千字
版　　次 2016年11月第1版
印　　次 2016年11月第1次印刷
书　　号 ISBN 978-7-5500-1886-0
定　　价 29.80元

赣版权登字：05-2016-272